U0681406

Redemption Game

救赎游戏

张弛————

著

上海社会科学院出版社

SHANGHAI ACADEMY OF SOCIAL SCIENCES PRESS

CONTENTS

目　录

第一章

暴雨将至

昨天还一幅风雨飘摇，仿佛全世界都浸在浑浊的柠檬汁中般的景色，今天一早居然完全沉寂了下来。罗伟觉着这就像攻势凶猛的敌人突然撤退，是要密谋什么更大的阴谋。

　　七月二十一日的早上七点刚过几分，罗伟已经在巨大的落地窗前品咂起咖啡，这是他每天早饭后的固定项目。今天因为大暴雨无法外出跑步，但早睡早起的习惯没有变。虽然已经是五十岁的年纪，罗伟对自己身体的热爱却不自觉地越发强烈起来。这或许和再婚有一定的关系——新鲜而有趣的未知事物，尤其是女人，总是能让男人梦想永远保持精力，从而去陪伴和探索她身上所有的未知。

　　隔着二楼的纱窗，罗伟看见除了小区暗白色的花纹地板砖和那些被雨水鞭笞得左右摇摆的树叶树枝外，就剩下几辆私家车摆在那里。平时住户都懒得将车开回车库，直接停在院内，导致小区内经常拥堵不堪，口角冲突也是屡见不鲜，再好的天气也会被这些景象折煞几分。反而是在这种暴雨不断的天气，大家倒不辞劳苦地将车开回了车库，人性有时候真是奇怪。想到这里，罗伟抽动了一下嘴角，不屑的神情像是只小壁虎的前爪，刚好触到他的脸颊。

　　"也许我也该将车开回车库了。"罗伟望向楼下，那里有一辆黑色的奥迪A4。

　　思忖的当口，豆大的雨点将景色冲刷得越发鲜明，雨势又大了一些。嘈杂的雨声似乎在暗示这场已经持续了整整二十四小时的大暴雨很有来头，而且至今也没有一丝衰退的迹象。

　　"这么早就起来了吗？"伴随着拖鞋摩擦地板的沙沙声，蔷慧拖着慵懒的语调走了过来，她惺忪的双眼眯成两条缝隙，努力地将罗伟以及周围的

事物塞到里面。

"嗯。"罗伟转过头微笑着看向蔷慧。这个三十五岁的女人依然拥有着他们刚结识时所拥有的一切魅力。

"我煮了皮蛋瘦肉粥，还有火腿三明治和鲜奶，先去吃饭吧。"罗伟说着将咖啡杯放在桌上，眉头微皱，揉了下胃部。

"又不舒服了？"蔷慧赶忙问道，"说好了这两天我给你做早餐的，你这一去又要在那种地方待上几天，吃不好睡不好，一个小城镇又没……"

"别再这样说那个地方，它对我的意义我已经给你说过很多次了。"罗伟的目光变得严峻起来。

在那种目光下，蔷慧的神经犹如烈日下的一片轻薄雪花，丝毫经不起那样的炙烤。匆忙间，她低下了头。

"去吃饭吧，顺便把小雪的屋子打扫一下，她快回来了。这妮子只肯让你进她的房间，我这个父亲是一点管辖权都没有了。"罗伟笑着说道。

"哪有的事。"蔷慧笑着往厨房去了。

望着蔷慧离去的背影，罗伟的眼里满是欣慰。这样的年纪有这样一段感情确实不易，贤惠顾家的蔷慧像是温暖柔软的纱巾，将他连同他周围的一切都包裹了进去。

"铃铃铃……"罗伟的手机响了起来。

"哦，到了？那先上来歇会儿吧，我这还得穿穿洗洗。"罗伟朝那边说了一句，接着挂掉了电话。

"上午……我可能不回来了。"罗伟顿了顿，大声喊了一句。

"又要应酬？别再喝酒了，肉也要少吃。"蔷慧从厨房探出头来说道。

"嗯，看吧。"罗伟垂目盯着脚下的地板，仿佛上面有什么有趣的文字一样，语气有些无奈。但这一切转瞬即逝，成熟男人特有的坚毅瞬间又回到了他脸上。

"咚……咚。"这种轻微的敲门声是邓辉登门的标志，就好像做错事的孩子在低声向家长认错，即便隔着厚重的防盗门也能感觉到他对上司的尊重。罗伟将门打开，邓辉微微点头，笑着打了声招呼。

"雨下得不小啊。"罗伟没话找话地挑了个头。

"嗯，挺大的。"邓辉轻声应道，听语气似乎连这四个字都是煞费苦心挤出来的。

"小邓来啦？"蔷慧探出半个身子微笑着打了个招呼。刚想坐下的邓辉连忙站直已经弯下去的下半身，有些结巴地应了一句："呃……嗯，刚到。"

对这个刚满二十岁的年轻司机的聊天方式，罗伟早已习以为常。邓辉脸上那副内向而腼腆的表情似乎从两年前一直延续到了现在，一星半点也没有被时间的洪流掠走，真是不可思议。

"我洗完就走。"罗伟说着，大踏步走进卫生间，往脸上打着肥皂。

两三分钟后，当罗伟出来时，他看到邓辉正朝小雪的屋里瞟着——正弯腰干活的蔷慧胸口的衣领开得有些大，罗伟如此觉得。

"小雪还没回来啊？"似乎是余光瞥到了罗伟，邓辉匆忙间将视线掉转了方向，有些拘谨地问道。

"没呢，快了。"隔了三四秒，邓辉才得到一个模棱两可的答案，是蔷慧回答的他。

几分钟后，罗伟和邓辉一前一后地下了楼。从楼道口到停车位还需要走上几步，邓辉的白色衬衣已经打湿，却还是将雨伞整个撑在罗伟头上，另一只手拿着那辆奥迪的钥匙。

此时楼下依然不见人影，只有沙沙作响的枝条柳叶，光线似乎比家中往外看时更加昏暗，厚重的云层下一切景物都被渲染成了生冷的青色。

罗伟甚至产生了一种错觉：所有人都已经离开这个小区去别处躲避什么大灾大难了。

"罗总？"打开车门的邓辉小声喊了一句。罗伟反应过来，坐进副驾驶座。

一品水果制品厂是罗伟一时心血来潮创建的独资企业，坐落在 T 市的市区近郊，租用了一栋三层的商务楼作为办公场所。其实，罗伟早先是想自己盖一栋楼的，奈何这个小小的愿望不是有钱就能实现的，当时的规划

用地实在太紧，市里市外鳞次栉比的大楼骨架将他这个心愿捣得粉碎。

上午十点，罗伟接到 T 市日报社社长杜勇的电话，对方向他确认前往景家镇进行义务捐款的行程，好安排人手跟访。

景家镇即将举行一个企业家之间的研讨会，都是一些发展中的中小企业，老板也大多从那里发迹。若不是罗伟想趁那两天热闹前去捐款，像这种会根本不入市报的法眼。

"我看着天气也不怎么保准，老兄，非要这两天去啊？其实你大可不必和那些家伙凑热闹，等这会开完了再去，你不就独占鳌头了吗？"

杜勇嘴里"老兄"喊得格外亲切，罗伟却听得有些别扭。明明是这家伙非要黏着自己，现在反倒还嫌自己的行程安排得不好。

"其实……杜社长，这事我自己去就行了，不用搞得那么兴师动众，而且……"

"多宣传宣传有好处的，不管是对你个人，还是对你家人，"杜社长笑着打断了罗伟的话，"那就这样，你去之前一定要联系我。下雨去就下雨去吧，到时候我们还多了一条'T 市著名慈善家罗伟冒雨送爱心建小学'的煽情标题，都一样。"

"记着联系我啊。"杜社长最后又着重说道。

罗伟挂了电话，苦笑了一下。他本来不想这么多人来凑这热闹，但无奈树大招风。

的确，作为一个知名的慈善家、企业家，罗伟都记不清自己从何时起如此出名了。年轻时从景家镇那一座座煤矿中汲取钱财，如今已近暮年，再用多余的钱财汲取口碑，还有蔷慧和小雪这一对母女为伴。旁人眼中的他可谓是名利双收的人生赢家，但是只有他自己知道，这风光背后是怎样的迷茫与痛苦。

"这雨什么时候是个头？要给种植园那边打个电话防范一下吗？算了，让他们自己弄吧，麻烦。"罗伟心烦意乱地将手机扔在沙发上，一份晚报也摊开在那里，版面上写的是罗伟在半个多月前访问郊区的桃园养老院时捐赠的石英报时座钟已经安置完成的新闻。

救赎游戏

中午，雨势似乎小了一些。罗伟桌上大大小小十几份来自生产、销售、加工等部门的报告乱七八糟地堆在桌上。邓辉在门外轻轻敲了两下，没有得到回应。不知为什么，最近这样的情况越来越多。离约定的饭点还差五十分钟，但在这种鬼天气，每一分钟都很宝贵。

当邓辉犹豫着是不是应该直接走进去时，满脸倦容的罗伟将门打开了，惺忪的双眼像是刚刚睡醒。

"在办公桌上睡着了，总觉着还有个事，差点误了。"罗伟自言自语般嘟囔道。

"来得及的。"邓辉说道。

从楼上一路下来，毕恭毕敬的员工大多拿着从外面打包的外卖。其实公司是有食堂的，只是不怎么受欢迎。

"如今年轻人的口味是越来越不好对付了。"罗伟如此想着。

七月二十二日，雨势猛然停滞，猛然得有些不正常。昨天还一幅风雨飘摇，仿佛全世界都浸在浑浊的柠檬汁中般的景色，今天一早居然完全沉寂了下来。罗伟觉着这就像攻势凶猛的敌人突然撤退，是要密谋什么更大的阴谋。

"你一个人开车出去行吗？"蔷慧担心地问道。

"没什么问题，"罗伟小口嚼着煎鸡蛋，"这种天气和路况我可以光明正大地开慢些，后面的车应该也不会一个劲儿地按喇叭了。"

"早知道就我去那家惠民便利店买芝麻烧饼来吃了，做成这个样子，"蔷慧吐了吐舌头，"是不是有点咸了？"蔷慧又认真地嚼了几下自己煎的鸡蛋，微微抬头问罗伟。

"还行吧，"罗伟接着说道，"最好还是在鸡蛋刚下到锅里时就撒些盐，这样盐粒可以渗到蛋黄蛋白里面，而且也干净，不然你煎完再撒盐，盘子也不好刷。还有，以后我要是出远门不在家，就别每天跑那么远去买早餐了，还要打车花上十几块钱。"

"但小雪喜欢吃啊。"

"你亲自下厨，她会更高兴的。"罗伟盯着蔷慧说道。

"好吧，我记下了。"蔷慧的脸上绽开一个既调皮又有些害羞的笑容。

"那我出去买东西，你在家收拾收拾自己和小雪的行李吧，看看要拿什么。"

蔷慧轻轻应了一声。罗伟将自己那套餐具规整地拢在一起后就去换衣服了。

昨天晚上罗伟决定和蔷慧、小雪她们一同前往景家镇。一来可以一家人在那里玩上几天，二来宣传部和报社也有这样的意思。作为在景家镇被罗伟收养的女儿，小雪可是一个噱头十足的宣传点，罗伟也算是做个顺水人情。不过小雪还要过两天才能回来，罗伟安排自己和蔷慧先行一步，小雪回来后再接她过去。

上了车，坐在驾驶座的罗伟还是有些紧张。他的双手握着方向盘，双脚不停地在刹车和油门间轻轻切换，如此几次后才用钥匙启动车子。

虽然是一个成功的企业家，但罗伟并不是一名合格的司机。如果单独一个人出行，之前他都是选择那辆山地车，但他觉着人有时需要突破，凡事都有第一次。

一路上，时断时续的轰鸣声拨动着罗伟的神经，他同时要密切观察前后的车距。拿到驾驶证后信心满满地第一次开车上路就一个油门顶坏前车保险杠的事故依然记忆犹新，那样的场景越是深刻，罗伟就越是觉着自行车是比汽车更好的出行选择。

大概半个小时后，他勉强开到了北国商场。此去一行数天，还是要准备一些东西的。

罗雪是在二十四日晚上从 H 市返回 T 市的。在火车上她得知了 T 市前两天的暴雨黄色警报，以及罗伟和蔷慧昨天白天开车往景家镇走的消息，蔷慧还特地给她打电话说第二天早上会有车接她一同前往景家镇。

"本来没打算让咱们去，但是报社和市宣传部那边觉着这种场合你过去再好不过。"蔷慧当时这样说道，罗雪只是简单地应了一声。

救赎游戏

作为在景家镇被罗伟收养的女孩，从两岁到二十二岁这二十年间，罗雪对罗伟从未有过什么特殊的感情，甚至在某些时候对他有些抵触。例如，他触碰自己的私人物品时；再例如，他将自己强行推到媒体面前自我标榜时。这也许是因为她一早便被罗伟告知了自己是个被领养的孩子吧？罗雪诚然知道她所拥有的一切都来源于罗伟，包括她一次次漫无目的旅行的花销，但是她自觉对罗伟产生不了什么感情。反观罗伟对她倒是尽职尽责，从小学到高中都动用了强大的人力物力将她送进最好的学校，罗雪只在大学填报志愿时完全自主了一次。四年后，罗雪又拒绝了罗伟给她规划的出国留学方案，开始迷上旅游。她讨厌背负着某种责任长期待在一个陌生的地方，例如留学。相反，她喜欢以游玩放松的目的短期住在任何一个陌生的地方，例如在各地旅游。

小区里的积水退散了不少。淡黄色的雪地靴有节奏地踏在地面上，发出沉闷的响声。楼道门口，罗雪左手从塞得满满当当的报箱里将订阅的报刊抽出，右手上晃荡着一份快餐店的盖浇饭。

将相机里的照片传到电脑上整理好后已经是晚上十点多了，此时罗雪已有些困意。正准备舒展地伸一个懒腰，手机冷不丁地响了起来，看到屏幕上的名字后，她撇了撇嘴。

"喂？"她喷薄着冰冷的情绪却又尽量将这些情绪压到最低。耳朵贴到手机听筒上时，最先传来的是有些空旷的嘈杂声，像是在户外。

"小雪姐吧？"那边的邓辉终于开口，依然是那种谨慎而略带温柔的语气。罗雪很想吼一句："你说呢？你给谁打的电话你不知道吗？"但在平复了几秒后，她只简单地"哦"了一声。

"那个，罗总这不刚说了吗，要我明天把你接过来，所以咱们是不是早点？你看几点合适？"

"随便，你看吧。"罗雪冷冰冰地打断了邓辉，吐出这五个字。

"那……行吧，"邓辉似乎思考着什么，接着说道，"那晚上一个人睡小心点，把门窗关好，别睡太晚，要不明天起不来，我就要被晾在外面了。"邓辉的语气变得轻松起来。

"哦。"罗雪回应道，并在一秒多的平静后心安理得地先挂掉了电话。

和这个叫邓辉的家伙越相处就越觉着不自在。说话的时候，不管对谁都唯唯诺诺，似乎把自己当成了所有人的服务员，而且除了开车这一件事情外，其他时候胆子小得不像话。曾经有一次罗伟与客户喝酒，邓辉作陪，整场宴席下来，邓辉几乎没说话。客户酒后似乎有些撒脱，笑称邓辉这样不会讲话的家伙注定一辈子只能当个司机，没出息，但好歹有一个这么有出息的老板。这番话引起一阵哄笑和附和。而邓辉在笑声中将上半个身子冲那个家伙提了一下——罗雪可以断定，邓辉当时是想反驳的，但是他终究什么都没说，只是难看地笑了两下，或者说只是抽动了两下嘴角。

其实，罗雪有时也觉得奇怪，这个男人也没招惹自己，但自己就是控制不住对他的冷淡。罗雪将这归结为男女最自然的生理反应：就好像男人天生厌恶生性放荡、蛇蝎心肠的女人一般，女人可能也天生厌恶生性软弱、毫无原则的男人吧。

洗漱完毕后，罗雪检查了门窗，发现雨势似乎又大了一些。

第二章

车库中的疑惑

一栋七层高的水泥大楼孤零零地矗立在一片开阔平坦的土地上，灯光不时闪过，就像闪电映亮的坟地里的一块墓碑。

七月二十九日晚上对于炎宏来讲有些煎熬。势头刚刚放缓的暴雨昨晚再次来袭，一直下到今天。由于小区地势较低，路面上的雨水倒灌进小区，淹了地下室。从九点多开始，炎宏就在没过脚踝的水中和爸妈往四楼一趟趟地运东西：各种七八十年代的页面泛黄的书刊报纸、一包包的旧衣服、廉价的瓷器装饰品和其他杂七杂八的零碎东西。其间被爸妈喝令着去帮助其他街坊邻居，二十六岁的他也自然被一群长辈东一句西一句地笑着催婚，这更是让他不胜其烦，却只能强装笑脸应付，一直忙到将近深夜十一点。

这不是夸张，而是炎宏实实在在的感受：我大概把这一年的活都干完了吧？

回到卧室，雨点叮叮当当地砸着窗户，炎宏居然没有丝毫睡意。他想要再做些什么事情打发走这样一种沉闷又禁锢的状态，却又想不出在这一百多平方米的屋子里有什么事情好做。好在单位领导马上在千里之外帮他解决了这个难题。

"炎宏，马上到局里来，事太多，人手不够。"打电话的是刑警大队队长安起民。

"哦。"炎宏简单应了一声。那边"嗯"了一声干脆地挂了电话。

挂掉电话，炎宏看到市气象局发的短信。在一个小时前，T市就已经发布了暴雨橙色预警。辗转反侧了半分钟，炎宏突然觉着有了些睡意。

穿衣打伞，轻轻地走出家门，那片嘈杂也陡然间由沉闷变得无比清晰。

晚上十一点四十，湿透了大半个身子的炎宏到达 T 市公安局。平时这个点只有两三扇窗户亮着灯的五层高楼上，现在有七八个窗口散发着雾蒙蒙的白炽灯光，不时有人影匆忙掠过。

"大场面啊。"炎宏这样想着。

刑警大队的办公室里，安起民正把脚搭在另一张凳子上，手上转着一支钢笔，闭着眼，似乎在沉思。这个年逾五十的成熟男人眉眼分明，留着络腮胡，最了不得的是在炎宏上班的近三年来从未见过这个大队长有过哪怕一次迟到早退。每天清晨，无论他几点来到单位，推开门映入眼帘的必定有队长的身影以及他精心呵护的那盆君子兰。

"来了。"安起民睁开眼，拿着茶杯往桌上那盆君子兰里匀速地浇着茶水。

"嗯，"炎宏回道，"今天什么情况啊？"

"大情况啊。特大暴雨赶上一件影响不小的谋杀案，既要防汛，又要查案。"

"哦。"炎宏回道。从办事处考到公安局的他自然明白防汛工作的琐碎。平时的雨季还好，碰上这样的橙色预警，不要说公安局，只怕全市的市直政府机关都要把精力转到这上面。

"走吧，那边就等咱俩了，景家镇。鉴定科的小王和你冯旭哥他们已经去了，拿着自己那套胶鞋雨衣。"安起民起身了捋君子兰的枝叶。

车上，炎宏简单了解了一下案情。一个去当地开会并且进行慈善捐款的企业家被人发现死在镇上一个还未完全建成的商场地下车库中，是被人开枪打死的。另外一个死者是刚上高三的学生，同样被枪打死。

"唉……好人总是没好报。"炎宏感觉有些心灰意冷，没有来由。

"没办法。这家伙在咱们市挺有名的，叫罗伟，知道吗？"

"耳熟。"炎宏眯着眼睛，似乎在努力检索着什么，"是不是一个挖煤发家的，后来还收养了一个女儿？"炎宏隐约记起在 T 市发行的娱乐生活类报刊《美周报》上见过这个家伙，那则新闻说的是他应邀出席的某个福利院的活动。

"对，就是他。这次是带着全家来的，尤其是他的女儿，可是个很不错的宣传点呢，不管是对报社还是对市宣传部。"十字路口，安起民将车停在红灯前，回头接着说道，"以前多威风啊，书记市长接见，又是上报纸又是上电视，树大招风这句话一点也没错。"

"得罪人了吧？"

"也许吧，破了案就知道了。"在红灯倒数到三时，安起民启动了那辆蓝白相间的别克公务用车，缓缓行驶进淡墨色的黑暗中。

持续的瓢泼大暴雨愈演愈烈。短短两个小时，T市市政府已经将橙色预警调至最高的红色预警。截至今天凌晨一点，市区的降水量已经超过了三百毫米。这场雨让包括安起民在内的很多人都联想到1996年那场给T市及周边县市区造成重大人员伤亡的水灾。巧合的是，如今所在的景家镇便是当时受灾最严重的村镇之一，真是不怎么美好的联想。

到达案发现场已是凌晨一点半了。一栋七层高的水泥大楼孤零零地矗立在一片开阔平坦的土地上，灯光不时闪过，就像闪电映亮的坟地里的一块墓碑。地下停车场似乎还只是一个半成品，南面是一个很宽的出入口，被地上的标线分成两半，一半驶入，一半驶出；北面则是直通商场大楼的楼梯和将来准备建造电梯的电梯间。空旷的停车场内，十几盏嵌入式LED灯散发着光芒，照亮了一片片裸露着的僵硬水泥地。

让炎宏有些出乎意料的是，罗伟的妻子和女儿都没在现场。

"是太伤心了所以没有多做停留吧？"炎宏心里想着。纵然如此，还是觉着有些怪异。

"来了。"冯旭上前和炎宏、安起民打了个招呼，炎宏只是轻轻地应了一声。

接着大家轮流介绍了一下自己。除了那个叫邓辉的家伙，其他人的情绪还算正常。

"这两位小同志说在你们来之前不许破坏现场，这不我们也没动，不过……"钱镇长欲言又止。

"放心，查看完毕马上收拾，不会带来多大麻烦的。"安起民摇了摇手

掌，和炎宏、冯旭走到车前进行观察。

车是黑色奥迪 A4，规整地停放在靠近北面楼梯间的某个车位内，副驾驶那扇门朝着车库南面的出入口，车尾部有撞击损毁，似乎是倒车时撞在了停车位之间的隔离柱上。

被害人罗伟身穿褐色正装，包括双手在内的半个身体完全侧瘫在驾驶室门外的地上，右臂耷拉在驾驶座车门的门框底部，右手手腕下方本来挽起的袖口褴褛不整；心脏位置一片殷红，左手手臂上少许的部分以及车门的中央也被从心脏喷溅出的血液溅染；左手正下方有一根未抽完的烟蒂，周围遍布烟灰，左手食指和中指还保持着夹烟的动作。正对着这些场景三五米远的是另一具男性的尸体，侧卧在地面上，头朝向北面的楼梯间，同样是背后的心脏部位连中两枪，右手前是一把蓝色的碎花雨伞。

"尸体是在晚上十一点多被来停车场检查的门岗发现的，当时楼上还有四名清洁工也下来了。致死的原因都是心脏中枪。除此之外现场有博斗痕迹，坐垫装饰品什么的有些凌乱。"鉴定科的小王在众人面前机械地陈述了自己的观点，将黑框眼镜向上推了推。

"死亡时间以及指纹和足迹呢？"

"从两人血液的凝固程度来看，死亡时间应该在晚上八点半到九点半之间，更具体的时间要在解剖后才能知道，不过出入应该不大。我已经叫了救护车，一会儿将尸体送往医院。足迹方面也许无能为力了，这种未经处理的纯水泥裸露地面表面光洁，而且因为这建筑四处通风，还捎带雨水潮气，再加上我们来之前已经有其他人进来过，所以很难提取了。至于指纹，进一步勘查后，应该会有收获。"

"没有监控吗？"安起民抬头四周查看。

"没有，还没有装。"说话的是钱镇长。

安起民叹了口气，似乎对这种情况习以为常。

"我想问一下，车库里的灯晚上会一直亮着吗？"炎宏从南面踱步过来，直视着门岗问道。

"对，晚上他们活也不少，灯会一直开着，都忙完了我走的时候才会把闸拉上。"

"这个车库只有这一个南门可以进出吗？楼梯间那里有没有通向外面的通道？"

"如果是大门，就这一个。你也可以进到商场一层，然后从楼梯下到停车场，不过这样一来，只能从北面的楼梯间进来。"

"哦。"炎宏点了点头，应了一声，心里泛起一丝疑惑。地上这名高中生死者的遇害原因无外乎两种可能：一是他和罗伟不认识，刚巧目击凶杀案，被灭口；二是他是和罗伟一起来的，被凶手一同杀害。

但这两种可能都有说不清的地方。先说第一种，从两者的地位和年龄来判断，炎宏更倾向于罗伟得罪了什么人被杀，而这名高中生恰好目击被灭口。但是炎宏刚刚已经查看过，从血迹喷洒的痕迹来看，这里绝对就是第一凶案现场，不存在尸体被移动的情况。七层高的建筑面积极大，清洁工在楼上工作，这个地下车库也确实不会有人注意到。

两名死者都是在靠近楼梯间的车库北面遇害。如果说这名高中生正常走进车库，不论从南门还是北面的楼梯间走进来目击了凶杀案，他为什么会倒在离凶案现场如此近的地方？按理来讲，在视野如此清晰开阔的车库，如果在南门口看到凶手杀人，他应该有充分的时间逃跑；如果从北面的楼梯间走进来看到，哪怕没逃掉，也不应该倒在这里，起码倒在转身逃向楼梯的路上。当然，要强行说通也不是没有可能：凶手对罗伟恨之入骨，哪怕再多杀一人也无所谓。也许这名高中生从远处看到他们时，他们只是在争吵，没什么大的冲突，但当他走到这里时，凶手的恨意达到极点无法自已，突然拔枪将罗伟杀害，而后又将这名高中生灭口。但这只是主观上的假设，也只是一种推理。炎宏绝对不相信凶手既然挑了这么一个隐秘偏僻的行凶地点，还会当着别人的面行凶。

再说第二种情况，疑惑就更加明显了。罗伟会和一个这种年纪的学生有什么瓜葛，以至于和他同行到这里一起被凶手杀害？比起这个说法，炎宏更愿意相信前面那个推理的可能性。

炎宏看向安起民和冯旭，他们两人的眼神仿佛化为一漾清水，在这片罪恶之地上流荡回转。接着他们各自和司机、镇长聊了起来,安起民给了炎宏一个眼神,炎宏点了点头,将目光再次转向门岗。

"知道车是几点开进来的吗?"炎宏回身问道。

"这个我不清楚,"门岗干脆地说道,"我就是半夜过来看一眼,关关灯啥的,不是整晚待在这里。你们明天可以问问那几个清洁工,他们在这里的时间应该不短。因为这栋楼刚完工没多长时间,内外装修啥的建材需要补充,每天的下脚料、垃圾也要收拾,一堆一堆的。"

"那你每天来这里转一圈是有什么任务吗?"

"也没什么特殊的活,白天晚上抽空过来转一圈,别出什么事就行,"门岗挠着后脑勺说道,"因为楼上也放着一些施工材料,上面领导怕被偷,所以派我来这里,算是巡查吧。白天这里都是工人,还没啥事,晚上嘛,虽说有清洁工能看一阵,但还是怕丢东西,所以领导说半夜过来看看,丢了东西好在第一时间上报,我才十一二点过来晃一圈。"

"谁说小偷十一二点以后就下班了?"炎宏笑着说了一句,让门岗有些不知所措,于是接着问道,"你刚才说清理垃圾?是废弃的建材吗?"

"不止,生活垃圾也多得很,几十个工人在这里待一天,你们想想吧。"

"清洁队每天都是这么晚才来清理垃圾的吗?"

"工人们六点下班,那几个打扫卫生的小伙计在工人下班以后来,至于干到几点就没准了。每次都只是把垃圾清理完毕后装车运走,有时候也会顺路稍点建材过来。"

"今天这种天气你和那些伙计依然要工作?"

"嗯,用领导的话讲,只要还能开车,东西就能拉,头上有屋顶挡着雨,就能打扫卫生。"门岗这一番话讥讽之意显然不是一层屋顶能盖住的。炎宏迅速地瞟了一眼正和冯旭交谈的钱镇长——他不知道门岗口中的领导是不是钱镇长,但就是想看一眼此时钱镇长的表情。

"那些清洁工走了?"炎宏巡视了一圈。

"嗯。我一进来看到这……这东西,当时就吓傻了。"门岗指着地上的两具尸体说道,"然后我就上楼叫亮子他们下来,他们也吓傻了,就让我赶快报警。后来过了没多长时间就那个……他……那边那个说自己是司机的就过来了。然后那边俩警察也过来了，问了亮子他们几句，亮子他们就走了。"

"他们听到枪响了吗？"炎宏转身问鉴定科的小王。

"没有。他们说当时他们在六楼有说有笑，外面也偶尔电闪雷鸣，还下着雨，就算无意间听到了，可能也当作杂音了。"

"死者他们来的时候见过吗？"

"没有，"小王说道，"他们是七点多来的，一直在楼上打扫卫生。至于死者，他们也都不认识。后来他们说要下班回家了，我采了他们的指纹，让他们走了。"

"嗯。"炎宏点了点头，其实他也没抱多大希望。

"他们四个人当时都在楼上打扫卫生？"

"反正我到的时候他们都在楼上，"门岗大爷亮着嗓子说道，"都是镇上十几岁的小伙子。"

"镇上十几岁的小伙子干保洁？"炎宏有些意外。

"我们这里的条件可不比你们，有的孩子十几岁读完高中甚至初中就要休学打工为家里挣钱了，"门岗用疑惑的眼神上下瞟了炎宏一通，又补了一句，"这不是很正常吗？"

炎宏一时语塞，摇了摇头。

"你们的车在哪里停的？"

"就这里，离这个车不远，"门岗闪了闪身子，指了指奥迪车的右边，"是一辆挂斗车，挺大的那种。从南门一直开过来的。车头冲着楼梯间，这不好扔垃圾嘛。但是发生了这档子事，这个……"说到这里，门岗瞥了一眼那个高中生的尸体，似乎不知道该怎么形容，顿了一下，接着说道，"这个娃当时正好挨着车的侧面，幸亏亮子的开车技术好，要不然这抬不敢抬挪不敢挪的，还真不好弄。"

"原来是这样，那也许就说得通了。"炎宏心里想着，踱步往车库门口走去。在那里，邓辉正一个人怅然若失地发着呆。

"不冷吗？"炎宏笑着绕到邓辉身边，看着外面的夜景。

邓辉没有说话，只是摇了摇头。炎宏观察到邓辉的眼角已经有些泛红后立即转移了眼神——他实在不想看到这样一个魁梧的汉子眼里噙着泪水的场景。

"也许现在不是询问的好时机。"炎宏这样告诉自己，虽然他现在就想知道，为什么邓辉会在警察到来之前就知道罗伟遇害并来到了车库。

"行了，今天就到这里吧，了解了不少情况。"安起民将手里的一小本黑色牛皮封面笔记本连同碳素笔放进了包里。

"钱镇长，在破案以前我不希望任何人靠近这片区域，所以我希望这个工程可以暂停一下。"

"我会向上面报告的。"钱镇长一刻也没有犹豫。

"照相，画线。小王，等车来了你今晚辛苦一下，尸检报告也别拖太久。"安起民说道。

"嗯。"小王推着眼镜点了点头。

照完相，画完线，尸体被抬走后，炎宏又看了一眼现场，这一次他将那辆挂斗车脑补进了这幅场景，另外几种假设在脑海中铺展开来。

当晚，炎宏他们下榻在景家镇的蓝星宾馆，也就是罗伟一家人寄宿的地方。第二天八点多，暴雨初歇，宾馆的各个角落似乎都被这桩凶杀案的阴影覆盖了。

将近九点时，安起民将炎宏与冯旭叫到宾馆院内的一个凉亭中，并将一摞照片分发给他们。

"这次的凶杀案上级领导高度重视，"安起民踱步说道，稍微停顿了一下，扫视着炎宏和冯旭，"嗯……这一次是真的重视。"

"哦。"炎宏觉着应该有一点回应。

"罗伟的内围人际关系还好，但是外围人际关系极其复杂，一两个人还是不够。这样，炎宏你经验比较少，需要磨练，所以这一次你负责内围，没问题吧？"安起民点着下巴说道。

"嗯。"

"冯旭，我会协调人手，你们负责外围。重点是与罗伟有着过节恩怨的个人或者组织，可以从他的公司入手。"安起民竖起右手食指晃着。

"老大，到时候我可能需要经侦科配合。"冯旭耷拉着脑袋，高高扬着右手，有气无力地说道。

"没问题，没问题，我安排。"安起民拍打着冯旭的肩头说道，像是在哄一个孩子。

"另外，就是死掉的那个叫粟林的高中生，他也算外围之一，查清楚他和罗伟之间有没有关系，例如资助之类的。"

"好。"

"就看你们两个谁先找到突破口了，"安起民大声喊了一句，像是加油打气，"不过，我认为还是外围的可能性大些。就这样吧，休整一下之后先找家属了解情况，回去后正式开工。炎宏，你记着咱们走之前去跟昨天那个钱镇长再说一声，车库的现场，包括那辆车，不许任何人靠近，懂了吗？包括那个门岗也要再说一声，我怕他们把我说的话当耳旁风。"

"好的。"

"完事后去找他们了解一下情况，简单记录一下，"安起民指的自然是蔷慧、罗雪和邓辉以及其他客人，"但也别太早，午饭前后吧，照顾一下他们的情绪。"

炎宏点了点头，目送队长和冯旭两人消失在宾馆内。接着他仰躺在椅子上，左手食指与拇指捏着手机转动——这是他的习惯性动作，而右手拿着一张张照片，开始思考：如果当时还有一辆挂斗车出现，并且是车头面向楼梯间停靠的话，那案情会不会是粟林原本就在那栋高楼之中，在凶手与罗伟起争执的时候他恰好从楼梯走了下来，进入停车场。因为有大型挂斗车的阻挡，他并没有看到凶手正在行凶，待往前走了一段距离，看到行凶现场想跑的时候被凶手灭口。

这个说法合乎昨晚在车库时自己假设的第一种情况，但是这样一来，又会不可避免地产生一个新的谜团：粟林在那种天气去商场干吗？难道他也打工？但昨天的清洁工说，根本不认识他啊。

正在思考着，炎宏感到有一层什么东西覆盖过来——这是人类的本能，当身后出现移动物体时多少能够感觉到，而自从当了警察，炎宏就觉着这一特性在自己身上愈发明显起来。

他将头扭过去，看到一个年龄与他相仿的家伙站在身后，眉目清朗，身穿白色POLO衫，个头一米八上下，戴着一副黑框眼镜，左手腕戴着一只铜黄色的机械表，双眸似乎正注视着桌上那一堆散乱的照片。

"诺基亚5230？现在很少有人用这种手机了。"那个人顿了顿接着说道，"你好，我叫斗魏，市报社记者。"他笑着伸出了右手。

第三章

记者的假设

炎宏脸上泛起一丝胜利者的微笑——这微笑的动力在于他看到斗魏那一瞬间无奈的表情，看来他对这个洞察力和逻辑力出众的记者的猜想是对的——斗魏并没有变成自己想要的样子。

　　"你好，我叫炎宏，刑警。"炎宏注视着这个记者的双眸，不自觉地伸出了右手。同时回想起来，他和安起民往这里走的时候看到这个家伙正坐在一边，无所事事地看着天空。

　　"没想到会发生这种事情呢，我还以为这次活动又会像以前一样，采访、提问，回去写一篇新闻稿就完工。人生还真是出乎意料。"斗魏从说这句话，到拉开炎宏身旁的椅子坐下，表情和神态自然得如潺潺的清泉，好似在和一个久别的老朋友聊天。

　　"其实没什么，这种事情每天都在世界各地发生，谁也无法阻止。"炎宏看着斗魏说道，心想似乎要和这家伙聊上一阵了，不过就当消磨时间也好。炎宏已经想不起上一次和父母之外的人聊案件之外的话题是什么时候的事情了。

　　"果然是警察，看来已经自主适应并习惯这种事情了。"

　　"并不是自主适应，而是没有选择。"炎宏更正道。

　　"没有选择？这个说法很有趣。"斗魏的双眸注视着炎宏，"你的意思是说，就你做警察的经验来看，这个世界还是比较混乱的，对吗？"

　　"对，七情六欲这些东西随时都可能从我们体内溢出来，变成犯罪的动机。"

　　"包括你和我咯？"斗魏很自然地解开了POLO衫上的第二颗纽扣，也是此时炎宏才猛然发觉温度确实有些回升，天空也开始放晴，而且一个男人竟然可以有那样的锁骨，像是被雕刻出来的一样。

"我在问你问题。"斗魏慵懒地仰躺在白色塑料椅上，眯着眼说道。

"对。"炎宏虽然语气不紧不慢，心里却像被细而长的绳子猛地勒了一下。

"若是一个有十几年办案经验的警察说这些话我还觉着可以，但是你……"

"我怎么了？"

"你这么年轻，一看就是新手，虽然有热情，但是参与的案件应该不多，而且应该从来涉及不到核心部分。"斗魏一边笑着说道，一边拿出两片口香糖，"来一片？薄荷味的。"

"不用。"炎宏干脆地回绝并将脑袋转向别处。斗魏则将两片口香糖一同塞进口中，一脸戏谑地看着他。炎宏的余光将那副戏谑尽收眼底。

"你不说话是默认了？"隔了三五秒，斗魏截断了那片有延伸趋势的寂静。

"不是。"

"在你们三个人走过来时我已经观察过了，"斗魏伸了个懒腰，猛然站了起来，在炎宏周围踱步，"那个走在你们中间的应该就是你们的领导吧？虽然听不清他在说什么，但是他的身体和头部一直是微微偏向你那个同事的。在就座时，他不但稍微绕了个远坐到你那个同事旁边，而且在交谈的过程中，和你说话时只是口头交代，而和那个家伙说话时是口手并用，这说明他更加重视那个家伙的工作。而反观你，在你们三个人并行时，你的身体是偏向另外两个人的，这说明你想加入他们，也从侧面反映出，起码在那一刻，你从心底觉着你是被他们排斥在外的。而在就座后，你的眼睛没有看你的上司，而是一直盯着你的同事，观察着他的表情，其间不时将眼神落在桌上，而且嘴角有上撇的动作。"说到这里，斗魏故意停顿了一下，瞟了一眼炎宏："你知道这意味着什么吗？"

炎宏不耐烦地呼了一口气，他很想拔腿就走，但不知为何，这场对话仿佛有了生命一般，揪住了他身体里最柔软的部分，让他无法挣脱，而斗魏毫无疑问看出了这点。

"这意味着，你不但有些嫉妒你那个同事，而且说不定还怀有厌恶。在你的眼神下瞟、嘴角上撇时，可能就是在回想他令你讨厌的那些时刻。"

炎宏皱着眉头，从喉咙里发出一个连自己都听不清的音调算作临别的招呼，总算是挣脱了那种感觉。他迫不及待地想要离开这里，并不是看不得别人自作聪明——恰恰相反。

"虽然是这样，但你还是很热爱你的工作，这仅仅从你观察照片的眼神与思考的神态就能看出来。"身后的声音追赶而来。

炎宏大步走着，想要甩开那声音。意外地，那个人没有追上来。炎宏虽然急于离去，但他觉着自己已经明显地表现出不悦，那家伙起码应该追两步表示歉意才对，真是毫无礼数！

"炎宏同学，你刚才的某张照片里说不定暗藏着破案的关键线索，这个你也没兴趣吗？"

炎宏停住脚步。

两人又坐回到桌旁。不过很明显，氛围并没有缓解多少，尴尬、不耐烦的情绪一直在蔓延，只不过全部在炎宏那一半空间里，另一边斗魏的空间纯洁得像他身上那件白色 POLO 衫。此时，斗魏又将眼神移到那堆照片上面，嘴角翘了翘，像是有什么值得玩味的东西。

"看这种照片还能笑出来的人，你绝对是第一个。"炎宏平复了一下心情，勉强打开话匣。

"我笑和照片的内容无关，只和照片带给我的感觉有关。"

"什么意思？"

"哈哈哈哈……"斗魏突然大笑起来，右手小臂敷在脑门上，身体仰躺在椅子上笑着。

"抱歉，我有些兴奋，类似于猎人碰到有趣的猎物。"斗魏欠起身，笑着摆了摆手。

"猎物？什么猎物？"炎宏不明所以地问道。斗魏似乎完全冷静下来，将一张照片捏在手里——炎宏本来是想阻止他这么做的，因为刑警大队有严格规定，但那一瞬间时间仿佛在自己身上停滞，他只顾得上看斗魏用一副恬静的姿态捏起那张照片。

"仔细看这张照片，有没有觉着什么地方很有趣？"斗魏身子前倾，逼近炎宏问道。

那是一张罗伟死在车上的近照，驾驶席和副驾驶席的所有摆设细节都囊括其中，只是一片片鲜红的血迹和黑色的色调糅合在照片里后，比在现场还让人不舒服。

"没有，有话就说。"炎宏不假思索地说道，并且暗下决心，这小子如果敢耍他，就给他的单位领导打一个电话，让领导骂他一通才解气。

这思绪在短短三四秒内变换成走马观花般的默片，在炎宏的大脑中放映着。炎宏可以清晰地看到，或者说想象到眼前这个家伙一边被领导呵斥着不干正事连这事都敢胡闹，一边点头哈腰赔着不是。同时，刚才斗魏针对自己的那番"尖酸"的推演也在火上浇油。

炎宏现在倒是有点巴不得斗魏是在耍他。但结局有些意外。

"看看那个烟蒂。"斗魏面向炎宏举着照片，食指精确地点在了那一根烟蒂上。

炎宏看去，那是一根落在罗伟左手下方的烟蒂，黄色的烟嘴，白色的烟身，还剩下一小截没有吸完，而且烟身已经变得褶皱卷曲，在这之前炎宏却没有留意到。

"褶皱卷曲？"炎宏轻轻地说道，眼神飘向斗魏。

"没错，褶皱卷曲。"斗魏将照片放下，说道，"这根烟蒂起码还有两三厘米的烟身没有抽完，烟身却皱成这个样子，这是在我们抽完烟把它在某些物体上摁灭时才会显示出的特征。车里应该有存放烟蒂的地方，哪怕没有，正常来讲，一般人也不可能抽完烟后弯腰在地板上摁灭，扔在那里。所以，我有足够的理由相信，罗伟是在抽烟时遇袭的，对方应该是一个他非常熟悉的家伙。在遇袭时罗伟本能地将还未抽完的烟蒂杵向对方进行反抗，而且很可能在凶手的身上或者衣服上留下印记。"斗魏推了推眼镜，嘴角微微翘起。

救赎游戏

"单凭一支烟就能推断是熟人作案？"

"自然。因为我在前两天的采访活动中得知罗伟早在半年前便戒烟了，自己身上根本不会带烟。若不是熟悉的人，想必也劝不动他。"

"哦？"炎宏不自觉地发出一声反问，也表明自己对这一番推论有了兴趣。确实，在对罗伟的随身物品进行检查时，没有找到香烟。

"这可不只是理论上的推测，而是有很大的可能如我说的那样——那根烟蒂在凶手身上烙下了记号。"斗魏笑着说道。

"如果真是这样，事情倒是好解决多了，"炎宏说道，"他所有的亲人都还住在这里，要找到活动仪式上所有的来宾也易如反掌，只要检查他们的身上……"

"不，不只是身上，"斗魏突然打断道，"死者遇害当天上午是募捐仪式，仪式后有一张工作人员拍摄的合照。除了检查身上，还要让每个人拿出死者遇害当天他们穿的衣服，也就是照片中所穿的衣服，检查有没有烧痕。因为我们不确定罗伟拿烟头的那一击是否真正触到了凶手的皮肤，还有……"

"哎。"炎宏打断了斗魏，就好像将一根木棍塞到旋转速度越来越快的齿轮中，让他猛然卡了壳。

斗魏茫然地看了炎宏一眼——那茫然显然来源于过于热情的副作用。

"我才是警察，不要'我们''我们'的。但对于你的建议，我表示感谢。"

"哦？就这样表示感谢？"斗魏变得有些盛气凌人。

"说实话，在我们局子里，也许随便换一个人，都会对你赞赏有加。但是不巧，你遇到了我。"

"就是说你比他们厉害得多，根本不把这些推理，包括我对你的分析放在眼里咯？"

"如果没有你的打扰能好好观察一阵照片，再结合当事人提供的罗伟戒烟的信息，我也会推理出这些的。"炎宏将那一堆照片整理整齐，直起身来。

"那你觉着你讨厌的那个同事能推理出来吗?"斗魏紧接着问道。

炎宏身子顿了一下,说道:"不知道。你别误会,我刚才说比他们要强不是只体现在这一个案件上。他们会不会推测出某个案件的关键点我无从得知,我唯一确定的是我比他们要强。"

"你有些自负啊。"斗魏对正准备离去的炎宏说道。

"那也比你强,起码我走在自己喜欢的路上。"炎宏毫不犹豫地回了一句,脸上泛起一丝胜利者的微笑——这微笑的动力在于他看到斗魏那一瞬间无奈的表情,看来他对这个洞察力和逻辑力出众的记者的猜想是对的——斗魏并没有变成自己想要的样子。

"那你觉着我们两个谁更强?"当炎宏踏开步子时,斗魏再次问道。

炎宏将头转过去,面无表情地说道:"如果你非要在两者之间要一个答案……我。"

刑警迎着院里的朝阳大踏步走掉了,而阴凉下的记者点了点那离去的背影,又掏出一片口香糖。

临时的询问工作在当天午饭前便开始了,这是因为考虑到有些人在午饭后会有午睡的习惯。在没有确凿证据前,每个人都有理由拒绝询问。如果强行录证词,那得到的证词八成会有问题。十点半时,安起民在清静的一角已经将工作流程告诉了冯旭他们。

"先掌握一下大概的情况,这里就不分内围外围了,每个人都要问,包括对死者的了解,等等。晚上返回市局后开调度会,再确定一下刑侦方案。重点放在死者在这里的人际关系上,至于不在场证明,也可以问一下。"安起民如是说道。

冯旭点了点头。领导已经布置任务,自然要公事公办。炎宏也点了点头,甚至还严肃地"嗯"了一下,但他可不打算只按照领导的命令行事,他要按照自己的剧本来。

"那你们去吧,还是基本原则。所有人你们俩都要过一遍,最基本的问题也都要问,然后比对一下看看有没有什么矛盾。"安起民着重指出。

救赎游戏

两人走出 322 号房间，冯旭整理着笔记本和资料，扭头看着炎宏。

"走吧，据说一层的单号房都是这次企业交流会来宾的房间，你从东头开始，我从西头开始，过一遍。"说着冯旭准备扭头就走。

"你先问吧，你问完了我到晚饭前再问，这样中间隔着点时间效果还好些。"炎宏顿了顿，"而且我还得想想问点什么，毕竟这方面的经验不足。"炎宏笑着说道。

"哦。"冯旭瞥了炎宏一眼，没有异议，独自先往一层走了。

直到十二点多，冯旭才回到自己屋里，将那本别着碳素笔的笔记本甩在床上，仰身躺了上去。

"你不问问怎么样？"五六秒的沉寂后，冯旭看着一旁观察照片的炎宏问道。

"反正也不可能直接抓到凶手。"炎宏连视线都没有改变。冯旭叹了口气，将手臂覆在眼睛上，让黑暗包裹住自己疲惫的身躯。

随后是午饭时间，其间安队长又零碎地交代了一些内容，接着便各自回屋抓紧时间休息。直到五点一刻，炎宏行动了起来。

"又不拿本？"冯旭的声音突然在身后响起。

"反正只是问问简单的问题，我记得住。"炎宏头也不回地走了。

第一间，101。住户：蔷慧，与死者为夫妻关系；罗雪，与死者为父女关系。

炎宏轻轻地敲了敲门，接着沉闷的应答声和脚步声猛然逼近耳蜗。

"你好。"炎宏看着眼前这个穿着休闲装的少妇，佯作轻松地打了个招呼，同时注意了一下她裸露在外的肌肤——没有烫痕。

"你是？"蔷慧问道。

"刑警。"炎宏将警察证掏出来示意了一下，但蔷慧似乎连看都没看。

"上午不是来过吗？"

"哦，那个不是一码事的。"

"那请进吧。"蔷慧将身子侧在一旁，将炎宏让了进去。

里面的格局和自己的屋子并无二致，但是有些凌乱：床上的床单被褥一看就是潦草地应付堆叠了一下，上面还散落着两件体恤，床头柜上散放着一些零食包装袋。

也正是随着此时的目光，炎宏才不经意地看到了靠近门口的床上的罗雪。她此时仰面靠在左边的床上，睁着眼睛，不知在想些什么。乌黑的齐腰长发如瀑布般垂直落在一旁，闪出耳垂上一小抹雪白，修长的双腿搭在床沿上，微微晃动着。迎着依然璀璨的阳光，此时的罗雪看起来宛如画中之人。

"有什么问题请问吧。"蔷慧略带疲惫的声音将炎宏的思绪拽了回来。

"就是想问一下您的爱人在这个地方的人际脉络，或者……就通俗点吧，和哪些人最熟。"炎宏慌乱中说出的语句有些冗杂。

"这个问题刚才那个人问过了。"

"抱歉，您可能会觉得烦，我也过意不去，但这是例行公事，请您就像第一次被提问一样回答……好吗？"

炎宏其实没想着加最后两个字，以显得强硬一些，但是在触碰到蔷慧的眼神时，心还是软了。

"他在这里的人际关系我的确不怎么清楚，实际上在我眼里，他对他的生意伙伴和那些结交没两天的有权有势的人都是一个样子，我分辨不出来。"

"那罗总昨晚出去干什么，您知道吗？"

"不知道，他和邓辉住在一个屋，他们两个出去的时候没有和我说。"

"也就是说，昨晚只有邓辉和您的先生一起出去，对吗？"

"应该是的，我听到他们一起出门的声音。"

"嗯，好吧，"炎宏略微思索了一下，接着艰难地开口道，"发生这种事情谁也没想到，尤其还是那种天气。昨晚你是和……嗯，这位小美女一起在屋里睡觉吗？"炎宏向后看了一眼，罗雪也扭了下头望向这边。

"昨晚我一直和她在屋里，没有出去过。宾馆也有摄像头，您可以去查。"蔷慧自然明白这是在含蓄地向她确认不在场证明。

"哦，这样。"炎宏手里捏着那张活动仪式上的合照，上面的蔷慧穿的是一身白色的纱裙，"请问，方便让我看一下您的这件衣服吗？"

蔷慧瞟了一眼那张照片，点了点头，接着从行李箱中抽出那件纱裙，完好无损。

"最后一个问题，请问您先生是左撇子吗？"

"不是。"

"打扰了，谢谢。"炎宏笑着起身，顺便扭头看了一眼罗雪——她此时穿的衣服正是照片中那身淡紫色的休闲 T 恤，同样完好无损。

第二间，103。住户：邓辉，死者司机；罗伟，死者。

"打扰了，兄弟。"炎宏敲开屋门后对着眼前这个弟弟辈的家伙随和地说道。

"没事没事，进来吧。"邓辉倒是干脆，将炎宏让了进来，脸上挂着笑容，但炎宏看得出来他在强颜欢笑。

"抽烟吗？"炎宏从兜里抽出一包未开封的云烟。

"不抽的。"邓辉规整地摆了摆手臂。因为穿了件深棕色的秋衣，炎宏无法看到其臂膀上是否有伤痕。

"和你老板一样爱惜身体呢。"炎宏看着邓辉，不自觉地想开开玩笑，因为眼前这个家伙太随和了，"昨天晚上是你和他一起出去的吗？"

"对，他在晚上七点多的时候说要去那里一趟，还拿了一个随身带过来的行李箱。"

"行李箱？"炎宏思索了一下，他很肯定当晚在现场没发现什么行李箱。

"对，"邓辉点了点头，"罗总平时很注意自己的生活质量，一般出门都会带很多私人物品。昨晚我们临走前，他急匆匆地随便挑了一个行李箱便和我走了。"

"里面装的什么东西？"

"这个我就不知道了。"邓辉摇了摇头。

"他说去那个地方，就是说他在走之前说明了目的地就是那个车库对吗？"

"嗯，对。"

"他说要去干什么了吗？"

"我没有问，他也没说。在车上我们随便聊聊，到了地方后他要我先回去，他要在那里待会儿，说不定还要用车。这种情况之前经常发生，他是老板，我是员工，这很正常不是吗？"

"也就是说，他要办一些私事，而且你在不方便对吧？"

"呃……他是不是办私事我不知道，但我的确被他支回来了。"

"那为什么昨天晚上你能在警察来之前就知道罗伟遇害？"

"知道他遇害？"邓辉似乎愣了一下，接着拉着长腔"哦"了一声，"我只是回去找他，但并不知道他已经……因为我和他一个房间，他很晚也不回来，所以我打了电话。但是他的手机一直无法接通，我心里有点慌，就借了一辆车去那个车库看看，然后就……"

"你们分开的时候那么大的雨，你怎么回来的？"

"临走前他让我带着伞，大概晚上九点吧，走回来的。"

"那伞跟没打一样吧？那么大的雨。"炎宏一边笑着说道，一边拿起那张合照，但没有在上面发现邓辉的身影。不过也正常，这样的合照，一个司机怎么会参与进来。

"干了吗，昨天晚上的衣服？我可以看看吗？"炎宏问道。

"还是有点潮。"邓辉边说边从卫生间拿出那件衣服，是一件白色的短袖 T 恤。

"嗯，没洗洗啊？"炎宏接过那件衣服。

"这还洗啥，拿回来直接搭在卫生间里晾的。"

炎宏接着问道："请问在这次活动中，有没有什么人是和死者有着特殊关系的，或者关系比较密切的？"

"这……不好说，我只是一个司机。"邓辉笑着摇了摇头，浑身上下散发着对这个问题最大的真诚和无可奈何。

"周围呢？平时谁和他亲近你总该知道吧？"炎宏不甘心地再次问道。

邓辉想了想，依然摇了摇头。

"你的老板是左撇子吗？"

"不，不是。"邓辉没有一丝犹豫。

"那最近他有没有反常的情况？"

"这个……前一段时间吧，他好像说过总觉着有人在跟踪他。"邓辉回忆着。

"跟踪？"

"对，跟踪，他是这么说的，而且他坐车的时候会经常往后看。"

"他这种身份有仇家也不足为奇。"

"这个……我不好评价。"邓辉右手抓着后脑勺。

"打扰了。"炎宏起身，笑着离去。

第三户，105。住户：陈奕，企业家；王栋，企业家。

"请进。"陈奕穿着正装，将门打开，让进了炎宏。

"谁啊，陈总？"王栋处理着领带，扫了一眼走进来的炎宏。

"警察，和上午那个不是一回事。"炎宏说道。

接着，炎宏询问了罗伟的人际关系，得到了一个意外的回答。

"我和他仅有几面之缘，不是太熟。"王栋摆着手说道。炎宏将目光移向陈奕，陈奕似乎在认真地回想着什么。

"要说特别要好，这个我倒真不知道，你也懂的，我们这一行最大的本事就是套近乎和自来熟。"说着陈奕掏出一包中华，递向炎宏。

"不抽烟，谢谢。"炎宏瞟了一眼，和车上的烟似乎不是一个牌子。同时，隔壁传来了一阵开门关门的声音。

"但要说他有没有朋友之类的，我隐约记得有一次在一个饭局，他带过去一个人说是他朋友，而那个家伙打断道不是朋友，是铁子。当然，是真的朋友还是只是开个玩笑就不得而知了。"

"还记得他的名字吗？"

"只见过一次，不记得了。"

"外形呢？"

"瘦高个，而且……嘶……好像腿脚有些不利索。"

"那你和罗伟先生的关系还好吗？"

"只是一般，见面的话有过几次。"

"也就是说，你见他的那几次只见过他那个好朋友一次对吗？"

"对的，就那一次，之后没见过，也没听罗总说过。"

"这次活动也没见过他咯？"

"没有。"陈奕斩钉截铁地说道。

"嗯，谢谢，最后还得麻烦你们一下……"炎宏搔着鼻头拿出了那张合照……

当炎宏来到最后一个房间 111 的时候才五点四十分，他不禁好奇冯旭为何花了那么长时间。

站在门前，他轻轻敲了两下，无人应答。这种情况当然在意料之中。

"六点开餐，随便吃些便回来等，应该能等到吧？不过不知道住在这里的是个什么样的家伙。或者现在去那个车库和那个门岗大叔交代一下安队长的意思再回来？至于晚饭什么的倒是不打紧。"炎宏思索这些时发现对面尽头 101 的屋门打开，邓辉从里面走了出来。

"你在看什么，同学？"熟悉的声音从侧面涌来，夹杂着薄荷的芬芳。

炎宏将目光稍稍拨正到声音的来源，斗魏从兜里掏出门卡，捏在食指和拇指间转动着。

"办公。"炎宏回道。

"那么，请进吧。"斗魏将屋门打开。

屋内干净得让炎宏有些措手不及，像是刻意画出的一幅画作。只可惜夕阳西下，比之刚才罗雪的屋内，阳光已经不那么灿烂。

"你有洁癖吗？"

"我只是比较勤快。"斗魏笑着说道，"说吧，什么事？"

这句话让炎宏有些好奇，如果今天上午斗魏见过冯旭，那他对自己到来的目的应该很清楚。

"问几个问题。但是别误会，所有参加这次活动的人都问过了，你是最后一户。"

"这样啊，那么问吧，我一定配合。"

"其实你也提供不了什么有价值的线索吧？毕竟你和他只有一面之缘。"炎宏心里想着。

"昨天晚上九点左右你在哪里？"

"真是直接。"斗魏笑着说道，"当时我在家里。"

"家里？你家就在镇上吗？"

"不，在市里，"斗魏撇了撇嘴，"本来说这次采访就是为了捐款和那个小女孩这两个噱头。任务完成后，我本以为完工了，就坐六点多的末班车回家了。谁知道当天晚上主编打来电话，要我坚持到散会，我今早又坐班车赶回来了。"

炎宏眯着眼睛说道："我可是会向你的父母和领导求证的。"

斗魏笑着将手机甩给了炎宏："光向他们求证哪里够？父母可能会为儿子作伪证，领导也只是给我打了电话却没看到我在哪里。你应该去公交公司看昨天下午所有101路公交车上的车载影像，和市区街道的监控录像。"

"真是专业。"炎宏笑了笑，"好，那再问一件事，103房间的那个司机你有印象吗？"

"怎么？"

"我只是想问一下你还记不记得事发当天他穿的什么衣服。"

"你果然很重视我提供的线索嘛！"

"请直接回答。"

"白色，有出入吗？"

"倒是没有，"炎宏思索了一下接着问道，"那你昨天穿的什么衣服？"

"这条线索就是我提供给你的，我也要问？"

"自然，贼喊捉贼的事情还是很多的。"

"就这一件，连上相机笔记本，我的全部家当。"

"少了口香糖吧？"

"也算。"

"还少了烟和火吧。"

"你怎么知道我抽烟的？"斗魏歪了下头，笑着问道。

"很简单，看看你房门前那个垃圾桶就知道了，"炎宏说道，"今早我就发现楼道垃圾桶上那一层石子有湿的有干的，所以好奇特地问了一下。保洁说湿的是因为有烟头丢进去过，石块染上烟灰渍，所以要清洗。我想你门前垃圾桶上潮湿的石子就是刚刚被清洗过吧？"

"即使有烟头也不一定是我扔的啊，对门的110也有可能啊！"斗魏笑着说道。

"对啊，但我只想问你。"炎宏掏出那包未开封的云烟，连着一个塑料打火机一起扔了过去，斗魏收下。

"老实说，我很少抽烟，只有在烦的时候才会来一根。"

"你上午没在吧？早上不是还和我聊天？"炎宏还是问了这个问题。

"开始对我好奇了吗，炎宏同学？"

"两码事。"

"这已经是案件之外的事情了，我上午确实没在这里，但是也没必要向你汇报吧？"

炎宏愣了一下，撇着嘴准备离去。在刚才聊天的过程中炎宏已经打定主意：不去吃晚饭了，先给钱镇长打个电话嘱咐一下，接着到案发现场找门岗大叔把安队长的意思再跟他说一遍，顺便再检查一下现场，回来后再调取宾馆的监控录像，查看刚才那些人的活动轨迹是否与所说的一致。

"刚才那一幕你也看到了吧？"斗魏突然问道。

"嗯？哪一幕？"

"那个司机从女主人的房间里出来。"

"你有点太八卦了。"炎宏说道，"你是想说他们之间有什么不正当的关系？罗雪当时也在房间里，他们最多感慨一下逝去之人。"

"我也没有说他们两个人之间有什么不正当的关系，只是想挑个话头八卦一下而已。不过现在嘛，我只是想和你说一件事，一件我们达成协议后可以双赢的事情，前提自然是你要同意。"斗魏看着炎宏说道。

第二天，邓辉、蔷慧和罗雪在被简单地问了几个问题后，将罗伟的行李撇给警方便离开了。想想看，一夜之间不管是否睡着过，但在天色初亮时猛然回过神来，哦，自己的亲人已经那样死掉了，好像还有很多事情没有和他分享，喜欢吃的菜也好，喜欢看的电影也好……真是难以诉说的凄凉，而且这种凄凉会纠缠他们相当长一段时间吧？

起了个早的炎宏甚至还记得蔷慧那一脸失魂的表情，在往车上走的时候似乎成了一只牵线的木偶，一旁的邓辉一手搀扶着她；而罗雪的表情有些僵硬平淡，不过她似乎往一旁的邓辉和蔷慧处望了几下。

"挺有气质的姑娘啊。"炎宏心里想着，目光饶有兴趣地追逐着那个背影。就好像心灵的共鸣一样，那个背影在上车前竟然真真切切地往炎宏这里望了一眼。

这一眼让炎宏有了久违的心猿意马的感觉。

"回去正式开工，现场那边昨天县里的人已经保护起来了，你以后可能要多往这里跑跑。"安起民拍着冯旭的肩膀说道，但脸色不是很好。因为他交代过炎宏把罗伟的个人行李物品保护起来，但炎宏忘了，直到蔷慧他们走之前才想起来。所以安起民的脸色一直有些阴沉，说话也变了味道。随后，炎宏和冯旭赶忙把罗伟剩余的那一个行李箱取了回来，顺便还向工作人员求证了一下，罗伟来时确实拿了两个小的行李箱，一个蓝色、一个黑色，而剩余的这个是蓝色的。

"回去后先把会上准备发言的资料整理一下，局长要听，午饭在局里对付一下就好了。"安起民不厌其烦地嘱咐道，三人此时正并肩往那辆皮卡警车走去。

"队长，能不能等等我一个朋友？"炎宏考虑再三，还是决定用"朋友"这个称呼。

"朋友？"安起民斜着眼瞥向炎宏。

"嗯，一个记者，想坐咱们的顺风车回去。"

"人呢？"冯旭往后看了看。

"这个……他说马上就来的。"炎宏有些后悔没有存那个家伙的手机号。

"等两分钟吧，都说好了。"炎宏小声"建议"道。看着安队长那阴晴不定的脸色，炎宏恨不得斗魏来的时候能把凶手架过来。

"去他房间看看。"安起民说道。炎宏立马照做。

"真是年轻人，这都忙成啥样啦，还给自己揽活，真不知道咋想的。"

"估计在这里刚认识聊了两句就成朋友了，小年轻多建点人脉也正常。"炎宏身后，安起民和冯旭的交谈声紧追不放。

111的房门紧锁，炎宏感觉自己的头皮都要炸了，甚至觉着连走出宾馆的勇气都没了，但终究还是要硬着头皮走出去。也就是在那一瞬间，斗魏从外面走进宾馆的院子，一路含笑，隔着安起民与冯旭的背影望着他。

炎宏赶忙向安起民指了指正相向而行的斗魏，安起民转过头，似乎是斗魏先打了声招呼，接着斗魏与安起民、冯旭握了握手，攀谈起来。当炎宏走到跟前时，安起民与冯旭已经笑脸盈盈了。

"他跟我说的是你们上午十点走，我还特地提前十分钟。对不住对不住。"斗魏笑着说道。

"没事没事，你们记者可是位高权重，我们不担待，你回去随便写点啥，我们可受不了。"

"哪里的话，还不是你们保佑一方百姓平安，我们记者可比不了。"斗魏虽然在奉承，表情却坦荡得很。

随后四个人上了车，冯旭开车，安起民坐在副驾驶，斗魏和炎宏则坐在后排。

"来的时候坐的市宣传部的车，一车人都跟领导似的，太不习惯，还是这里氛围好。"斗魏一边爽朗地笑着，一边说道。

"那是，领导永远是领导。"安起民补充道。

"赶快学车吧宏弟，用得上的，将来谈恋爱了或者有急事需要出去什么的。"冯旭说道。

"哦。"炎宏嘴上应着，心里想的却是：学会了，好做你的司机吗？

救赎游戏

"眼睛又朝下看什么呢？"斗魏冷不丁地说道，意味深长。炎宏自然明白他是什么意思，也不知是不是控制不住，居然不屑地笑了一下。

整个路程，安起民跟炎宏、冯旭讨论着案情，斗魏则早早地拿出耳机听歌。坐在一旁的炎宏隐隐听到旋律，听歌词似乎都是外文歌曲，而且旋律非常舒缓平静。

"真是荡不起一丝波澜的家伙啊。"炎宏瞥着斗魏想道。

第四章

记者的请求

斗魏面对松垮的防线做出了最后一击，虚荣心永远是人类天性中最不可磨灭的一种，更何况还披上了同情的罩袍。

把斗魏送回位于新华路的报社后，安起民他们一路回到了局里。刚一下车，安起民便火急火燎地安排起任务，诸如整理材料、联系鉴定科要尸检结果等。

中午短暂休整后，安起民召集刑侦大队开了一次会议。除了这次的罗伟遇害案之外，还有另外两起案件，发生在高贤县的杀人案以及市区里的出租车司机遇害案。幸运的是，另两起案件的嫌疑人已经有了眉目。

"人手不够，但现在来讲，还是要以这件案子为重，毕竟影响十分恶劣，领导也重视。"安起民如此总结道，接着又从另两个案件的小组各调了一个人配给冯旭。

"经侦科那边如果有需要，我会跟局长说一声。你先给他们俩说一下案情，在外围分分工。"安起民对冯旭说道。

"好的，队长。"冯旭撑着脑袋说道。

"至于内围，还是炎宏你负责好吧？也没啥，就是问一下他的家人关于他的一些东西，细致一些。你要是需要人手，我也给你配。"安起民利落地说道，"先这样吧，晚上才是正经事，局长听报告，你们俩用点心。"安起民虽然嘴上说的是你们俩，眼睛却只看着冯旭。

"哦。"炎宏应了一声。

他不在乎人手的问题，因为他已经有了帮手，而且应该是个很厉害的帮手。

"正如你说的，你比我强，你起码走在自己喜欢的路上，而我……"当时斗魏在房间的床榻上，脸色有些难看。

"如果那句话伤到你了，我道歉。"

"不，恰恰相反，人不痛是不会清醒的。但我实在想弥补自身这种遗憾，所以我有个请求，这个请求也许会让你为难。"

"确实会让我为难。"炎宏已经大概猜到斗魏的请求了。

"你应该知道刑侦队内部有严格的要求，外人不得参与。"炎宏说道，而此时斗魏的脸上又蒙上一层轻佻的微笑。

"老实说，我总觉着你不是那种墨守成规的家伙，事实上你也不是。你性格高冷，内心绝对有一套自己的准则，不会一味按照他人的规定做事。"

"那是两码事，无规矩不成方圆。"和第一次见面一样，炎宏想要起身离开记者的视线范围。

"规矩是人定的，何况我的要求你还没听，我觉着并不过分，而且——难道你不想在队长面前风光一回？"

"我不是为了风光！"几乎是在同时，炎宏吼着回道，但是内心并不那么肯定。

"好吧，我也抱歉。"斗魏笑着说道，"我会给予你很大的帮助，你会享受到和那些同事共事时完全享受不到的感觉，不想试试吗？"

"但是有规定。"炎宏的防线已经开始松懈。

"我会帮助你找到凶手，而我要求的仅仅是弥补我的一个遗憾，没人会知道。也许我这辈子都只是个默默无闻的记者，再也没机会从事我喜欢的刑侦行业。我不会触及案件的核心，你只需要告诉我你想说的就好，其余的交给我。"斗魏面对松垮的防线做出了最后一击，虚荣心永远是人类天性中最不可磨灭的一种，更何况还披上了同情的罩袍。

炎宏沉默了几秒，一声叹息。他没有给出明确的回复，也许只是不想承认自己已经在这次交锋中败北，然后退出了房间。

救赎游戏

晚上六点半，炎宏给老妈打电话说自己不回去吃饭了，而老妈在另一端又重复絮叨着老一套的吃点热的、不要喝酒等等。挂了电话，炎宏望着灯火通明的单位，叹了口气，其实他觉着今晚回去睡觉都成问题。

材料已经整理完毕，其实也没多少内容，只是将案情和了解到的情况汇总了一下。自然，打字是他的活儿，汇报就是冯旭的事了。老实说，炎宏很想试试在一屋子人面前汇报案情并将自己的看法认真严谨地说出来的感觉。

局长下午就去市里开会了，走得比较匆忙。炎宏猜想除了防汛之外，这起案件也会被着重提起，只是等到局长回来不知道要几点了。炎宏回头看了看屋里的其他人，全都无所事事地玩着手机。

罗雪的身影像潜在水中的调皮精灵一般，时不时脱离炎宏大脑的控制浮现出来，瞄一眼又潜回去。

炎宏摇了摇头，像是要甩掉什么。

局长泉海清回来时已经是晚上九点半了。这期间炎宏又给老妈打了个电话，说要晚回去一会儿。一刻钟后老妈又给他打了一个，叮嘱他晚上回去时要慢些，却被他有些不耐烦地打断了。

"四楼会议室。"安起民站在办公室门口，朝队员们晃了晃手中的笔记本说道。接着便是一个个无精打采的身影像不倒翁一般晃荡了出去。

"刚在市里开完会，我在这里长话短说。"泉海清将帽子放在一边，露出银黑相间的短发。

"一是防汛，市里所有机关单位都要进入备战状态。这局势你们也看到了，再下一阵绝对成灾，到时候各局都要抽调人手维稳。再者就是安队长你那里的案子。"泉海清停顿了一下，接着说道，"市里非常重视这起案件，希望我们下大力气侦破，要用认真负责的态度对待。"

接下来便是汇报，炎宏将手里的几页纸递给了冯旭，冯旭捏在手里做着准备。

"案情我们已经做了初步的了解与推断，今天开完会确定好侦破方案后，明天开始入户调查，到时我们可能需要经侦科协助。"说到这里，安起民看了一眼经侦科的何队长，何队长笑着伸出了大拇指，而泉海清也说会全力配合。

"那让冯旭来讲一下案件吧。"安起民使了个眼神，冯旭站了起来。

"死者名叫罗伟，我市著名的企业家、慈善家。七月二十三日，景家镇举行企业文化交流会，罗伟全家应邀出席，并在二十八日会后捐出一百万元善款用于该镇修建学校。第二天晚上，也就是二十九日晚，罗伟在景家镇未修建完毕的天德商场地下车库遇害，死亡时间在二十九日晚八点三十分到九点三十分之间。另有一名叫粟林的学生一并遇害。两人都是心脏中枪而死。从现场遗留的弹壳与伤口推断，凶器可能是仿 54 式手枪。发现他们尸体的是巡视地下车库的商场安保和另外几名在商场楼上打扫卫生的保洁。由于镇上的基础设施比较简陋，路口和车库都没有安装摄像头，无法查看监控视频。现场的物品只有罗伟的钥匙、钱夹、手表以及粟林的雨伞。凶器和被害人罗伟的手机以及一个特地带过去的行李箱等都被带走。那个消失的行李箱我们已经问过家属，就他们所知道的，里面应该有一些私人衣物和书籍。下一步我们准备进行地毯式搜查，对事发地点方圆五公里以内的居民进行询问，看看能不能有所收获。再者便是要理清粟林与罗伟之间的关系，不过到目前为止，我们觉着粟林的死是一个意外，应该是凶手在对罗伟行凶时被粟林撞见，一并将其杀害灭口。"

"与会的人员都查了吗？"

"查了，都记录了两份口供，前后比对没有发现矛盾。"冯旭所谓的两份口供，一份是自己本子上的，另一份则是炎宏嘴里的。此时炎宏莫名地有些紧张，甚至懊悔，若是现在局长要看这两份口供，只怕自己要挨上两顿骂。庆幸的是，泉海清在这里一笔带过。

"那这两天有什么有价值的线索？"

"这个……"冯旭显然没料到局长在今天就要有价值的线索，而资料上炎宏自然也没有准备，虽然他心里有。

"算了，明天正式开始，一个月内抓紧时间，争取早日破案。还有，现场务必保护好。"

"已经叫镇上的人进行二十四小时保护了，并且勒令他们停工。现场照片也已经拍摄，就等尸检报告了。"冯旭看了一眼小王。

"明后两天就出结果。"小王推了推眼镜。

"嗯，好，好。"泉海清整理着手边的资料，说道，"不是还有两起命案吗？那个……"

"已经锁定嫌疑人，只是追捕可能还要费些时间。这之后会集中力量到这个案子上。"安起民抢先说道。

"嗯，抓紧时间。"泉海清再次强调，接着就其他工作安排布置了一下，而后便散会了。自然，大会后安起民也要来一个小会，直到十一点四十，炎宏才穿着胶鞋，付了比平时多一倍的钱打了辆车回到家中。

"回来得这么晚。"老妈责怪道。

"我以为今晚都回不来了，能回来就不错了。"炎宏说着。

"再吃点？"

"不了，累了，睡觉。"炎宏摆了摆手，向屋里走去。其实炎宏所说的累，是一种迷茫或者疑惑再加上少许工作压力形成的混合物。

他没有将烟头的事写进报告，也没有将自己对粟林之死的疑惑写进报告。他不知道这样对不对，但他就这样做了，而且没有一丝犹豫，就像要坚守什么独属于自己的珍贵东西一样。他曾经对记者说他不是为了出风头，但真的是这样吗？连他自己也搞不清了。也许他不适合当一个警察，更适合当一名独来独往的侦探。

八月一日，异常忙碌的一天。鉴定科的小王在将尸体解剖的事宜交代下去后，跟着冯旭二度回到案发现场进行再次勘查，而炎宏刚踏进办公室的大门便被安起民打发去罗伟的家中。

"天晴了，但还是有积水，就别骑车了。打的去打的回，回来报销。名仕华庭 A 栋一单元 201。"

"现在去？有点早吧？"

"到那里估计就九点多了，不早了。"安起民拍着炎宏的肩膀说道，

"问一些有深度的问题，每个问题之间要展开联想。以后啊，要有一个工作态度……"

炎宏顺手拿了一本新的笔记本和一支碳素笔便径直走出了单位大门。

依然是双倍的车钱。九点十分，炎宏出现在这片 T 市最高档的小区门口。除了犹如巴黎凯旋门一样气派的出入口以及一辆辆熙来攘往的豪车外，最让炎宏吃惊的便是在门口的马路牙子上读着什么东西的斗魏。

"你家住这里？"炎宏径直走向斗魏。

"是啊，我还有辆卡宴在车库没开出来。"斗魏笑着说道，同时拨了拨自行车上的铃铛。

炎宏撇了撇嘴，问道："到底来干吗的？"

"你应该很清楚。既然答应了我，让我辅助，那就应该给我充分的行动权。"斗魏笑着回道。

"但问题是你怎么知道我会来这里？"

"你负责内围不就这意思吗？跑跑腿，记记东西。我只要知道罗伟住在哪里，一大早等着就行了。"

"不用上班？"

"某些原因请了假。先不说这个，聊聊正事吧。你现在是要进去搜集情报吧？"

"没错，但是我不可能带你进去。"炎宏盯着斗魏毫不犹豫地说道。

"不用你带，我也不为难你，我自己有的是正当理由进去。"

炎宏点了点头，应了一声，往小区去了；斗魏则注视着他一点点远去的背影，接着将脑袋转向马路对面。

"201，就是这里了。"炎宏站在门前先打量了一下，深红色的防盗门前铺着一张干净柔软的白色毛毯，想必是蔷慧回来后又收拾了一番。门上的猫眼也非常别致，不像是普通玻璃，外表的光泽更像是类似水晶的材质，甚至能看到异常晶莹的光点流离。

炎宏轻轻地敲了敲门，同时将别着碳素笔的笔记本抓紧了一些。门里传来窃窃的脚步声，听起来像是质地很软的棉拖鞋，接着门被打开。

"是你?"炎宏看着眼前的罗雪。

"你是?"

"炎宏,刑警。那天不是去宾馆房间里找过你们吗?"炎宏试着勾起她的回忆,同时对在她眼里自己竟然如此平淡而感到失落。临别前的那一眼果然是自己自作多情?

"哦,进来吧。"罗雪应了一声,但丝毫听不出她回忆起了什么。

家里的布置除了多出一张罗伟的黑白照片以及前方的两个香炉外,没有任何变化。

这有些出乎炎宏的意料。葬礼前的停棺仪式什么的都不要了吗?这样的布置未免太省事了一点。

"你妈妈没在吗?"炎宏下意识地把这个再次失去父亲的女孩当作了孩子。

"出去买东西了,喝什么?"罗雪打开冰箱,回头面无表情地问道。

"不用麻烦,喝水就好。"炎宏说道,并往客厅的饮水机走去,但半道发现桶里根本没水。

罗雪先是用疑问的腔调应了一声,然后又马上恢复常态,掂起餐厅的一个电水壶往厨房走去,接着传来哗哗的水声。

"桶装饮水器常年使用对人体不好,现在我们家都是喝厨房的纯净水。"

"麻烦了,麻烦了。"本想简单一些的炎宏看到事情变得复杂,有些不好意思。

"没关系,反正我们自己也要喝的。"

炎宏心里盘算着,虽说蔷慧不在,对于询问她和邓辉之间的关系却是个很好的时机。那天从斗魏的屋里出来后,炎宏查看了宾馆的监控录像。除了验证每个人的时间轨迹外,还意外地发现那天罗雪刚好在自己离开101不久后出去过。也就是说,邓辉那次进出蔷慧的房间,确实只有他们两个人,而不是他一开始想的三人都在场,邓辉待的时间还不短。当然这些不足以表明什么,但是炎宏隐隐觉着有必要查一查。

"今天还要问什么？"

"很多问题。可以说从今天开始才是真正意义上的破案调查，希望你们不要烦才好。"

"不会的。"

"那个邓辉，和你们每个人的关系好吗？我是说一对一的关系，每个人。"炎宏如此问道。若是单问他和蔷慧的关系，总觉着有些说不出口，这样问便显得自然很多。

"怎么？你是说他……"

"不不，我不是这个意思，这就是惯例的调查，你回答就好了。就是你觉得他和你爸、你妈以及你的关系如何，希望你能中肯一些。"炎宏再次解释道，手上拿着摊开的笔记本。

"我对他，"罗雪停顿了一下，"有点对付不来。"

"为什么？"炎宏问道，同时心里想着对付不来八成就是讨厌的意思。

"这和他的行为没什么关系，纯粹是因为他的性格吧。"罗雪简单地说道。

"那个家伙的性格挺随和的，没什么不好。"炎宏笑着补充了一句，但罗雪没有回应。

炎宏接着问道："那他和你爸妈呢？"

"和他们的关系还凑合吧，没什么特别。"

"可不可以说具体些？"炎宏追问道。

"这个没什么可具体的啊，他很尊重我爸妈，我爸妈对他也不错，有时会在我家吃顿饭什么的。平时他就管开车修车之类，因为我爸对车一窍不通。"

"那他平时和你爸妈说话呢？有没有俏皮或者开玩笑的时候？"炎宏恨不得单刀直入了。

"我没见过。"罗雪肯定地回答道。

"那你知不知道你爸有一个挺好的朋友，瘦瘦高高的，腿脚有些不便？"眼看上一个问题没有结果，炎宏改变了方向。

"不清楚。"罗雪依然干脆地回答道。

随后两人安静地坐了一刻钟时间，直到大门传来钥匙的扭动声以及男女的对话声。蔷慧拿着一些新到的刊物、强挂着一丝微笑走了进来，后面跟着拎着大包小包的斗魏。

"真是麻烦你了，还带这么多东西来。"蔷慧微微偏着头说道，脸上还是笼着一层愁容。

"我买早餐回来了，小雪，接一下。"蔷慧冲客厅喊道，转过头看到炎宏，似乎有些诧异，但随即恢复常态。

"哪里，应该的。罗先生和我们社长是老朋友了，这次让我过来看看能帮点什么忙也是合情合理，过几天他也会来亲自拜访的。"斗魏笑着说道。

"没什么可帮的，我们也不打算举行什么葬礼仪式了，举行了也没亲人可来。在家里挂个照片，过几天去选个好的公墓立块碑，你叔叔这一辈子就圆满了。"蔷慧的语气很平淡，似乎是在叙述中午的菜谱。

"举行了也没亲人可来?"炎宏心里默默地念着这句话，同时斗魏将一箱纯牛奶以及一件果盘放在靠近门口的地上，然后坐在了炎宏的左手边。

"你们先坐，我去换下衣服。小雪，去给两个哥哥拿饮料。"蔷慧吩咐道。

"我喝水就好了。"炎宏说道。

罗雪起身先拿出一次性纸杯倒了杯水，又从冰箱里拿出一罐咖啡，小心翼翼地将咖啡抵在纸杯的下面，滚烫的水蒸气舔舐着她的手心，炎宏和斗魏都起身想接一下。

"水很烫，咖啡有些凉。"

两分钟后，蔷慧从里屋出来，直视着炎宏。

"还有什么问题要问吗?"她说道。

"正式的破案刑侦今天才刚刚开始，所以以后可能还要多多麻烦。"

"没关系，说到底是为了他，"蔷慧坐在沙发上，微微挪动了下身子说道，"那么，开始吧，我会如实回答。"

"嗯，"炎宏思考着从哪里问起，"这个月罗伟先生有什么反常或者和以前不太一样的地方吗？"

"这个没有。非要说的话，就是每天晚上七点多吃完饭后喜欢一个人出去散散步。"

"您陪同了吗？"

"我这个人不太爱动，有时我陪他去，有时他一个人去。"

"一般散步多长时间？"

"一个多小时吧。"

"那么罗伟先生的身边有没有一个朋友，个头挺高，并且腿脚不便？"

"这个，我还是那句话——这是我第三遍回答此类问题了，今后的回答也肯定是这样。他在外面和什么人打交道、和什么人有特殊关系，我真的一概不知道。为什么你们这么执着于他身边的熟人或者朋友？难道你们有证据显示是熟人作案吗？"

"也算不上证据，因为当时罗伟先生手里拿着一根烟。"

"这我知道，我听邓辉说了，"蔷慧微微垂下头，"我也很奇怪这点，他戒烟很长时间了，身上不会放烟的。"

"对，正因为如此，我们才觉着熟人作案的可能性比较大。毕竟要劝一个戒烟成功的人吸烟可不怎么容易，而且一般人也不会随便接受陌生人敬的烟。"

"但是如果是这次的与会人员，他应该也不会拒绝吧？虽说他们还不算太熟，但是几天的交情下来……"

"他们没有作案时间，我们已经查过酒店的监控视频了。所以我们有理由怀疑，当天晚上您的先生到那种偏僻的地方是和某个熟识的朋友因某些纠纷或事情约在那里，而且内情不便让你们知道。在此过程中他们两个起了争执，他的朋友拿出携带的手枪杀掉了您的先生和那个很有可能是目击者的高中生，然后逃之夭夭。"

"这种可能性……很大吗？"蔷慧问道。

"目前唯一合理的解释。"炎宏信心十足地说道。

"那……"蔷慧瞥了斗魏一眼，小声说道，"您可以进来一下吗？我有东西想给您看。"

两人来到主卧，蔷慧反手将门关上。这间房间的主色调是亮黄色，床也好，梳妆台也好，衣柜也好，统统是亮黄色。说得俏皮些，这金光闪闪的一片似乎很符合罗伟的身份与家世。门口的衣架台上摆着一沓沓的报纸和杂志，上方挂着几件衣服。而双人床上现在只堆放着一个绣着凤的枕头和一席双人被子，偌大的空缺让这张双人床变成了一个残缺不全的世界。

"请您看看这个。"蔷慧打开床头柜最下面的一个抽屉，拿出几张白纸递给了炎宏。

"这是……"炎宏有些震惊。

那些白纸上贴着一串被剪裁下来的字，诸如："我知道你所做的一切勾当！"

"我在盯着你！"

"你的女儿真是漂亮，最好保护好她。"

其余的几张内容也大致如此。炎宏拿起一张举过头顶，那些被裁下的字背面似乎都被涂抹成了黑色。

"这是从两三个月前开始的，有的塞在我们的报箱里，有的是在车门上发现的。"蔷慧压低声音说道，显然是不想让外面的罗雪和斗魏听到。

"就是那辆奥迪？"

"对。"蔷慧忧心忡忡地回道。

"那就你所知，你先生和谁有过节？"

"这个他更不会和我说了。"蔷慧摇着头说道。

炎宏想起邓辉和他说过，罗伟曾经觉着有人跟踪他。

"这些东西，"炎宏也压低了声音，尽管他的声音本来就很小，"罗雪知道吗？"

"没敢告诉她。"

"那么，罗伟先生这一段时间情绪稳定吗？"

"还行吧，只是因为关闭公司的事情，他可能有些累。"

"就是那个他自己办的独资企业？"

"对。因为他对企业管理实在一窍不通，竟然把商业愣生生地做成了慈善，又是送技术，又是送果苗，同时要操心公司上下的事情，所以倒不如直接关掉，专心致力于慈善。"

"冒昧问一下，罗先生生前有交代过他过世后的财产分配吗？"

"没有，但是这似乎不需要额外交代吧？我和小雪是他唯一的亲人。"蔷慧站了起来，向房间门口走去。

"罗伟先生在前往景家镇之前是否进行了一次采购？"

"对，前一天出去采购了一次，开着车。"

"还去别的地方了吗？"

"他在途中有没有去别的地方我就不知道了，应该是采购完便回的家。"

"这就对上了，行李箱里新买的订书机与书钉，另外那件正装上衣看起来也是刚买不久。"炎宏暗自想道。

"这些威胁信可以给我一封吗？"

"可以，你如果需要，可以全部拿走。"蔷慧说道。

炎宏随着蔷慧走出屋子，发现斗魏与罗雪正聊着什么。斗魏的声音中规中矩，但罗雪的声音低沉得不像话，如同从微微蠕动的嘴唇中冒出的一缕青烟，随即便消散在空气中。他们在讨论电影明星——周星驰以及周润发。

"那么，"炎宏瞥了一眼斗魏，又问道，"您知道他买了些什么吗？"

"我只能说出几样，例如枕巾、暖贴和一些运动装等。他当时大包小包地进来，我没有全部查看。当天是他自己收拾的行李，他买的东西也是自己归置的，包括他的衣服，我也没有翻他行李箱的习惯。"

炎宏拿笔在笔记本上记着。

"有没有什么特别重要的东西？"

"不知道，起码他没有对我说有什么重要的东西。"蔷慧说道。

"谢谢，今天打扰了，"炎宏站在客厅里笑着对蔷慧说道，"以后可能还要麻烦您。"

"没关系，你们也是公事公办。"

斗魏瞥了一眼炎宏。自从蔷慧从屋里出来后，他就不自觉地停止了和罗雪的聊天。

"那我也告辞了，阿姨。"斗魏站了起来，笑着说道。

"嗯，你们路上慢点。"

炎宏和斗魏赔着笑走到门前。

"对了，罗雪，"炎宏刚将右手放在大门把手上，突然回过头看着身后起身相送的罗雪问道，"听说你刚刚旅游回来？"

"对。"

"你每次出去旅游，罗总都很支持你吗？"

"他好像没什么理由反对，我这么大了。"

"包括这次？"炎宏问到了重点。

"嗯。"罗雪百无聊赖地回道。与此同时，炎宏望了一眼蔷慧——这个风姿绰约的女人依然面带微笑。

出了门，炎宏观察到斗魏的脸色不是太好，眉头皱着，右手也抚在肚子上。

"怎么了？"

"老毛病又犯了，没关系。"斗魏刚说完，脸色猛然一变，猛跑了几步，挥着手说道，"你别过来了。"接着在小区的绿化带角落停下脚步，俯下身子似要呕吐。

"还挺看重形象啊。"炎宏心想。

大概两分钟后，斗魏慢慢直起身子，却见炎宏从一旁的小区超市走出来，手里拿着两袋牛奶。

"热的。"炎宏一边喝着牛奶含糊不清地说道，一边将另一袋牛奶递给斗魏，"就是因为这个请的假吧？"

"嗯，在宾馆那几天吃得不太习惯，回来就难受了，刚才那罐咖啡也帮了不少倒忙。"

"胃不好还喝凉咖啡，自找的呗。"炎宏虽然说着风凉话，眼睛却不自觉地打量起周围，心想这个有着超市的小区会不会碰巧也有家药店。

"都给我拿过来了，看她端水的劲头，不好意思再麻烦她换了。"斗魏咬开了牛奶袋子。

"我看你是怕累着人家吧？那小妹妹长得不错，对吧？对了，你是单身还是……"

"能不能别挑这个时候谈这个？"斗魏的脸色没有缓和多少，接着问道，"你们在屋里谈些什么？"

炎宏停下了脚步，这个位置，斑驳的光线穿过稀疏的枝叶后刚好游离在他的余光处。

"这可以对他说吗？蔷慧把我叫进屋不就是不想让别人知道吗？而且，这也算案情中比较机密的内容。"

这些念想在炎宏脑中一闪而过，对斗魏来讲却有些漫长，尤其是炎宏停滞的脚步和看向地面的犹豫眼神，似乎将时间拉长了。

"抱歉，我刚才没反应过来，让你为难了。我也只是好奇而已，你可以不说。"

"确实有些为难，但是……"炎宏看着脸色依旧难看的斗魏，有些语无伦次。

"哈哈，"斗魏忽然笑了，"这样吧，你看到小区大门了吗？以那个门为界，在走出那个门之前，你告诉我我就听，走出那个门后，你就算想告诉我，我也不会听了。这样就自然多了吧？"斗魏边说边从口袋里拿出耳机插到手机上，眼睛直直地盯着前方——离大门还有一百多米的距离。

"不过就算你不说，对我们之间的关系也没影响，把这当作一个游戏好了。"斗魏补充道。

形状如凯旋门一般的小区大门默默地矗立在那里，上面雕刻着精致的花纹，一旁的门卫室内，两个门卫围在一起，似乎在做着什么……

在打扑克……

不是两个，原来是三个，还有一个被挡在后面……

救赎游戏

被挡在后面的那个家伙不是门卫，因为没穿门卫的制服，应该是居民吧……

四张牌？扔了个炸弹吗？

那个门卫手里拿着的水杯竟然是搪瓷的，好复古，上面印的是……

毛主席和五颗红星……

大门近在咫尺。

第五章

有趣的餐厅

斗魏预定好的那家叫作"有客来"的餐厅本来平平无奇，但经过一次装修整改，变成了一家很有格调的餐厅。具体点说，就是百分之八十的文艺范加百分之二十的神经范。

八月五日清晨，冯旭、小王以及刚刚被抽调到外围的李峰、刘志远踏上了归途，每个人都是一脸倦怠。实际上，在五分钟前他们甚至为了谁来开车这个问题争辩了一通。

"和我聊着天啊，不然可不保险。"李峰笑着说道，但是那笑容很快化为一个哈欠。

"可别，好不容易有这么重大的发现，回去等着立功领赏呢。"冯旭说笑道。

车内的氛围似乎有了一丝生气，这辆半新不旧的夏利也犹如恢复了生机的兔子一般，跃动着消失在了清晨细密的阳光中。

上午十点半，市公安局。那几封威胁信已经被检验过，上面只有三个人的指纹，一个是死者罗伟，一个是炎宏自己，而另一个自不必说，就是蔷慧了。得知结果的炎宏叹了一口气，虽然知道希望不大，但还是有些失望。另一方面，冯旭那边却有了重大进展：对现场的再次勘查中，在驾驶室车门的把手内侧提取到了三枚指纹，而且经鉴定，三枚指纹并不来源于当天在场的任何人。

"以当天晚上的雨势来看，哪怕车子在宾馆被其他人动过，在从宾馆到车库的一路颠簸冲刷后，也不可能留下完整清晰的指纹了。所以这三枚指纹保存至今只有一种可能，即在车辆开进地下停车场后印上去的。但现在两名死者也好，当时在场的安保和保洁也好，还有那个叫邓辉的司机，都无法比对上这三枚指纹，那这三枚指纹更可能是凶手开车门时不小心留下的。"小王如此对安起民说道。

"先去比对指纹库里的库存，看看有没有比对得上的。如果没有，马上录入罗伟周边所有关系人的指纹，所有，包括那天的与会者。逐一排查，不能漏掉一个人！"安起民拿着一根木棍翻着君子兰盆里的土，同时徐徐地浇着茶水。

"还有那个叫粟林的高中生，我也调查过他的家庭背景，他和罗伟应该没有任何关系。"

"商场周围居民反映的线索呢？"

冯旭摇了摇头说道："没有进展，周围居民实在太少，再加上当晚的天气……"

这个回答在安起民的意料之中，他也压根没想着能从这上面得到什么线索。说白了，现在破案最重要的还是技术手段。他回身拍了拍小王，道了句辛苦。

"家庭背景吗？那个粟林？"一旁的炎宏心里嘀咕着，总觉着冯旭的调查方向有些问题。调查一个高中毕业学生的背景，仅仅调查家庭真的足够吗？

"另外，我们解剖罗伟尸体的时候发现，他似乎得了胃肿瘤。"小王补充道。

"肿瘤？"安起民皱了皱眉头，随即释然，"嗨，人都死了，还什么肿瘤不肿瘤的。对了，炎宏，这件事他家里人知道吗？"

"没听他们说过。"

"那好，你也别说了。"

"明白。"炎宏回道，接着说，"那个，安队长，你看冯旭哥他们活儿挺重的，过几天还要调查公司，所以不如把粟林归到我这里，这样任务也好匀一下。"

"我看可以。"冯旭接过话茬。

"你会开车吗？到时候谁带你去？"安起民一句话问倒了炎宏。

炎宏一时哑口。没错，自己不会开车。等过几天冯旭的外围组将重心移到公司上面时，没人会和他一起往景家镇跑。

"我自己坐车过去。"炎宏顿了顿说道。

"好吧，那就让你试试。"安起民笑着说道。

随后，安起民又重点部署起指纹录入的工作，炎宏则悄无声息地走开了。

炎宏口袋里装着一封信，是门卫周师傅今天给他的，说是昨天晚上一个路过的男人交给了他。这是斗魏给他的一封信，或者说是一段以第一人称叙述的类似小说的选段。

天气晴朗，空气中似乎还跃动着一些未蒸发的水分，它们散发着腥香的泥土味，裹在我的周围。

因为早早得出了他肯定不会带我进罗伟家中的结论，所以我想了另外的办法——以慰问者的名义拜访。所以我一大早便候在那里，心里有七分把握，他今天应该会来调查。

意外的是，我没有先等来他，而是老远看到正打着电话朝大门走来的贵妇人。我的潜意识命令我退到一边的角落。

在她走出小区，对我露出一个隐隐的侧脸时，我似乎看到她满脸荡漾着笑意。

似乎并不是因为那笑意短暂模糊得让我怀疑那到底是不是微笑，而是脑海中固有的"亲人去世后不应该如此"的理念与那真切的笑意猛然碰撞到一起变得七零八碎，让我的意识有些模糊。

贵妇人的身影消失后不久，意料之中的家伙到底是出现了，而且毫不忌讳地抢先一步让我打消与他一起前往罗伟家中调查的念想，这很符合他的作风。在他离开后，我前往商店准备了一些礼品，等待贵妇人回来。

半个小时后（确切地说是二十六分钟），一辆浅蓝色的出租车停靠了过来，贵妇人递过去**五元钱**，掂着**惠民便利店的早餐**和几个不知装着什么东西的纸袋，像灵动的蝴蝶一般拖着长长的衣摆走向小区大门。紧接着好像又是半个小时前的轮回，她打起了电话，满脸笑意。而我跟了上去，像登门拜访我们社长的那些人一样一脸谄笑地客气了两句。也许只有这种笑容才符合我在这个贵妇人心中的形象——替社长蹚路搭建人脉的小职员，也使我这趟拜访更加顺理成章。

所谓高档小区，除了豪车和配套的便民门市外，另一要素似乎就是绿化水准很高。这里的绿化除了灌木丛偶尔影响到车辆的停靠外，其他都还好。一路走到单元楼前，她才放下手机。

"好了，挂了。"她当时冲手机那头这么说，然后挂掉，目光却有些延迟，在屏幕上盯了一会儿。

"朋友啊？"

"啊？嗯。"她敷衍地回道。

我们回到她的家中，警官看起来已经结束与罗雪的谈话，我还算自然地与他打了声招呼。接着，罗雪给我们端上了热水与凉咖啡——老实说，我当时应该谢绝那罐咖啡。

蔷慧在屋里换了身得体的衣服后走了出来，脸色还算自然，但是和在楼下那副笑脸盈盈的样子相比，像是戴上了面具。

警官同学的第一个问题是她有没有见过一个罗伟的朋友，并且将体貌特征大致描述了一下。蔷慧则面露少许的无奈与不耐烦，还算符合逻辑地回答了这一问题，但紧接着她问为什么警方要把侧重点放在罗伟的朋友身上。

"毕竟要劝一个戒烟成功的人吸烟可不怎么容易，而且一般人也不会随便接受陌生人敬的烟。"警官用那根烟蒂作为证据，完善出一套说辞。

"但是如果是这次的与会人员，他应该也不会拒绝吧？虽说他们还不算太熟，但是几天的交情下来……"贵妇人这样说道，最后欲言又止。

接着警官又询问了罗伟生前是否有过采购以及采购的明细，贵妇人神情认真地回想着，而警官也一件件地在本子上记录着——说起这个记录本，似乎有些陌生，在宾馆询问的时候他好像没这么认真。

直到临走前，警官又莫名其妙地问罗雪她的父母是否支持她独自外出旅游，罗雪面无表情地简单回答了这一问题。但在这一过程中，蔷慧的眼神似乎游走得频繁起来，她在担心什么，不得而知。

最后我和警官致礼告辞，奔向又一个未知的明天。

炎宏又读了一遍，这封信里有着用加粗和斜体标记出来的字迹，他也大概能猜到斗魏是何用意。

愣神的功夫，手机一阵响动——是记者想与警官共进晚餐的邀请。

斗魏预定好的那家叫作"有客来"的餐厅本来平平无奇，但经过一次装修整改，变成了一家很有格调的餐厅。具体点说，就是百分之八十的文艺范加百分之二十的神经范。

说文艺是因为这里的菜名都是诗句或者成语，稍不留神，打开菜单，配着一旁的插图，你还以为是赞扬美食的诗集。

而说它神经是因为在你点的菜上来之前，你根本不知道自己点的到底是什么东西，甚至是荤是素都不知道。不过不论是怎样的结果，这些菜都是不能退的。纵然是这种神经质的规定，店里依然每天客流爆满。也许对于食客来讲，在点菜时和亲朋好友商议竞争的乐趣已经超越吃菜了吧。

晚上七点四十，炎宏骑着自行车被堵在了"有客来"所在的新华路上，十来辆机动车已经将非机动车道上的车辆挤到了马路牙边。不远处交通岗的交警正奋力地喊着，挥动着手臂，对这边的现象却无能为力。

炎宏叹着气将车子搬上路牙，慢慢推着。所幸目的地已经不远。

"先生几位?"餐厅门口，穿着红白相间工作服的服务生微微含腰问道。

"有预定的。"炎宏说这句话的当口，眼睛已经扫描到坐在角落的斗魏，径直走了过去。其间，有一位穿着深蓝色条纹制服的年轻女性和炎宏微笑着打了个招呼，左胸口的名牌上写着大堂经理。

"迟到得有些夸张了，警官同志。"

"堵车。"炎宏随意说道，顺便扫了一眼钟表，他迟到了二十分钟。

"堵车也不可能把一辆自行车堵这么长时间吧？"记者眯着眼睛笑着问道，而警官的回应是沉默。

"带钱了吗？"斗魏接过服务生的菜单接着问道，细长的眸子看着炎宏。

"你约我出来，难道不应该是你请我吃饭吗？"

"确切地说，我是约你出来玩一场游戏，输的一方请吃饭。"斗魏将目光收回到菜单上，接着说道，"这家餐厅是一家蛮好玩的餐厅，一大特色便是在菜没端上来之前你无法猜到自己点的是什么东西，所以我想和你玩一个游戏。我们点四个菜，每人点两个，让对方猜自己点的菜里都有一些什么东西。只能猜六个食材，当然，花椒、大料之类的除外。猜对多的获胜，输的一方结账。"

一番言论后，炎宏与斗魏无疑成了那一小片区域里的焦点，温文尔雅的服务生则面带微笑候在一旁。

"好像挺有趣的，可以先让我看一下菜单吗？"

"可以，请。"服务生将菜单递了过去。

"嗯。"炎宏翘着嘴角微微点着头，接着将菜单缓缓合上。

"我还有事，先回去了。"炎宏一脸淡然地起身，准备离开。这一变故让周围笑声窃窃。

"你这样就没意思了。"斗魏一动不动。

"你这样才幼稚。"

"警官先生，恕我直言，这个游戏比你们平日里去抓捕那些在监控摄像头里留下身形的傻瓜嫌疑人要难得多。"

"问题是，这里我确实是第一次来，但是你……"

"虽然认识的时间不长，但我在你的心里竟然留下了这种印象吗？"斗魏直视着炎宏。

"那可保不准，知人知面不知心。"

救赎游戏

"算了，我请吧。"斗魏撇了撇嘴，哼了一声——自然，他是故意做给警官同志看的。周围人的目光又猛然聚焦在炎宏身上，不知为何，炎宏有些窘迫。

"行啦行啦，那就玩吧，真是的。"炎宏转身坐了下来，微微皱着眉头。他很好奇为何眼前这个家伙仅仅靠言语就能控制别人的心理，从刚见面到现在，自己似乎一直处于弱势。

"'兵临城下'、'莺歌燕舞'，谢谢。"斗魏很快报上了自己点的两道菜，将菜单递给了炎宏。

"'金玉其外'、'大珠小珠落玉盘'。"炎宏也很快点完了两道，接着将菜单递给了服务员。

"请稍等。"服务员微笑着离开。而斗魏也起身去了趟洗手间。

"你觉不觉得这里的服务员表情体态有些怪怪的？"斗魏就座后，左手撑着脸颊，拧着眉头望着四处的服务员，神态像是遇到了难题的学生。

"还好吧，表情很到位不是吗？"

"好啦，不管那么多了，进入正题吧。"斗魏伸了个懒腰接着说道，"你点的那道'金玉其外'，我想应该有奶油、玉米，还有……黄瓜吧！金和玉都有了！至于'大珠小珠落玉盘'嘛，有些难度。大珠小珠的类似体太多了，我就猜葡萄、松子，剩下的一种……就是冰糖吧，毕竟能和水果搭配的食材不多。"

"你点的'兵临城下'，我猜有奶油、花生，还有橙子。"

"奶油、花生、橙子？兵是冰激凌，也就是奶油，城就是橙子？不错的思路。"斗魏笑着说道。

"另外一个'莺歌燕舞'，莺歌燕舞形容春天的花红柳绿，这个我就猜红椒、青椒和里脊肉吧！"

"红椒、青椒说得过去，里脊肉和春天有什么关系？"

"没什么关系，我只是觉着里脊肉配这两样味道应该不错。"炎宏探了探肩。

"那封信收到了吧？"斗魏问道。

"自然，又不是什么好东西，谁还会私吞？"

"看完有什么感触？"

"玄而又玄。"炎宏用古怪夸张的腔调回道。

"我也只是练练文笔，顺便给你一点提示，把你看不到的东西呈现给你。"

"我想用字体加粗标出的应该是你觉着这段描述中有不合理或者古怪的东西，而用斜体字标出的是一些不正常的心理。"

"不错，"斗魏说道，"那天蔷慧回来时掂着便利店里的特制早餐。但据我所知，她家周围最近的一家便利店在三条街之外的红星中街，即使坐车也要一刻钟左右的时间。那天她从出门到回来确实只用了半个小时，但问题是她回来时只给了司机五元的起步价，这证明……"

"证明她是在半道打的车。因为她来回只花了半个小时的时间，刚好是坐车一来一回的时间，所以在打车之前肯定坐了某个人的车，而蔷慧不想和这个人共同出现在自己家附近，所以只让那个人把自己送到家附近的路口，自己又打车回来，对吗？"

"理论上是的。"

"你为什么不把自己的猜想写出来呢？"

"避嫌。"斗魏笑着说道，"我只是写出自己看到的东西，但是我不想让我的想法左右你的思路，所以只把可疑的地方标出来，让你自己去摸索。如果我们真的心有灵犀，想到的东西自然一样。"

"起码这个是一样的。"炎宏说道。其实在来这里之前，炎宏已经急匆匆地又去了一次罗伟家所在的那条街——这才是他迟到的原因。通过询问得知，最近的便利店确实在红星中街。但是这不能断定蔷慧坐过某人的车，更无法确定蔷慧是不是真的在半道拦过出租车，并且到家后给了五元的起步价。毕竟他没有亲眼看到，只是从斗魏那里听来。不过这些事情没必要查得那么细，在道路监控如此发达的当下，只要想知道，总能知道。

"听这句话，其他标出来的地方你也思考了一番咯？不如说一下。"斗魏提出邀请。

"那句'直到单元楼前，才放下手机'以及'啊、嗯'的应答无非是显示出她的恋恋不舍以及对你的敷衍，想必电话那头是个对她相当重要的家伙。但那句'虽然不是太熟'，老实说，我没发现这句话有什么特别，稀松平常。"

"真的稀松平常吗?"斗魏抿了口热水，说道，"其实我们有时候都不知道，一些下意识的字眼和动作会出卖自己的内心，这是每个人都无法控制的。"

"所以呢?"

"在她和你讨论罗伟是否会接受一根来自陌生人的香烟这个问题时，你给出的论点是因为戒烟的缘故，罗伟不可能接受一个陌生人递过来的香烟，所以香烟一定是熟人递的。而蔷慧在这里中和了一下这两者：也许是个半生不熟的家伙，例如这次慈善大会的与会人员——虽然刚认识，但不是太熟，说不定有进一步的合作，也不好推脱。那么问题来了，你觉着她为什么会脱口说出这句'虽然不是太熟'?"

"为什么?"炎宏喃喃道，"你是说，她在那一瞬间其实内心是有一个参照物的，以这个参照物与罗伟的关系，得出宾馆里的那些与会人员与罗伟的关系还只是不太熟?"

"没错，这就是我的想法，"斗魏喝了口热水，接着说道，"人的潜意识和下意识的动作、语言是不会骗人的。我想罗伟身边起码有一个非常熟知的朋友，而且明显不同于罗伟周围那些只有利益关系的家伙。"

"如果是这样，倒是可以和宾馆那些人对上。"炎宏心里想道。早在宾馆和冯旭做那些询问时，炎宏就从105、107以及109房间的与会人员口中得知，在罗伟事业蒸蒸日上时，他们确实见过罗伟身边有一个关系看起来不一般的家伙，而且他们描述的体态特征几乎相同。但遗憾的是，因为时间太过久远，没人记得那家伙叫什么名字。

"一个连随便几个外人都知道的关系不一般的朋友，罗伟却没有给妻子女儿介绍过，这似乎说不通。或者说蔷慧有意隐瞒这个人的存在?"炎宏心里联想着。

"在想什么？"斗魏打断了炎宏的沉思。

"没什么，下一步的打算而已。"

"有什么打算？"

"去景家镇调查那个叫粟林的家伙，还要再去一次死者家中问一些问题，最后我想调查一下罗伟生前出去采购的动向。"

"采购？那还能有什么动向？"

"不知道，但这是死者生前最后一次在市区独自外出，我觉着应该有一些有价值的东西。"炎宏捻着下巴说道。

服务员的脚步声由远及近，菜肴的清香也飘然而至。

"我们好像忘了要主食。"炎宏说话的当口，刚才那个服务员小哥已经托着四盘菜来到桌前。

"这是你们的菜，齐了，请慢用。"依然是微微含腰，赔着微笑。

"你吃米饭还是馒头？"炎宏问道。

"馒头。"

"一个馒头、一碗米饭，再来两杯豆浆，热的。"

"好的。"服务员记了两笔又翩然离去。

"激动人心的时刻呢。"斗魏抄起筷子在其中一个菜盘上轻轻敲了一下，"来看看谁来付账吧！边吃边决胜负。"

炎宏自然也掩饰不住好奇心，脑袋向桌前伸了伸。

"兵临城下"果真如斗魏所讲，是道冰激凌甜品，三层剥了皮的厚实橙肉上淋着草莓和蓝莓酱，另一边堆着九个冰激凌球，3×3地排列着，每个球上还点缀着一颗无核樱桃。

"莺歌燕舞"则是雕刻成莺燕状的圣女果与切开的黄瓜段，圣女果里塞着类似于咕老肉的东西，呈深红色，而黄瓜段里则填充着绿色的炸面糕，里面裹着玉米浆。

"味道确实不错，不错。"炎宏的嘴角甚至因为这份意外的惊喜微微向两边提着。

"奶油、橙子，对了两个，已经很厉害了。"斗魏笑着将视线和手中的筷子移到另外两个菜品上。

"金玉其外"是一堆炸土豆片插在四个个头适中的土豆上，四个土豆的表面都被炸至金黄，撒着椒盐、辣椒粉等调料，土豆里面则放着一大团白色棉花糖，上面撒着巧克力酱。

"严格来讲，这道菜是不是应该加上一句'败絮其中'？这团棉花糖和巧克力酱还真是形象。"斗魏鼓着腮帮一边吃一边说道，焦脆鲜香的土豆片发出细密的咔嚓声。

另一道"大珠小珠落玉盘"由两盘食材组成。一盘是大小不一、外皮和内核都已去掉的葡萄，另一盘则是经过剪裁的生菜叶。这些生菜叶被切成了小片，浸在碧绿的薄荷味的菜汁中，最外面则结了一层冰将菜叶和菜汁盖住，冒着丝丝凉气。吃的时候只需夹住一颗葡萄，同时轻轻敲击那层冰，将菜汁和菜叶露出，将葡萄放进菜叶里一起食用，味道用炎宏的话说就是清香至极，而且厨师对甜味的把握准得令人发指。

"老实说，这道菜这种口味，我从未试过，甚至无法想象到。这个厨师应该去中南海才对。"炎宏不可思议地说道。

"就像进入了异空间，对吗？"

"看来你和我感同身受，"炎宏夹了一筷子冰激凌送到嘴中，"还有，你输了。"

一个多小时后，在男服务员毕恭毕敬的微笑注视下，两个人走出餐厅，也都回头看了一眼这个在他们眼里算得上奇妙的地方，不管是饭菜，还是那些服务员。两人推着车子，很默契地没有骑行，而是在路牙上慢慢晃荡着。周围五彩斑斓的画面像是被扯成了卷轴，随着两人的脚步缓缓向前铺展开来，远处广场上空几道激光灯来回探照着，几只风筝凌风而翔。

经历一小段的沉默后，炎宏先开腔了。

"老实说，当初你说要帮助我时，我还以为是什么方法。"炎宏紧了紧衣领。

"但我觉着这种办法很赞啊！我会成为你的另一双眼睛，给你传递你没有注意到的情报，这样你能提出更多的假设，也就有了更多的突破口。"斗魏说道，"自然，前提是你要相信我。其实就算不信，我们俩也没什么损失。"

"语言和内心吗？"炎宏自言自语着。

"不只这两个，还有表情。"斗魏着重说道。

"但我觉着，依靠这些东西破案太虚幻了。实实在在的科技手段才是主力，指纹、掌印、监控录像、体液分析出的 DNA，等等。"

"对，科技手段确实是主力，但不是全部。"斗魏笑着说道，"若是没了科学技术便破不了案，那往前推个几百年，凶手岂不是可以为所欲为？"

"那时有那时的方法，只是我们不了解罢了，这不过是破案率高低的区别。但是我想，在哪个朝代都不会用语言、心理或者表情当破案线索的。"炎宏紧跟着说了一句。

"我已经说过了，我没有把这些东西当作唯一的手段，而且我也承认科学技术依然是刑侦破案的主力军。我只是说，这些东西是奇兵，是在无路可走时能够给予你帮助的东西。"斗魏摆动着右手说道，"你在警局这么长时间，一定见过那种破不了的凶杀案件吧？"

"自然见过。"炎宏面无表情地回道，"前年在旧南路小巷里发现了一具女性尸体，到现在也没抓到凶手。开元路小区五号楼去年发生了入室抢劫案，户主受重伤，最后抢救过来也提供了不少信息，甚至连相貌都基本描述出来了，但劫匪还是没有抓到。还有……"炎宏停顿了一下，"总之太难了，大海捞针一样，这样的例子放在全国不胜枚举。"炎宏那眼神深沉得似乎要望穿时间，回到过去一般。

"那你觉着在那么多科学技术的帮助下，为什么还是抓不到那些凶手呢，炎警官？"斗魏反问道，而炎宏一时间只能用沉默回应。

"抓不住凶手，你们是怎么向人民群众和受害人家属交代的呢？"斗魏嘴角浮上一抹笑意，"不会又是用千篇一律的报告敷衍一下，平复遇害者家属的情绪，说几句客套……"

"够了啊。"炎宏决绝地说道，侧着头，皱起了眉，而斗魏似乎大功告成一般舒了口气。

"你知道吗？那家餐厅换过老板，说不定整个店都被人买了下来。"斗魏突然不着边际地说了一句。

"你怎么知道？"

"推理而已，想听听吗？"

"随意。"炎宏虽然这样说着，脚却不自觉地停住了。斗魏也步调一致地停在了原地，面对面地望着炎宏。

"其实挺简单。我的这个猜想没有任何实质性的证据，仅仅是根据几句话推理出来的，"斗魏笑着推了推眼镜，"这家店是去年七月中旬开张的，到现在有一年时间。不过我还清楚地记得当时我们报社的《美周报》编辑部去试吃，回来之后要写篇文章宣传一下。"

"理所应当，各取所需。"炎宏插了一句。

斗魏笑着摆了摆手接着说道："关键是他们回来之后的反应。我记得下午去找他们的时候，他们的反应都太平淡了。尤其是李姐这个文艺女青年，如果那时的菜单和现在一样，她不会什么都不说的。上报时也只是简单说了几句价格实惠、菜品丰富、口味独特之类的话，所以我可以大胆推断，刚开业时的厨师和菜单都换过了。"

"老板呢？"

"老板换过是刚刚去卫生间时推断出来的。"

"卫生间？"

"对。因为去卫生间会经过后厨的大门，出来的时候我听到那个大堂经理似乎在和其中一个厨师开玩笑，说以后升职加薪可要让这个厨师替她多多美言之类，而其余的工作人员也有随声附和的，叫着'伟哥'什么的，应该是那个厨师的名字。由此可见，这个叫伟哥的厨师和老板的关系不一般。"

"那也不能说明老板换过啊！也许老板还是之前的老板，这个叫伟哥的厨师在一开始不方便出山帮他，餐厅老板只能用个普通的厨师，所以你的那帮同事没尝到这个厨师的手艺。而现在这个伟哥出山了，然后……"

"然后为了迎合一个厨师，餐厅老板推翻了之前全部的菜单？"斗魏反问道。

炎宏沉默下来，心里掂量着。他自然对餐饮业一窍不通，但是为了迎合一个厨师而推翻之前的所有菜品，确实不大可能。

"其实，确实是有这种可能的，"斗魏小声说道，"只不过我觉着比起这种情况，我推断出的情况更加合理，可能性也更大一些。"

"什么情况？"

"很简单。就是现在的老板看上了这家餐厅，而且他拥有无可比拟的优势，就是他有一个甚至是一群厨艺极好的厨师，而且现在的菜品应该也是他们早就筹划好的，之后便顺理成章了。"

"有一个很大的漏洞。现在的老板看上了就一定能让以前的老板同意将餐厅拱手送出吗？是什么原因让以前的老板放弃餐厅？经营不好？不会吧，时间周期太短了。几个月时间怎么可能看出一家这么大的餐厅的经营情况，况且地段这么好，生意不会差到哪里去。"

"不，我想一定是新老板开出了一个让前任老板无法拒绝的条件！"斗魏说道。

"说说看。"

"很简单。餐厅从布局到菜品都很精致，这证明老板是个有生活品位的人。什么人更有可能有这种精致的生活理念？自然是有钱人，有钱到可以将有客来连招牌带餐厅都买下来。"

"有一些道理，虽然猛地一听有些跳跃，但是细细分析起来，还算得上一环扣一环。"

"但是我们在这里这样说没用，不如去求证一下。"

直到不自觉地跟随斗魏往餐厅返回时，炎宏才发觉自己已经在原地站了许久。一旁马路上等红灯的车队不知换了几轮，远处的风筝也早已消失不见。

一切正如斗魏所料，不只是老板，从服务员到厨师全部换了一个遍。在确定答案后，斗魏只是微笑地看着炎宏先行离开餐厅。

救赎游戏

"换作是你，想要证明这家餐厅换过老板，是不是会找一些人证、物证和餐厅门把手上新老板的指纹呢？"斗魏在路上开着玩笑。

"证明嫌疑人犯罪是需要证据的，哪怕你知道凶手就是他，"炎宏揉了揉眼睛说道，"这比猜一家餐厅是否换过老板复杂得多。"

"但不可否认，我用更快、更简单的方法得出了正确的结论。"

"在断案时，没有证据的正确结论除了让众人义愤填膺、让罪犯扬扬得意外，什么用都没有。你得出餐厅老板换过的结论可以去求证，但是你用同样的方法在没有证据的情况下推断出某个人是罪犯要怎么去求证？直接问他你是不是罪犯吗？"

"这个世界上没有任何一件事情是不可能的，也没有什么事情是绝对的，破案也是一样。"斗魏推着车子，链条发出吱啦吱啦的声音。

"其实，我们这样争论一点用也没有。"斗魏耸了耸肩。

"你该换辆车子了，光是想象一下你骑上车子后链条转动的声音我都觉着耳朵难受。"

"嗯，确实准备换一辆的，山地车好还是电动车好？"

"山地车吧，"炎宏说道，"电动车往那里一坐，什么都不用动就容易发呆，像你这样思考问题容易入神的人太危险了。"

"这也是我通过假设推断出来的。"炎宏顿了顿，补了一句。

"嗯，确实值得注意。但是老实说，我的工作没什么东西值得我入神思考。我喜欢更加有趣复杂的问题，例如现在我们所面对的。"斗魏说道。

"好吧，我们就我们吧。我记得我对你说过，你充其量算是个帮忙的。"

两人漫步走到十字路口，车头掉转向不同的方向。

"什么时候有空我回请你一顿。"炎宏骑上车子，扭头说道。

"你请的话，随时有空。"记者笑着说道。

"嗯，希望到时候你猜食材能赢过我。"炎宏笑着挥了挥手，弓着身子猛蹬了下腿，一头扎进略带光晕的夜幕。

第六章

可悲的死者

炎宏细细观察着他们每一个人，几乎有些入神，因为那些满足快乐的表情几乎要从这些家伙的脸上脱离出来，成为一件固体艺术品，每一件艺术品都有自己细微的妙处。

指纹的排查在第二天便有了结果。在指纹库中，奥迪车门把手上的三枚指纹被比对出来，属于一个叫列杰的家伙。资料库显示，二十二年前，列杰因盗窃罪被判入狱两年，因此记录了他的指纹。今年，列杰已经是整四十的年纪了。

梳理出嫌疑人后，安起民一刻也不耽搁，马上组织人手进行抓捕。而在此时，炎宏已经在前往景家镇的车上了。

直达景家镇的 101 路公交车上，炎宏习惯性地坐在角落靠窗位置，脑袋倚着手臂听着歌。他的身边是一个用手机玩游戏玩得入迷的小伙子，正一边笑一边询问前座的同伴关于这个游戏的诀窍。炎宏瞥了一眼那个枪战游戏便将目光投放在整个车厢里。

这二三十个乘客都是往景家镇去的。除了三个穿着得体、肤色健康、依偎着男友的姑娘外，几乎都是年轻力壮的小伙子，每个人都拎着一两个不小的包囊。他们每个人的脸上都泛着浅浅的红光，像是将熟未熟的山楂，表情或是嬉笑或是恬静，感受不到一丝一毫的负面情绪。他们总是苦中作乐，竭力汲取生活的乐趣，朝着希望奔跑，甚至连那一个个沉重的包囊都变成了能与其分享快乐的伙伴。

炎宏细细观察着他们每一个人，几乎有些入神，因为那些满足快乐的表情几乎要从这些家伙的脸上脱离出来，成为一件固体艺术品，每一件艺术品都有自己细微的妙处。这种状态直到车身微微一震才被打断。

车速不算太快。余光处市区八九点的清晨景色一缕缕飘过，上学的孩子，上班的大人，街边热气腾腾的豆浆油条，众人身上五颜六色的着装……这些因素仿佛化为了清风中抖动的细长柳叶，周而复始地环绕在炎宏周围。

行驶到市郊道路上后，炎宏皱着眉一把摘下了耳机。他脑子里千丝万缕的念头乱得像团麻线，尤其是看到那一件件艺术品后，心烦的领域陡然从案件扩散至整个人生，而音乐像一只触手将本就缭乱的线头打成了死结。

"烦人！"炎宏愤愤地小声嘀咕一句，像是要把脑中的千丝万缕喷出去一般，但也只是隔靴搔痒。接着炎宏从背包中拿出一本纯黑色的牛皮笔记本，笔记本的扉页上别着一支精致的钢笔——这一套东西是去年十一月生日时父亲送给他的。本来的目的是让他养成记日记的习惯，并列举了一大堆名人典故，得出凡是成大事的人都会记日记这一结论。无奈炎宏有心无力，从拿到手就没动过笔。

"这么好一个笔记本不能浪费了吧？你好赖写点东西动动笔行不行？你们这些年轻人就知道电脑电话，笔都不动了，以后能干啥？"炎宏的父亲不止一次无奈地说过。

在这样的抱怨下，炎宏磨洋工一般不时在本子上写点东西，对老爸有个交代。两百页的条格纸，现在已经写了二十五页半，大多是炎宏的工作体会，也有些炎宏自以为有纪念意义的特殊事件，例如，在今年二月某一次抓捕小偷的过程中被划伤手臂，让老妈心疼了一整天，还唠叨着让他换个工作。其余极少的部分是炎宏对这些罪犯的碎碎念，一般将案件简单叙述一番，重点描写罪犯遇到了怎样的困境才去犯罪，然后以自己的语气道出若是自己碰到罪犯的处境会怎样做。

久而久之，炎宏发现笔记确实有存在的意义。任何时候，不管怎样的喜怒哀乐或者琐碎小事，将它们化成文字再去回收感悟，总能获得不一样的体会。一句话、一个动作甚至一个表情在当时是否合理、是否妥当，只消动动笔记下来，便能取精去糟。

炎宏取下钢笔，打开笔帽。因为车辆的轻微颠簸，炎宏不得不将笔尖重重地抵在纸上一笔一画地写着，记下这次案件中所有让他匪夷所思、让他现在脑袋乱成一团的因素——

（1）粟林为什么要去地下车库？他的出现到底和罗伟有没有关系？

（2）发匿名信威胁罗伟的家伙和跟踪他的是谁？会不会就是凶手？

（3）为什么蔷慧他们不知道罗伟那个腿脚有些不便的高个儿神秘朋友？是真的无足轻重还是另有隐情？

（4）蔷慧与邓辉到底是什么关系？若其中真有不可告人的秘密，那罗伟的死与这两个人可能就有挣脱不开的关系了。

（5）凶手为什么要带走罗伟的手机与行李箱？里面到底有什么秘密？

将这些问题一一记录下来后，炎宏的心里猛然舒畅了很多。

其实我们很多人都是如此。有时候苦恼不是因为解决不了问题，而是根本理不清问题出在哪里。此刻只消静下心来认真梳理，将问题总结出来，想必心情也会好上不少。

近一个小时后，车速慢慢放缓直至停止。乘客们纷纷起身收拾行李，准备下车。往窗外看去，最显眼的就是通向镇子的那条还未完全硬化的飘着尘土的马路，一层黄光盈盈地拢在上面。此外，枯树三四棵，行人十余个，丛生杂草和野菜分道两边。

"现在，要解决第一个问题了。"炎宏捏着笔记本随着人群下了车。

在经过两次倒车和二十分钟的步行后，炎宏到达了他的第一站——天德商场的地下车库。虽然停止了施工，但是商场车库前的门岗一直没有断过，而且比第一次来的时候多了一个挺气派的塔形保安亭。

出示警官证后——尽管炎宏觉着这纯粹是多此一举——炎宏由车库正门进入。右脚刚刚踏进车库，炎宏便紧紧盯着最北头的那辆奥迪车。那片现场已经用红黄两色的警戒线围了起来，地面上用白线描着罗伟尸体的陈列姿势。由于是白天，没有灯光的地下车库看起来反而比那天雷雨交加的晚上还要阴沉，每一寸水泥墙壁与地板上都升腾着一种刺骨的阴冷。

"就在这种地方，他被人杀了。"炎宏心里默默想着，回忆着《美周报》上罗伟模糊的面容。对于见惯了生死的炎宏来讲，看到一具具陌生的尸体、一个个无辜的被害人时，虽然都心生惋惜，却无法感同身受，不管是对被害人还是被害人的家属，因为炎宏从未见过他们，他们的事迹、他们的性格、他们的思想，炎宏一无所知。也许对于炎宏或者其他每一个人来讲，他们惋惜的只是生命本身，并不是那一个个无辜却陌生的被害者。这样讲似乎有些冷血，但对于包括炎宏在内的普通人而言又无可奈何。

但是在见过罗伟的亲人同事，倾听了罗伟生前的种种事迹后，炎宏突然觉着罗伟在自己心中逐渐要活过来一样，这每一丝每一毫的阴冷都好像要化成文字向自己诉说什么。

奥迪车身上满布细密的灰尘，地面大片的血迹已经干涸，变为棕黑色，像是即将被土地吞噬的枯骨一般。

炎宏花了一刻钟的时间从北面的楼梯间上去又下来，然后径直从南门离开了，似乎毫无收获。

到达粟林的家中时不到十点。那是景家镇上的一座普通平房，炎宏不费吹灰之力便找到了——向在街上交头接耳嘟囔着这次谋杀案的两个村妇打听了一下。

炎宏在旧得掉漆的红色铁门上拍了两下，紧接着便传来啪啪的拖鞋声，开门的是一个四十多岁的中年女人。

"你找谁?"女人用县里口音大声问了一句。

"警察。"炎宏掏出警官证。那女人分明愣了一下，垂下的眼睑像把身体连带着情绪一并拉低了一般。

"进来吧。"

四五十平方米的院子，北面、东面、西面各有一间屋子，北墙的东头还有一架用作上房的铁梯。院落中间杵着一个水龙头，下面有一盆泡着的衣服，水龙头的东边有一棵不知其名的树，长得还算枝繁叶茂。

"就您一个?"炎宏四周看了看。

"还有……他上家具厂干活去了。"女人犹豫了片刻，用了"他"这个字眼。如果粟林还活着，这个女人或许会说"他爸"吧?

"哦，这样，"炎宏移了几寸脚步，接着轻声说道，"我就是想来了解一下情况，包括粟林的家庭情况和他在学校的情况。"

"没什么好说的。"不知为何，女人的情绪变得有些激动，这让炎宏有些意外。

女人没再理睬炎宏，走到水管前，蹲下身子揉搓盆内的衣物。这气氛让炎宏尴尬起来。

"我想知道那天晚上……"

"啪！"女人恨恨地将衣物掷在盆内，发出一声闷响，溅起的水花跃上了女人的肩膀和头顶。紧接着女人又将衣服捡了起来，继续搓着。

"我也是为了帮您，阿姨。"炎宏小声说道。

"我知道，前一个警察也是这么说的。"女人手上的动作快了起来，"西屋是他的屋子，你进去看看有什么能帮到你的吧。"

炎宏应了一声，朝西屋走去。

"别把东西弄坏了。"在炎宏掀起门帘前，女人低着头闷声补了一句。

死一般的沉寂像一张挂在门帘后的猎网将炎宏罩在其中。屋内昏暗的光线与地下停车场的不谋而合，与门槛齐高的两扇玻璃窗户上贴着报纸。从身后门帘的缝隙中挤进来的羸弱的光线中，细密的尘土飘浮着，不遗余力地将那股隐隐的霉味传递到炎宏的鼻腔中。

单从这间屋子的配置炎宏就可以断定，粟林家的经济情况不怎么样。

吊顶的电灯是一只孤零零地散发着橘红色光芒的瓦斯灯泡。炎宏在这片橘红色中打量着周遭的一切：一张铺着红黄颜色床单的单人床，床旁边紧挨着一张类似于学校里用的黄色单人课桌，这张只有个桌斗的课桌就是粟林的学习桌了吧？除了一盏棕色的台灯和一个九成新的插排外，课桌的其余空间被各式各样的书籍占据。床头旁还有一个破旧的衣柜，炎宏打开后却是空空如也。此外，屋内北墙上贴着满满的奖状，从小学到初中再到高中，从三好学生到各项比赛的奖项。

"真是可惜了。"炎宏摇着脑袋轻叹道。

接着炎宏将目光移到了那个挺新的插排上。不知为什么，炎宏觉着那个蓝白相间的插排和这昏暗的环境格格不入，就像平静的水面上突然溅起一片水花，将炎宏的注意力吸引过去。

炎宏俯下身子，顺着电源线在课桌下方的墙角处发现了一个蒙着一层油腻和灰尘的插座。炎宏拔下插排的插头，发现插座上插孔周围的油腻灰尘要比周围淡一些，形成了一个长方形的区域。炎宏从插排上拔下台灯的插头，插在插座上，发现那片长方形的区域和台灯插头的面积吻合。

"台灯的插头以前是在这个插座上插着的，从痕迹来看，这个插排应该刚买不久。"炎宏心里想着，又仔细观察起插排，发现除了刚刚拔下台灯插头的那个插口周围有使用过的痕迹外，其余两个插口壁面上也有少许泥污和摩擦的痕迹，说明也被使用过。

"台灯的插头位置一般是固定的，不会随意变更，所以另外两个插口一定给其他什么东西充过电。"

"那个……正看着呢？"粟林母亲的声音冷不丁从背后传来。

"嗯，随便看看。"炎宏转过身，收起思绪，同时放下手中的插排。

"刚才不好意思了，我也不是冲你小同志，就是……"

"我知道，阿姨，我知道，理解。"炎宏急忙打断道，他知道粟林母亲已经没有勇气往下说了。

"你有什么想问的，现在问吧。"粟林母亲说道。

"您儿子当天晚上出去前说了什么没有？"

"当晚？他下午不到四点就打着雨伞出去了。"

"下午就出去了？"这个回答有些出乎炎宏的意料，但他很快平静了下来。

"你们听他说起过罗伟这个人吗？"炎宏接着问道。

"从来没有。"粟林母亲摇了摇头。

"那么，"炎宏望了那个插排一眼，继续问道，"除了这个台灯，你儿子最近有没有买什么新的电子产品？"

"没有。"粟林母亲确定地说道，"他平时没什么兴趣爱好，人也内向，没事就是看书什么的。他爸管得也严，不让他碰游戏之类的东西。"

"那他当时为什么买这个插排呢?"

"他说台灯的线太短,插在墙根底下不方便。"

"这台灯应该用了挺长时间了,现在突然找这个理由要买插排,应该是想给什么不能让父母见到的东西充电吧?"炎宏想着。

"什么时候买的?"炎宏问道。

"不到一个月。"

"哦,这样。"炎宏笑了笑,从兜里摸出一副一次性手套,俯下身向桌斗里摸去。

"平时他的屋子都是您打扫吧?"炎宏一边将桌斗里的书掏出来放在桌上,一边问道。

"对,都是我打扫的。"

"您有没有觉着放暑假以来,您儿子有什么变化?"

"变化?具体指……"粟林的母亲露出难以捉摸的神态。

"和以前不一样的地方,细节。"

"性格,好像开朗了一些。"粟林母亲叹了口气说道,"也爱往外跑了,说在家里太闷。"

此时炎宏在桌斗最里面发现了一个塞满各式复习资料的布兜,他将那些复习资料掏出来后,在底部果然看到了他意料之中的东西:一根白色的手机数据线和一副白色的耳机。

"这是?"粟林的母亲问道。

"应该是手机数据线和耳机。"

"手机?他怎么会有手机?"

"我也不知道,但是这些东西我需要暂时带走。"炎宏摇着头说道。

粟林的母亲愣了一下,缓缓地"哦"了一声。

"另外,可以把您儿子的身份证号告诉我吗?我需要查一些东西。"

粟林的母亲将粟林的身份证号抄在一张纸上递给了炎宏。

"那我走了,阿姨。"炎宏大踏步往外走去。走到大门口,粟林的母亲突然叫住了他:"小同志!"

"怎么了，阿姨？"

"一定要抓到凶手。"

炎宏点头应了一声，转身离去。

接到斗魏的电话时，炎宏正大口吸溜着拉面。记者的声音让他不自觉地将本就不大的咀嚼声又降了一个档次。

"今天上午采访活动结束得比较早，本想找你出来吃个午饭，结果你同事说你没在。"

"哦，在景家镇。你下午不用上班的吗？"炎宏将一口拉面高高挑起，轻轻放到嘴中。

"报社周末的假期比其他单位提前半天，相应的上班时间也提前半天。今天下午没什么事做，我妈不想做饭，所以我就想自己出来吃点东西，然后就想到你了。"

"还真是清闲，但我现在可回不去，刚刚有些线索。"

"没关系，我可以去找你，"斗魏顿了顿说道，"现在我已经在 101 路上了。"

挂掉电话后四十分钟，也就是十二点十分，炎宏在公交站牌下等来了塞着耳机的斗魏。

"专门来接站的吗，警官同志？"斗魏的笑容似乎让周边的阳光更加灿烂了，橘黄色的光芒正在迅速扩散。

"你电话都打了，我能不过来吗？"炎宏回道，同时机警地观察到同车的不少女孩都纷纷侧目看着斗魏。的确，沐浴在阳光下的斗魏身材挺拔，笑容灿烂，上衣随意地敞开半个拳头大的领口，露出傲人的锁骨，配上那张酷似《网球王子》中手冢国光的脸，俨然一个十足的帅哥。

"我这么大老远跑过来，你光是接站可不够，我可是推掉了一顿很不错的饭局来的。"

"拉面。"炎宏干脆地说道。

"好！有心就行。"

救赎游戏

还是刚刚吃拉面的小摊，一碗加了卤蛋的拉面比自己吃的那碗贵了一块五毛钱。炎宏一边看着斗魏不急不徐地将拉面夹到嘴里，一边听他说今天上午在天贸广场举行的儿童歌舞比赛的种种趣事，以及推脱掉领导安排的豪华饭局的过程。

"你不是在时政部吗？怎么也去采访这种活动？这种采访应该归你们那个什么《美周报》吧？"

"如果这种活动的主办方是民间或企业的什么组织，确实是归《美周报》的，但是这次的主办方是市委宣传部，旨在丰富儿童业余生活。到时候写稿，这场表演是一笔带过的，重点要写市委宣传部领导的讲话和这次活动举办的意义。"

"哦，还挺复杂。"炎宏拿着手机，微微向上翻了下说道。

"自然，报社可是政府的喉舌，"斗魏接着说道，"就今天这篇稿给我们写，提纲大概就是：今日市委宣传部组织的儿童歌舞大赛在天贸广场举行，领导某某某提出什么什么，领导某某某强调什么什么。"

"我们那里开会也是这副口气。"

"但若是给《美周报》，那就不一样了，大概要挑几个出彩的节目提一提，再介绍一下得奖的小选手，说不定还会配上几张照片。"

"这种形式比你们那种'领导提出''领导强调'可要强多了。"

"的确，我也觉得。"斗魏停下筷子，继续说道，"说起市宣传委，我又想到了罗伟这件事。他的女儿好像是被宣传部要求叫过去作为宣传点的，还真是可怜。"

"其实在宾馆的时候我还觉着他们一家三口关系不错，因为看蔷慧的表情真挺忧愁的。但是在经过那次家访后，你觉不觉着不管是蔷慧还是罗雪，和罗伟的感情好像也不是特别……"炎宏的话戛然而止，剩下的内容仿佛要通过眼神传递给斗魏。一方面炎宏觉着妄自揣测他人的关系有些不齿，但另一方面他实在对这个问题有些好奇。

"不好说。"斗魏不置可否的做法倒让炎宏觉得自己有点太八卦了。

"现在网上对这个案件炒得沸沸扬扬，果然是名人呢。不少人都说做到罗伟这种位置，不要说一个人想杀他，就算有十个八个也是意料之中。"炎宏将手机凑到斗魏脸前，上面是 T 市的贴吧里网民关于此次事件的讨论，观点不一，对罗伟有贬有褒。

"虽然有些风凉话的成分，但是事实。一将功成万骨枯，这句话可不只用在战场。罗伟一路走到这个位置，想必也是踩着累累尸骨爬上去的，说不定有哪个家伙就想为其中一具尸骨报仇。"斗魏擦了擦嘴站起身来，"走吧，你的下一站。顺便和我说说你这半天都经历了什么。"

上路后，炎宏将上午去粟林家中勘查的经过说给斗魏听，并戴上手套拿出了那根数据线和耳机。

"算是个重大发现呢，警官同志。当时在现场，粟林的口袋里有手机吗？"

"没有，这就是关键所在了。"炎宏说道，"除了一个行李箱外，两个人的手机也都不翼而飞，这绝对不是巧合。我猜想他们的手机和那个行李箱里有凶手不想让外人看到的东西。案子刚刚发生时，我想几乎所有人都觉着罗伟是被仇杀，而粟林不过是个倒霉的目击者。产生这一结论的主要原因不外乎是他们两个人的身份地位实在相差太多，很难让人联想到一起，而一个小小的高中生又似乎不可能有什么仇家。然而现在看来，这个粟林和罗伟之间也许有什么隐秘的关系，共同知道了一些什么而被凶手约到一起然后杀害。"

"照你这样推论，还有另外一种可能。"

"什么？"

"你刚才说了，一开始认为罗伟被仇杀，而粟林不过是个被灭口的倒霉的目击者。但现在又推论出罗伟和粟林是因为共同知道了什么秘密被凶手约在一起杀害，那按照凶手行凶对象的变化规律来看，这个数列再往下走的话……"

"再往下走，就是凶手的目标一开始就是粟林，而车上的罗伟才是无辜被灭口的目击者，对吗？"

"对。"

"但是，一个高中生真的会有一个能用手枪作为凶器的这种档次的仇家吗？"炎宏在说完这句话后，轻轻地摇了摇脑袋，像是随意地将这个结论抛在了一边。

"你说手机会不会被一些人顺手牵羊了？"

"应该不会，"炎宏不假思索地回道，"如果真被人顺手牵羊的话，罗伟的钱夹没被拿走怎么解释？贪婪的家伙在地上有两张钱的情况下应该不会只拿一张。而且，手机是不是被外人顺走的不影响我这个猜想。我这个观点的支撑点是身为高中生的粟林拥有一部手机，而他的家人竟然毫不知情。"

"具体说说吧。"斗魏仰面按了按眼睛。

"有两点。第一，我已经去粟林家了解过了，家里人根本没有给他买手机。那一个高中生哪里来的钱去买一部手机？所以我可以大胆猜测，有一个人出于某些原因给他买了一部手机方便联系，而那个人，我想就是罗伟或者凶手。第二，案发当天下午不到四点粟林出去便没有再回家，而他的死亡时间是晚上九点以后，这中间整整差了五个小时。那种天气能让他在外面待上五个小时，对他来讲一定有极为重要的事情。而且我们检查尸体的时候发现他的衣服上几乎没有水迹，这表明那几个小时中的大部分时间他都待在密闭的空间里，房间或者车上。"

"单说第二点还是有些漏洞，他那五个小时难道不可能在网吧或者同学家里玩吗？甚至有可能他出了家门就直接到了车库，一直到被杀害。"

"这一切现在都未可知，"炎宏笑着说道，"所以我只能耐着性子一步步来。但在这之前，我需要从粟林的同学口中了解一个最真实的他。"

"难道你觉着这种事情问父母反而不太可靠？"

"我不是说这种事问父母不太可靠，而是说问他周边的同学朋友会更加可靠，这其实是我来这里最主要的目的。"

下午两点，几经周折的炎宏和斗魏两人找到了粟林的同桌郝涛。当时郝涛正在屋里一边大声叫嚷着，一边打着游戏，细密的阳光洒在宽敞的屋内，一切东西都显得爽朗而清澈，和粟林的屋子简直天差地别。

"你们聊吧，那件事我也听说了，挺好的一个孩子，唉……"郝涛的母亲双手在围裙上蹭了蹭，接着嘱咐郝涛好好配合问话，别光顾着玩电脑，然后转身离开了屋子。

"来，坐吧，哥。"郝涛拍着床沿，脸上的笑容仿佛是从兜里掏出的一个物件般瞬间便挂在了上面。

"不了，在外面走了一天，身上都是土，也费不了多少时间。"说这句话的是斗魏。

"咋都行，知无不言，言无不尽。"郝涛向前弓着身子，右手敬了个礼，笑着说道。这个流里流气的动作让炎宏对他产生了厌恶。

"你和他做了多长时间同桌？"炎宏问道。

"不到两年，高一就是同桌。"

"了解他吗？说说吧，他是个什么样的人。"

"他就是个怪胎，只知道看书学习。刚认识的时候别人好心想和他聊聊天或者找他玩，他连话都不跟你说就把头转过去继续看他的书，久而久之也就没人找他了。也就我这个同桌有那么一丁点打扰他的权利，平时开个玩笑什么的逗逗他，他一烦那表情和说话的语气特逗，但我也就想让他说说话，笑一笑。就这种性格，要是哪天我请假没去，你说他在学校一天没说话我都信。"

"他平时有什么关系要好的朋友没有？"炎宏问道。

"要好的朋友？哈哈，我就这么跟你说吧哥，"郝涛前倾着身子，仿佛这个话头晚接半拍就要消失一样，将饮料猛地往边上一放，嘴里的可乐哼哧着咽下肚，咧着嘴说道，"就四五月份的时候，他考了个全班第九名，晚上被他爸狠揍了一顿轰出来了，没地方住，愣生生地在街牙上坐到十点多。那时候我刚巧上网回来看到，才让他在我屋打地铺凑合了一夜。我妈还一直嘟囔着怎么有他父母那样的人，对孩子不闻不问的。一开始我说给他在网吧开个包间起码能睡一晚上，但这小子连网吧都不敢去，我想肯定是怕他爸在那里找到他，到时候解释不清，但他嘴上还硬说什么他不去那种不正经的地方。可拉倒吧！平时上微机课我们玩下载好的游戏，他看得比谁都认真，那时候……"

看着眼前这个夸夸其谈的家伙，炎宏打心底为粟林感到悲哀。看郝涛那眉飞色舞的表情，他似乎根本没有把这个同桌的死放在心上。

"你能不能直接回答问题，同学，他到底有没有特别要好的朋友？"斗魏手里捏着耳机线，轻轻地拂着上面的灰尘，微微向郝涛挑了一下眉问道。

"啊，就我所知没有。"郝涛恍惚了一下说道。

"也就是说，非要挑一个和他关系好的人，也就只能是你了，对吗？"

"可以这么说吧！但其实我和他那样的人处不到一块儿，也许在他眼里我是和他最能说得上话的，但在我这里他连熟人都算不上。"郝涛挥了下手，笑着说道。

"他放假前有什么异常吗？"

"没有，和一个孤独症的书呆子一样，整天坐那里看书写作业。"

"他最近有没有和什么生人接触？年龄比较大的。"炎宏问道。

"就我所知，没有。"郝涛肯定地说道，"你想想吧，哥，他连和我们这些十几岁的人都不知道怎么相处，更别说年龄比较大的啦。"

"你最后一次见他是什么时候？"

"就是放假前咯。"

炎宏摇了摇头。虽然对粟林有了进一步的了解，却没有收获什么有意义的线索。

"走吧。"斗魏仿佛看穿了炎宏的心思一般，接了一句。

两人转身向屋门走去，身后的郝涛接着说道："两个哥这是要走访入户调查吧？其实走完我这里没必要再去其他学生家里了，真的。学校里其他学生摆一起和粟林说的话都不一定有我和他说的多，再者……"

"对了，我再问你一件事，"炎宏突然转过身来问道，"他有没有做过什么出乎你意料的事情？"

"出乎意料吗？"郝涛捏了捏下巴忽然说道，"哟，哥要不问我还真忘了。说出来你们都不信，粟林这么沉默寡言，打起架来可是疯。"说着，郝涛扭了扭拳头。

"你是说和别人打架？"

"嗯，"郝涛点了点头说道，"那应该是五月份的事了吧。就是下午放学的时候，我远远看到在车棚那里，他和一个学生在说话。当时我还挺稀罕，敢情这家伙不只和我一个人说话。没走两步我就看到他们打了起来，他那里呜呜渣渣的，叫着声音挺大，张牙舞爪地挥着拳头。但就他那一百多斤的体格，哪是人家的对手？人家闪开两下，直接把他推地上了。后来一个老师过去了，听着意思好像是那男的撞了他一下还是踩了他一下，反正他就不依不饶地开始打。后来怎么样我就不知道了，直接回家了。"

"撞了一下就要打架？"

"反正他们是这么说的。"郝涛耸了耸肩。

"你为什么不上去帮他？"斗魏问道。

"犯不上啊。我打架也不是多强，到那里说不定救不了他，还和他一块儿被人打，不值。"

炎宏沉默了一阵，略作思索，便推门离开了房间，郝涛和郝涛母亲一直送到大门前。

在背后的大门将关未关的一刹那，炎宏清楚地听到里面传来的对话。

"问了点啥？"

"没啥。唉，早死早超生吧。那种性格活着将来也混不下去，倒是这次看看老班能不能给我挑一个漂亮点的同桌，将来做您儿媳妇。"

接下来的对话被一片嬉笑声遮掩得模糊起来。

"这家伙太讨厌了，没有一点素质。"炎宏愤愤地说道，但脸上尽量保持平静。

"有些话说得确实不中听，但他是个没心机的家伙，有什么说什么。你不觉着这一点很可爱吗？"

"自己的同桌死了还说这样的风凉话，你居然觉着这很可爱？一个自以为很有个性的白痴。"

"这顶多算不懂事吧。"斗魏叹道,"但他确实是个善良真诚的家伙,他收留无家可归的同桌,在别人都不愿意靠近粟林的情况下还想着要让他变得开朗,针对刚才你问的每个问题,他也都毫无保留地将自己内心最真实的想法倾倒出来协助我们。不过,他有一点确实是自以为是了。"

"哪一点?"

"他刚才说以粟林的性格将来混不下去,其实听他的描述,粟林只是孤僻一些,走向社会后顶多吃两次不冒尖的闷亏也就改过来了。而那个郝涛知无不言言无不尽的性格看似开朗,其实到了社会,他会比粟林混得惨得多,非要吃两次结结实实的大亏才会长记性。就好像现在这样,他把自己知道的都告诉你,竭力配合你的工作,但照样惹你讨厌。若你是他的领导上司,后果怎样,就不用我多言了吧?"

"这是两码事,他是对死者不敬。"炎宏着重说道。

"每个人对死亡的看法都不一样,每个人也都有自己的感情,我们无权苛求其他人对自己尊重的死者毕恭毕敬。在我看来,对一个陌生的逝者只要不刻意亵渎,就是作为一个路人能拿出的最好的敬重了。"

"他刚才像是讲述一个怪胎一样地描述自己的同桌,这还不叫刻意亵渎吗?"

"那是因为粟林原本就是这样一个人,警官同志。"斗魏停住脚步,声调比炎宏高了一层,"而且你扪心自问,如果你自觉做到了对任何逝者的尊重,那你敢将我们谈论罗伟的话一字不落地讲给他的妻女听吗?"

气氛陡然安静下来,安静得炎宏似乎都能听到心里咯噔一下。

"我们都一样的。"斗魏拍了拍炎宏的后背,微笑着说道。

炎宏没说什么,只是脑袋微微垂了下去,大踏步向前走了。

接下来的半个小时,炎宏本想去联系那晚在楼上干活的四个保洁小伙,却从村民口中得知,那栋未建成的大楼因为命案停工,工人没活干,清洁队便转战到其他地方联系业务了,这一两天怕是很难回来。而之后对当晚那位门岗的再次询问,也只得到了他以及那几个清洁队的小伙子都不认识粟林这一个简单的回复,这个回复更加坚定了炎宏的猜想。

"今天就到这里吧，回去后我将今天的收获上报，看能不能用粟林的照片走访沿街门市，把粟林当天的去向摸个大概。"炎宏伸着懒腰说道。

"怎么这次不当孤胆英雄了？"

"英雄也有累的时候啊，"炎宏笑着说道，"况且只凭我们两个人也不可能完成这个任务。"

"这都要怪村镇城市化的进程太慢啊，要是快一点有了摄像头，这件事情十分钟就解决了。"

"老实说，我总觉着这个景家镇应该比其他村镇有钱一些才对，但好像也没什么亮点。"

"是啊。想当年这里的一座座煤矿不知让多少人的下半辈子变得锦衣玉食，却只有一个罗伟知道感恩。结果到头来，感恩的人却落得如此下场，真是世事无常啊。"

"再怎么变幻无常，警察们探寻的真相却是一成不变在那里的，这也是我考到警局的原因。"炎宏的脸上不知为何露出了笑容，那笑容就好像久别的情侣隔街相视一笑，"真相也许会被埋葬，但绝对不会消失。其实，与其说破案是一个需要科技与心力的游戏，不如说是一个需要耐心的游戏。走访有可能知道线索的证人，排查有动机的嫌疑人，十个也好，一百个也好，一千个也好，再将所有的信息综合分析得出结论，直至将真相挖出来破案，真是一件有成就感的事情。"

"照你这样说，破案倒变得简单了，"斗魏笑着说道，"听起来和我们每天耐着性子打几十个电话，问几十个千篇一律的问题，结合到一起后形成一篇稿子刊登在报纸上没什么区别。"

"本质上确实没什么区别，而且实际上所有的事情都没什么区别，完成它们所需要的最重要的东西不过是耐心和责任感罢了。"

"如果一名警察想要流芳百世，真的是非要有这样的精神不可啊。"斗魏感叹道，"其实我以前还揣着这个梦想时，就是这样想的。"

第七章

嫌疑人

　　那种委屈而急迫的辩解，声嘶力竭的吼叫，却抵不过清晰的指纹，抵不过先进的 DNA 检测比对，更敌不过犯罪那一瞬间泯灭的人性。

　　第二天，和炎宏一同到单位的还有到案的嫌疑人列杰——一个送水公司的临时工。本该在昨天就进行的快速抓捕行动居然扑了空，在所有人都认为列杰是涉案潜逃后的第二十五个小时，也就是上午十点，待命潜伏在列杰家周围的特警将返回家中的列杰抓捕归案——这家伙昨天一整天都待在单位，白天工作，晚上则陪守夜的工友打了一通宵扑克。

　　在前往审讯室的路上，安起民每迈出一个步子都像是能带起一阵风似的，自然，陪同的还有包括冯旭和炎宏在内的几名刑警。

　　"坐吧。"安起民朝列杰指了指不远处的椅子，自己坐在了正中央，冯旭和炎宏则分坐在他两旁。列杰哆嗦着双腿坐在了凳子上，像是在海水中缓缓下沉并最终触底的石块。

　　不同于大部分电视剧中的审讯室，T市公安局的所有审讯室都建在阳面，里面的配置也极为简单：警官这一侧是固定的蓝色靠背座椅加上一张挺大的棕色条桌，而嫌疑犯的那一方只有三张经过特殊改装、带有手腕脚腕拷圈的靠背椅。除了在通风口能用肉眼观察到少许飘浮的尘土外，消毒水气味覆盖的地方干净得像是刚刚刷完墙面、镶上板砖的新房。衬着纯白色的大理石和投进的阳光，炎宏一度觉着领导是想让人在这里放松一些，但这心血被墙上那"坦白从宽，抗拒从严"八个血红色大字毁了大半。

　　在按惯例讯问一些个人信息后，安起民拿出一张罗伟的照片踱步到列杰跟前。

　　"认识他吗?"安起民居高临下地看着列杰，希望从心理上先拿捏住对手。

"这、这不是罗伟吗?"列杰右手向照片伸了一下又旋即放下,神情像是躲在大人背后直视欺负自己的家伙一样。

"和他什么关系?"

"朋友。"

"怎么认识的?"

"在景家镇认识的,二十年了。"

"二十年了?"炎宏有些吃惊。他本以为眼前的列杰不过是蔷慧口中那些为了以后可以相互照顾聊上几句便能称兄道弟的酒肉朋友,但现在看来,这个家伙没这么简单。

"你最后一次见罗伟是什么时候?"

"好像就是五六月份吧?在街上巧遇来着,刚好碰到他一个人在路牙上练车,开得还挺慢,看到我打了个招呼。回去的时候我开的车,聊了几句,正好一路捎到家了。"

"你十八岁的时候因盗窃入狱两年,而罗伟当时应该已经小有成就,地位差这么多,你们怎么交上朋友的?"冯旭插嘴问了个问题,言语中不可避免地充满了对列杰的贬低。

"警、警官,我已经从良了,真的。我已经很长时间没做偷鸡摸狗的事了,除了偶尔在单位打打牌赌点小钱外,什么伤天害理的事情都没做过啊!你们不能冤枉好人啊,警官!"列杰的上半身向前探着,几乎要从凳子上站起来,但看起来他没有这胆量,只是在狭小的空间内用如此的动作竭力为自己辩解。

"这次找你来不是说你偷鸡摸狗的事,而是有别的事情。"安起民拍了拍列杰的肩膀,接着说道,"你先回答这个问题,怎么认识的?"

"二十年前在景家镇认识的,我救了他一命,我这条腿就是当时伤的啊。"列杰缓缓地将右腿杵了出来,目光向前探着,却在半道又不自觉地想要收回去。

炎宏看着眼前这个瘦瘦高高、右腿不便的家伙,心中肯定这便是之前

救赎游戏

那几个企业家口中罗伟的神秘朋友。但另一方面，这个神秘朋友的形象与其想象大相径庭，整个就是乡井小市民的风格，和见过大世面的罗伟比起来，真可以说是一个天上，一个地下。

"他已经死了，你知不知道？"

"死了？"列杰恍惚了一下，接着说道，"我不知道啊，但是我和这件事绝对没关系啊。"

"那我来告诉你详情。"安起民慢条斯理一字一句地说道，"七月二十三日，罗伟应邀出席景家镇的企业家交流会，并在与会期间向镇上捐款用于修建学校。二十九日晚上，罗伟在镇上还未完工的天德商场地下车库中被人杀害，死亡时间是当晚八点三十分到九点三十分，另有一名叫粟林的高中生一同遇害。我们经过仔细勘查，在车门把手上发现了你的三枚指纹。"

说到这里，不只是安起民，炎宏和冯旭都将目光移向了列杰。

"不可能，不可能啊！警察同志，我是冤枉的，冤枉的！"列杰此时似乎终于挣脱了胆怯的束缚，猛地立起身来，冲安起民喊道。

"另外，据我们掌握的情况，最近有人在跟踪罗伟并且给他寄过恐吓信。"炎宏补充道。

"这不是我干的，真的！"列杰几乎是嘶吼着说道。

"那么现在请回答我的问题，列杰先生，二十九日晚上九点左右你在哪里？"安起民直击重点。

几秒钟的沉寂仿佛一层泛着银光的轻纱将刚才的情绪包裹消化，嘴巴半张、双眼迷离的列杰仿佛被什么东西定格在了原地一般，良久才缓缓开口。

"家里。"

"谁能证明？"冯旭追问道。

"没、没人能证明。"列杰拖着颤颤巍巍的语调，那语调仿佛能牵出一个行将就木的老叟。

"我离婚了，光棍一个。"

"没人？一个人都没有？"安起民问道。

"我、我离过婚，现在光棍一个，没人能证明。"列杰眼神有些涣散，再次重复道，"但、但是当晚快九点时，罗伟还给我打了个电话，问我要不要第二天去找他，有些关于安排我工作的事情商量。真的啊，同志，他打电话的时候我就在市里啊。"

"打电话的时候谁听到了？"

"没，没人，不过你们可以去查啊，可以去查。"

"那也只能证明你和罗伟通过电话，但是不能证明你当时就在家里。"

列杰没有回应。

"那我可不可以理解成，你无法提供当晚九点确切的不在场证明。"安起民一字一句地问道。

"我不是凶手，真的不是凶手！"

"既然如此，那抱歉了。作为本案的重要嫌疑人，我们有权对你进行……"

"我不是凶手……"列杰不断重复的这句话就像悬在深渊峭壁上的一个无助身影手中紧紧抓着的一根绳子，一寸寸地从他眼前滑落。

"拘留。"安起民平静地说完这两个字后，定定地看着列杰。

"我不是凶手……"那段绳子终究是滑落到了尽头，列杰将上半身慢慢俯下，贴在双腿上，嘟囔着只有自己才听得到的话语。

安起民叹了口气，先行离开审讯室，冯旭和炎宏紧随其后。

刚刚踏出审讯室的炎宏余光处是列杰被两名看守夹起的身影，仿佛是七手八脚用一堆烂肉堆出的身躯。

"要结案了吗？"炎宏停在走廊上，望着列杰趔趄而去的背影和吱呀作响正慢慢闭合的审讯室铁门，心里默默地想着。工作以来，炎宏不知见过多少次这样的场景，那种委屈而急迫的辩解，声嘶力竭的吼叫，却抵不过清晰的指纹，抵不过先进的DNA检测比对，更敌不过犯罪那一瞬间泯灭的人性。法律向来如此，重理不重情，冰冷如在罪恶的战场上收割人命如草芥的冷冽刀锋。

在这短短十几米的走廊里，一种无法描述的感觉从心底涌出，将炎宏紧紧勒住。

这已经是罗伟出事后邓辉第五次往家里跑了，这次的理由是送罗伟生前的生意伙伴过来吊唁。那些伙伴告辞后，邓辉欣然接受了蔷慧的午饭邀请，连一句推脱的话都没有。

其实罗雪心里很清楚，对蔷慧而言，邓辉根本不需要找什么理由便可以过来，虽然她也不知道为什么会产生这样的观点，但她就是这样觉着。而邓辉这一段时间频繁来这里所找的理由，从送一些没必要的东西到现在的捎人过来吊唁，罗雪清楚那都是做给她看的：你看罗雪，我可不是故意过来骚扰你，而是真的有事。

每每想到这里，罗雪都止不住地觉着这样没能力却有心机的男人真没有气魄！

看着不过几秒钟便晃到自己视野范围内的邓辉，罗雪暗暗地皱了皱眉。其实她很希望邓辉在有意无意偷看自己时能看到那紧皱的眉头，让他明白不要再用什么花架子来这里，但是蔷慧似乎很欢迎这个无法让罗雪正面看上一眼的男孩。

"跟我们家小雪一样勤快，你一到这里就干活，她就歇了。她以前就和我说，要是有你这么个弟弟天天在家跟着她就好了。"蔷慧笑着说道，看起来丧夫的阴影已经消失殆尽。

"我什么时候说了？"还未等邓辉接话，罗雪便淡淡地跟上一句。

蔷慧微微愣了一下，表情有些难堪，微微咧着的嘴努力地想要挤出什么。

"唉，看来我这样的做弟弟还是不够格，哈哈。"邓辉轻声说道，音调像是一袭被一点点抽出的轻而薄的纱。在罗雪看来，这不过是他不擅长交际的表现罢了。

"准备吃饭吧，去洗洗手吧，你们俩。"蔷慧急忙嘱咐道，将尴尬草草修补了事。罗雪和邓辉转身向洗手间走去。

"你先吧，姐。"和刚才并无二致的语调，但是那一声姐让罗雪觉着更不自在。其实，邓辉对罗雪的称呼一直如此，但在刚刚那一番话题后，罗雪觉着这个称呼有些别扭了。

她毫不客气地急跨了一步，走进洗手间，又将门不轻不重地关上——她甚至不想让这个家伙看到自己除了冷漠之外的任何一个生活状态。

邓辉洗完手后，端着自己的饭碗来到罗伟的遗照前，毕恭毕敬地鞠了三个躬，又回到饭桌上。

"这段时间真是麻烦你了，小邓，跑东跑西的还经常过来帮忙。"蔷慧说道。

"没什么的，阿姨。"邓辉笑着摆了摆手，接着说道，"要不是罗总和阿姨您，我这一辈子估计都要窝在那个又穷又小的村里，尽点力是应该的。"

"话是这么说，但是现在的年轻人能有你这份心的，可是不多了呢。"蔷慧脸上透着一丝疲惫。

"应该的，阿姨，"邓辉再次重复道，"您最近也要注意身体才对。"

"不，这种事情再怎么注意也没有用的，只能靠时间了。"

"摆正心态就好了。"

"他那时总是给我说他的梦想、他的抱负，还有他对景家镇的热爱。等熬过去了，我一定要把他的事业捡起来，成立一家公司和一家慈善机构，我要把他的梦想延续下去。"蔷慧的眼圈红了起来，几近哽咽。邓辉条件反射似的往跟前挪了一些。

"用得着我帮忙的地方，您尽管说！"邓辉这句话的语气在罗雪听来比以前豪爽了不少。

"我饱了，吃不下了。"罗雪将饭碗往前推了一些，伸了个懒腰。

"才吃多少就饱了？菜也不吃。"蔷慧看着还剩一半的米饭，一边拿手背轻揉着眼眶，一边柔声唠叨。

"上午吃了不少零食，看会儿书睡了。"罗雪靠在门框上回了一句，接着便一个转身进屋去了。

"雪姐真棒，漂亮还爱读书。"

这是罗雪在门即将关上时听到邓辉对蔷慧说的一句话，声音小得刚好能让她听见。

罗雪从床上醒来时是下午四点，她拖着依然疲惫的身躯坐起来，用手梳理了一下头发。

"只睡了两个小时就醒了吗？"罗雪按着眼眶，心里略有些苦恼。自从罗伟去世后，她的精神也跟着萎靡起来。也许是已经习惯罗伟的存在了吧，她甚至梦到了罗伟两次。他平时总是不厌其烦地嘱咐自己，就好像自己永远是个什么都不懂的孩子。而她虽然对罗伟感觉平平，却也会尽心尽力地在某个夜晚为罗伟沏上一杯热茶，在罗伟抽烟咳嗽不止时劝他戒烟，顺便说上几句暖心的话。尽管如此，有一个话题是他们从来不会提及的，那便是自己的身世。

他们之间的付出从来不对等，但当罗伟彻底消失后，她才感觉到失衡。老实说，她很怕这种失衡感只是开始，若是那样，可就糟糕透了。她从没想过她和罗伟之间会有这么煽情的戏码，但她不得不承认，她不敢回忆过多。她的泪腺仿佛已经被泪水占领了多半，若是再不断地往里添加回忆，那泪水迟早会漫出来的吧？

这些思绪与情感在罗雪的脑海里游荡了不到一分钟的时间，便被罗雪藏到了脑海深处的某个角落。

"妈。"罗雪走出屋来喊道，但回应她的只有意料之中的安静。

"能出去做什么呢？"罗雪摇着头走到客厅，倒上一杯水，心里想着饭桌上蔷慧那句"等熬过去了，我一定要把他的事业捡起来，成立一家公司和一家慈善机构，我要把他的梦想延续下去"。

"真的可以延续下去吗？"罗雪心里如此想着。

当门口传来钥匙转动的声音时已经是五点十分了，接着便是蔷慧褪下外套换鞋子的声音：先是外套在身体上摩擦发出的沙沙声，接着便是脚从鞋子里抽出来穿进拖鞋的声音。这些声音罗雪听了很多年，甚至没有一次与这次不同。

拖鞋的啪嗒声先是往厨房去了，接着便朝主卧走去，听声音像是把刚取的杂志报纸放在了屋里的衣架上——那是罗伟生前放置报纸和杂志的地方，最后那声音朝自己的房间延伸过来。

"小雪，醒了吗？"门口，蔷慧探进头瞄了一眼，看到罗雪正在桌上写着什么。

"醒一会儿了，看会儿书。"罗雪头也不抬地回道。

"嗯，说了多少次，没事的时候多喝些水。"蔷慧站在桌边，伸手向里侧的水杯摸去，拿到手后才发现里面是有水的，只得放了下来。

"我知道你不高兴，"蔷慧叹了口气说道，"但人家总是来帮忙的，你再怎么看不顺眼也还是要忍一下的。像今天吃饭前那种场面搞得多尴尬？以后可不许再这样了。"

"以后可不许再这样了。"听到这句话，罗雪有些恍惚。在这之前，蔷慧好像从来没有用这种命令式的语气对自己说过话。

"尽量吧，"罗雪淡淡地回了一句，"但我可没说过要认他这么一个弟弟。"

蔷慧愣了一下，随即笑着说道："哎呀，小姑娘长大了，还学会记仇了啊？那不就奉承一下吗？以后不说就是了。"

"嗯，"罗雪拿起手机瞟了一眼，随即起身道，"我出去一下，有点事。"

"嗯，早些回来。"蔷慧说完便转身离去。和以前一样，她从不过分干预罗雪的私生活。

"嗯。"罗雪轻轻应了一声，便出门去了。

八月份的 T 市哪怕是傍晚也罕有凉爽的时候，走上几步便觉着像是处在开张两三个小时的澡堂里，皮肤上渗出一层细密的汗水。

周围穿着短袖衣服的人们来来往往于罗雪的视野之中，斑驳树影映在沾染着余晖的白色石灰路面上，与那双雪地靴一次次地擦身而过。

哪怕罗雪不去刻意观察，心里也清楚那熙熙攘攘的人群中向她投来的视线不在少数。除了自己被不少人夸奖过的清秀脸庞外，那一身长衣长裤加一双严实的雪地靴的打扮也有不少功劳。

先天性心脏病让她从很小就没有安全感，从小学开始，因为这个病，她被老师和同学当作玻璃人对待。她还清楚地记得小学时，一个男孩想要和她玩耍，被老师呵斥着离开了。其实她当时非常渴望和其他人接触，却不知该如何表达，只能看着那个之后再没找过她的男孩哭丧着脸离去。直到后来，罗伟将她的病彻底治愈，她却发现自己已经不知道该如何与人交流相处了。大学里她说话唯唯诺诺，面对指责默不作声，面对在自己看来有些过分的玩笑也不知如何回应。她很清楚自己不能这样下去，但想要表现出的那一面却像是被束缚在牢笼里似的，使尽千方百计也不得逃脱。

她对那时的自己厌恶至极。

她拿出手机又瞥了一眼，肩胛骨蠕动着与衬衣分开一丝空间，转进了眼前的路口。

"所以是要结案了吧？"焖锅店里浓重的酱汁味在嘈杂的深黄色色调的大厅里伸展开身躯，挑逗着每个人的鼻腔。斗魏在一片升腾的水汽中将眼镜取了下来，直视着对面的炎宏。

"嗯，也许吧，谁知道呢。"炎宏模棱两可地说着，"不过这次局长应该宽心不少，一个月的时限刚刚过了几天便几近破案，从上到下估计也少不了褒奖吧！"

"这倒是应该的，毕竟影响很大。"斗魏点着头表示赞同，接着问道，"你在景家镇的那些收获上报了吗？"

"嗯，查明了。数据线和耳机上确实只有粟林的指纹，证明他确实丢过一部手机。"

"然后？"

"没然后喽，现在所有重心都转移到列杰身上了。"炎宏伸了个懒腰，无奈地说道。

斗魏也笑了起来："到头来什么照片里烟头的逻辑推理，什么粟林身上一同不翼而飞的手机，什么打车的五元起步价，在先进科技的面前都变得幼稚可笑啊。现实有时候真的是残酷又无情，大篇的严谨推理始终没有那小小的指纹有说服力。"

"是啊，你的信也不用写了，像小说似的。"

"怎么，嫌写得不够好？"

"那倒不是，只不过，靠那样的办法破案终究不大实际。"

"对啊，不写了。老实说，不让你当面拆开也是不好意思，万一文笔不入法眼还有些丢人。"斗魏难得感性了一次，"最终还是要靠科学技术。"

"是啊！我早就说过，科技不但是第一生产力，还是第一破案要素啊！最近我们的办公室嚷嚷着要赶潮流，开一个 T 市公安局的微博，一旦有什么大案子破了便写上去，也算是对全市人民有个交代，顺便也拉近一下警民感情。听说我们的王姐已经开始申请了，昨天琢磨了一下午用什么头像。"

"这点子不错，还能邀功。"

"这倒不至于，"炎宏随口回道，"又没人发赏钱，摆什么功劳。"

说这话的当口，服务员径直走了过来，将焖锅锅盖掀开，拿木铲将里面的肉菜翻了翻。

"可以吃了。"女服务员笑着说道，还自然地歪了下脑袋。这一抹笑让两人不约而同地想起一个地方。

"你这次请客为什么选在了这里而不去'有客来'？"斗魏端起杯子，抿了口饮料。

"我是这么想的，"炎宏用手支着脑袋说道，"去'有客来'的时候就别规定谁请客了，就像上次那样猜食材输的人请就好，然后另一个人在其他地方回请一顿，这便是轮完一轮。一轮完了再去'有客来'，就这样一遍遍轮下来。"

"这主意倒是不错，谁也不吃亏，也不少乐趣，每次还有些期待。"

"是啊，生活索然无味，自己创造点期待不是理所应当的吗？"

"也对，这才是一个想要掌控自己生活的人应有的态度和思想。"斗魏轻轻点头附和着。

"话说回来，我还真想采访一下那个凶手，看看他到底是个什么样的家伙。"

"十八岁那年偷东西关了两年，但看起来是个老实人。据他自己说他在二十年前的那场暴雨中还救过罗伟一命，那条坏腿就是那时落下的伤。但就是这样一个救命恩人，蔷慧和罗雪竟然都不认识，甚至不知道罗伟有一名救命恩人。"

"让她们两个去指认了吗？"

"去了，说确实不认识。"

"有趣。"斗魏笑着说道，"一般来讲，救命恩人怕是要介绍给身边所有亲近的人认识一下，再不济也要对亲近的人说上一说。现在看来，只有两种可能，一种是那个家伙在撒谎，而另一种……"

"另一种怎么样？"

"另一种可能有些阴暗，就是罗伟不想让其他人知道一个小偷是自己的救命恩人。当时的罗伟已小有成就，而且身份地位差这么多，罗伟可能更没兴趣把他介绍给身边的人。"

"可是，罗伟怎么能知道他的救命恩人就是小偷呢？"

"也许是他自己说的，"斗魏耸了耸肩膀说道，"你不说他老实吗？可能罗伟被救起来随口客气两句问了问他的职业，他就如实回答了：'偷东西的，刚放出来。'设身处地地想一下，这种可能性还是很高的。"

"嗯，倒也有这种可能，"炎宏赞同道，"要真是这第二种情况，那这世界还真是让人绝望。"炎宏说这句话的同时，打定主意回去后要就此问题详细地问问列杰。

"凶器呢？家里搜查了吗？"

"嗯，不只家里，连他的手机通话记录与短信都检查了，同事说没什么毛病。"炎宏夹起一块肉，蘸了些汤汁，却迟迟停在嘴边。

"能搞到枪的家伙，不一般呢。"

"没有搜到枪，"炎宏干脆地说道，"当时我没有去，但据说除了一些生活用品外没有任何收获。讯问他凶器的去向，他也只是不断重复着他不是凶手，其余的什么也不说。"

"他自然不会把枪放在家里，警官，这就要看你们的审讯技术和手段了。"记者仰着身子微微伸了个懒腰接着说道，"既发现了指纹，又无法提供不在场证明，回天乏术喽。等这个案子过了可以好好庆祝一下。"

"不，进展没有那么顺利。"炎宏干脆将肉放在盘子里说道，"我们申请权限后，对他的通话记录包括短信都进行了检查。短信里只有在送水公司里和其他同事的来往信息，和罗伟有关的只有一些节日期间的问候信息，通话记录则与他交代的一致。"

"一致？"

"嗯。查到在案发当日晚上八点五十七分，罗伟曾给他打了个电话，这一点和列杰交代的信息一致。列杰说，罗伟对他说若第二天有空，让他也来一趟景家镇，有些事情要和他商量。"

"有些事情？"斗魏的眼神有些好奇，"有什么事情？"

"似乎是要给他安排一个工作，他们之前就商量过这件事情。像这种有案底的人你也清楚，确实不好找像样的工作。"

"通话内容不能查看的吗？"

"你在这一点上就有些外行了，记者同志。"炎宏向前审了审身子，"警察在申请权限的情况下，确实可以到各个通信公司查看嫌疑人的通话记录和短信，但是能查看内容的只有短信，至于通话内容，现在还没有足够的技术能够复制，只能查看来往记录，连通话双方的所在地都没有显示。"

"这一点倒是出乎我的意料，"斗魏撑着脑袋说道，"我一直以为连内容都可以得知。"

"除非同步进行，否则以现在的技术也没有办法。现在我们局里几乎所有人都认为罗伟当晚约的人就是列杰，那通九点的电话是在询问列杰有没有到车库。"

"这种推论确实合情合理。"斗魏直视着前方说道，"两人约好某一时间见面，列杰却迟迟不到，最后罗伟打了通电话询问。列杰到后和罗伟因为某些我们不知道的内情争执起来，过程中列杰开枪先后射杀罗伟和粟林，然后逃之天天。但……"斗魏脸上泛着疑惑的神情，"如果真是这样，你觉不觉得有一些矛盾？"

"确实，"炎宏说道，"如果罗伟将他们那通电话的内容告诉过别人，警察也能去通信公司查询，他的谎言很容易被拆穿，那无疑就在承认自己是凶手。"

"也许电话内容确实和列杰说的一样，但在打电话的时候列杰已经悄悄来到了景家镇，然后在九点的时候去那个地下车库，打开车门枪杀罗伟，留下了指纹。这也是一种可能。"

"我想过这种可能，但是这样一来就有了新问题。"炎宏叹了口气说道，"第一，如果他们没有事先约好，列杰是怎么知道罗伟要去那个地下停车场的？第二，如果列杰是自己偷偷跑去的，那罗伟去那个车库的本来目的是什么？我一直觉着罗伟之所以把邓辉支走，是因为有一件非常棘手但不想让外人知道的事情要处理，这件事情很可能与他的死因有关。第三，也是最关键的一点，如果列杰事先便准备好了枪，那证明他和罗伟的矛盾由来已久，但是这两个地位如此悬殊的人会有什么矛盾呢？"

"秘密总是隐藏在最黑暗的地方，当一切都昭然若揭，一切也都顺理成章。一步步来吧。"斗魏起身为自己倒了一杯大麦茶。

"另外，除了那通罗伟的电话，我们还查到在九点半多的时候，列杰接到了两通来自东华路上一处公共电话亭的电话。他对我们说这两通电话间隔只有十几秒，但是每一次接听时只有隐隐约约'喂喂'的声音，第一通是这样，然后那边挂掉了，第二通依然是这样，列杰说他招呼了半天也不见那边有人说话，所以又挂了。"

"你怎么看？"斗魏挑出一块鸡肉放进嘴里。

"不好说，我们去了那条街道，电话亭附近没有监控，询问附近居民也没什么线索。这两通电话也许只是无所谓的插曲，也许牵扯到案件的什么隐情，"炎宏摇了摇头，"但是我能确定一点，这次案件非常复杂。"

晚上八点半多，炎宏起身结了餐费，和斗魏离去。行至门口，迎面走来一对带着孩子的夫妻，好动的男孩一路蹦蹦跳跳地往大门口走来，衣服背后的帽子跳跃着。

"很喜欢蹦啊，小朋友，小心头。"隔着挺远，斗魏调整了一下步伐频率——就好像他并没有突然之间的变速，而是像一阵清风飘到了门口，接着在男孩的头顶和侧面的门框之间伸出右手，微笑着看着那个六七岁的男孩。

"又调皮了明明！还不谢谢哥哥。"后面一身西装的男人先是轻轻拍打着男孩的后背，接着向斗魏投来感谢和赞许的眼神。

"呵！快看哥哥多帅，明明，快谢谢哥哥，以后和哥哥长得一样帅！"少妇的性格看起来要活泼很多，一双眉眼含着笑意。

"谢谢哥哥。"小男孩仰视着微笑的斗魏。

炎宏看着眼前这副如插画般温馨的场面：斗魏弯着腰，男孩仰着头，身后柔黄的色调像是化为一扇光幕，连接着另一个未知的世界。

"其实，刚才你大可不必那样做的，那男孩的头和门框之间还有很长的距离。"炎宏看着同样在马路沿上推着车子的斗魏说道。

"我把手横在中间不只是怕他碰到头，也是怕他摔倒。那个餐厅的大理石比较滑，你没觉着吗？"

炎宏回想了一下，确实有些滑。

"你结婚了一定是个不错的父亲。"炎宏笑着说道。

"也许吧，未来之事未可知。"

"对了，这么长时间了，还没问过你父母的情况。"

"我爸在供电局上班，平时比较忙。我妈……身上有病不能上班，平时在家只是收拾收拾屋子、做做饭什么的。"

"能教出这么好的儿子，叔叔阿姨也不简单啊。"炎宏打趣道。

"把孩子养大的父母都不简单，可怜天下父母心。"

"也对，不管多大，在父母眼里都是孩子。"炎宏想到自己和父母争吵的各种场景，他无心深究这一次次争吵的根源，但在斗魏说出这两句话后，他觉着以前错的是自己。

"从这边走了，警官同志。"在十字路口，斗魏跨上车座。

"嗯，有空我去家里看看叔叔阿姨。"

斗魏似乎反应了片刻才应道："好啊，随时可以。"

已经不怎么璀璨的城市夜空下，记者向东，警官向西，各自一头扎进延绵无期的生活。

我们的生活总是一波三折，就像一双无形的手拽着我们人生的边缘抖来抖去，不经意间会抖出一些我们见所未见的东西。

当安起民将注意力集中在列杰身上企图找出突破口时，事情出现了转折。

八月十四日上午九点半，安起民照例提审列杰，炎宏事先准备了几个问题讯问。

毫无例外，再次一无所获。实际上，安起民感觉除了第一次审讯外，其余任何有价值的线索都没有问出来。虽然现在所有的迹象都指向列杰就是凶手，然而没有凶器、没有物证、没有人证，只靠三枚指纹无法定案。

"我想问你几个问题。"炎宏瞥了一眼在一旁踱步的安起民，安起民微微点了点头，而列杰依然毫无生气地坐在那里，不声不响。

"请说说你当时救罗伟的具体场景以及之后你们的对话。"

"这个……"列杰的嘴唇嗫动了一下，眉头皱在一起，像是在拼命回忆着。

"虽然隔了二十年，但是像这种事，应该多少还是会有印象的吧。"炎宏并没有用反问的语气，似乎只是在陈述一条客观的事实。

"就是 1996 年，当时我刚放出来，父母不管我了，我就想一个人出去闯闯。当时煤矿业挺火的，我就想去景家镇找个矿工的活儿干干。结果到那里一问，人家都在本地招满了，我就寻思着回去。离开的头天下午就开始下暴雨，淹了几个矿，听说还死了几个人，罗伟当时急匆匆地出门往山上去就是处理这件事情。我当时也跟着几个人过去帮忙，想着看能不能靠着在这里做点好事混个脸熟找个工作。结果在路上的时候罗伟走得可能有

点急了，山上路也滑，就摔倒了，往山下滑下去。我手快，把他拉住了。和他一起往下滑的过程中，我抓住山腰一根枯树根，就那样搂着他。上面的人也不敢动，只能干着急。最后我让他踩着我的肩膀让人先把他拉上去，不然我们都得掉下去。后来他就上去了，但是山腰也不知道哪里滚下来一块石头，直接砸我腿上。我后来得救，但也落下了这个伤。"

"还有呢？他当时有没有跟你说什么话？"

"就是谢谢……"

"有没有问你的职业和背景？"炎宏紧跟着一句，打断了列杰的话。

"有，当时在路上问的，我如实说了。"

"他有什么反应？"

"也没啥反应，'哦'了一声就走了。"

"然后呢？你救了他一命，他没有收留你去他的矿上上班吗？"

"那个时候哪里知道他是矿主啊，以为他也是帮忙的，我问都没问，最后也没找到活儿就走了。"

"他后面应该还联系过你吧？"

"联系过，就是请我吃了几顿饭，饭桌上我也想套套近乎攀扯一下，但看着人家好像不太高兴，就没再那样了。"列杰回道。

"没别的了？"

"没了，以后就是普通朋友那样处呗。人家啥地位，咱啥地位啊？这自知之明我还是有的。"

"据我们调查，你连一份像样的工作都没有，这二十年，他连这件事都没给你解决？"

列杰沉默了一阵，只是简单地说了句："嗨，我有啥资格要求人家干这干那啊。"

沉默像是涨潮的海水猛然侵袭而来又缓缓退去，接着列杰又张口了："那个，同志，我、我想问一下，就是从咱们市区到景家镇开车的话，要、要多长时间哪？"

"一个半小时多一点吧，你问这干什么？"一旁踱步的安起民瞥着列杰问道。

"那你们上次说罗伟是……是九点多死的是吧？而且那种天气一个半小时肯定就不够了。"列杰又小声说道。

"对，你有什么话就直说。"炎宏隐隐感到列杰要说出什么不得了的事情。

"那、那我要是能证明我在十点半之前在市里的话，是不是就能把我放了？"列杰轻声说道。

"什么？你说什么？"安起民最先反应过来，接着包括炎宏在内，室内的人都露出了惊讶的神色。

"你想翻供？"炎宏下意识地问道。

"我、我从来就没承认我杀人啊，同志！这真的不是我干的啊，我真不知道我得罪谁了，但那天我是真的在家里啊。"列杰呼喊道。

"你不是说你没有人证吗？那你要怎么证明当时自己在市内？"安起民问道。

"我确实没有什么人证，"列杰小声嘟囔着，"但是我想起来十点多一点的时候我出去了一趟。要是我把当时沿路发生的事情给你们说一下，这个能不能算证明啊？九点到十点多只有一个小时多一点的时间，我要是真去了景家镇杀人的话，不可能这么快就回来吧？"列杰语速很慢，声音又小，似乎竭力想要梳理清自己说话的条理，却又被一种隐隐的急迫感冲垮了一些。

"你是说，你在十点又出了趟门？但你那天明明说你很早便睡下了。"

"我中间又起来一次。"列杰说道，"其实第一次问我的时候我就想说来着，但是当时我紧张得不行，把那一路上看见的和听见的都忘了。就这两天我在这里好好想了一下，现在就想给你们说一下，行吗？"

安起民用眼神示意了一下炎宏，炎宏点了点头，应了一声，拿出纸笔准备记录。

"那天晚上的雨十点以前下得挺大，但是十点后就小一些了。我晚上九点就上床睡觉，但睡了没一会儿就觉着胃又疼起来了。我这个人身体不好，有胃溃疡。尤其是一到阴天下雨就泛酸，一宿一宿地难受，最后实在疼得受不了了，我就想在路口和育才街交叉口那里的一个药店买盒药。谁知道育才街上的水太深了，我路口都没到就回去了。当时确实没人注意到我，但是……就是……我看到别人了，这个能算证据吗？"列杰不安地说道。

炎宏拿笔默默记着，同时大脑也在运转思考。单从这一段话来看，确实毫无破绽。当晚十点后雨势的确小了很多，而育才街积水过膝也没错，会有水倒灌到北元路。另外，在搜查列杰家中的时候，也的确发现了很多治胃病的空药盒药罐。

"那晚我顺着北元路的路沿走，只记着在那个便利店有个从白色电动车上下来的人进去嚷着什么进货的事情，还有在我家前面的煤矿家属院看到一个穿红色外套白色球鞋的女人下夜班回家，还有，还有……"列杰越说语速越快，但再没说出什么。

一时间，房间里只剩下炎宏手中的碳素笔在纸上摩擦的沙沙声。

"当晚人实在太少，我就、就记着这些，但都是真的，都是真的！"

"你当晚出去就没有一个人注意到你，能为你做不在场证明吗？"正在踱步的安起民猛地一个箭步走到列杰身前问道。

"那晚上别说一条路上了，整个市区有几个人在外面晃荡的？我要不是疼得实在受不了，我也不想出去。"列杰的语气变得有些不耐烦了。

"你那晚穿的什么衣服？"炎宏问道。

"戴着口罩，穿牛仔裤，加了顶帽子。"

炎宏将这些记录在案，安起民让人将列杰押了回去。

"你怎么看，炎宏？"安起民时常会在烦心或者对一件事好奇却没有头绪时尽量沉着下来，询问其他人的意见。这些事并不局限于破案，生活、时政甚至体育比赛的结果猜测都囊括其中，只不过极少询问炎宏，关于破案，更是第一次。

"有些复杂了，像这种模棱两可的证据或者线索是最让人头痛的。"

"嗯，我也这么认为，但总觉着有什么地方不对。"安起民摇了摇头，离开了——负责调查列杰之前家庭情况的冯旭等人已经赶了回来，在等他报告。

炎宏紧随着安起民离开，不过他径直走向了鉴定科。

"稀客啊。"鉴定科小王等人的目光从一具尸体标本上径直扫到了炎宏身上，让炎宏情不自禁地打了个寒战。

"来向哥哥们请教一个事情，关于这一次罗伟的案子。"炎宏赔着笑说道。

"说吧，刑侦大队的活儿我们鉴定科哪一次不是全力配合啊。"和炎宏最为熟识的小王回道。

"我想问一下，指纹这种东西有没有可能通过一些载体或者手段完整地转移到另一个物体上。"

"你是不是怀疑我们从车把手上提取的指纹有假？"

"我只是在排除一种可能。"

"什么可能？"

"栽赃陷害。"炎宏说道，"我要排除有人在犯案后将列杰的指纹印在上面的这种可能，所以想问一下有什么办法能够复制指纹。"

"我很好奇你为什么突然怀疑列杰是被陷害的？"

"这个，有些复杂，但我目前确实没有确凿的证据证明他无罪。"

"我似乎问了不该问的。"小王和周围的同事笑了笑，接着说道，"那我也告诉你吧，在这件案子中，使用倒模载体工具来转移指纹的可能性很小。"

"为什么？"这个回答有些出乎炎宏的意料。

"首先，一般想要利用指纹倒模陷害他人的话，能利用偶然的机会完整地复制上一个就已经十分幸运了，但这次的是三个。我想象不出有什么办法能够装作无意地得到三个完整且正好是食指、中指以及无名指指纹的倒模，除非是列杰自愿将自己的指纹倒模给过某个人。但如果真是这样，想必列杰早已说出那个人了吧？其次，我们仔细勘查比对过，那三枚指纹的排列非常自然，就是人在拉门把手时留下指纹的正常走势。经过倒模工

具，在车门把手那样狭小的空间复刻得这么自然的情况，我不能说没有，但是极为困难。"

炎宏点了点头，道谢后准备离去。走到门口时又猛地想起什么，转身问道："王哥，那辆车上只测出了罗伟、邓辉和列杰三人的指纹吗？"

"没错，罗伟的指纹分布在车内的玻璃、方向盘以及车门内侧。邓辉的指纹除了在车内分布外，在外面的车门门身上也有。至于列杰的指纹，只在门外的把手上检测到了。"

"哦，谢谢王哥。"炎宏笑了一下，踱步走出门外。

"列杰是无辜的。"这个念头就好像走廊尽头的那个光点，愈发强烈起来。

与此同时，冯旭正在办公室里向安起民汇报自己所掌握到的最新情况。

"列杰有一个前妻叫徐丽，也是四十岁，在金龙酒店做后勤主管。他们在二十六岁时结的婚，但在三十六岁，也就是四年前离婚了。两人有一个女儿。据徐丽说，当时经人介绍认识了列杰。虽然列杰有前科，但是释放后表现良好，为人坦诚老实，而且也有罗伟这样一个朋友给他装点门面，所以就同意了。但是因为一次事故，徐丽一气之下和他离婚了。"

"什么事故？"

"据徐丽讲，列杰母亲走得比较早，当时列杰在外地没尽上孝，因此特别孝顺父亲。在四年前给父亲治病的时候，列杰为了筹钱把房子卖了。"

"把房子卖了？"

"对。列杰的家一开始在建安小区，三室一厅。据说卖了三十万元，但老人还是没救过来。"

"所以，徐丽一气之下选择和他离婚，还要走了孩子的抚养权？"

"对。"

"情有可原，"安起民点头附和道，"我要是她，可能也会这样选择。她现在住在哪里？"

"她娘家是外地的，所以在外面租了一套房子，在报社家属院。"

"他和列杰离婚后还有来往吗？"

"很少了，列杰有时会去看看孩子。"

"嗯，还是要继续查下去。"

"那罗伟公司那边？"冯旭试探地问道。自从列杰归案后，所有的重点和精力都从罗伟周围移到了列杰这边，一开始既定的调查罗伟公司的计划也没有深入下去。

"可以兼顾一下，但重点还是列杰这边。对了，抽空还要去北元路一次。"安起民皱着眉头说道，"刚才审讯的时候有个不大不小的转折。"

"什么？"

"虽然没有证人可以为列杰作证，但是他可以说出当晚十点多街边的闲散路人在做什么。虽然无法完全构成不在场证明，但确实是一个不可忽略的因素，不能不查。"

"还有这种事？"冯旭一脸不可思议，"但是那些指纹……"

"一样一样来吧，这个案子果然没那么简单啊。"安起民叹了口气说道。

"确实，没那么简单。"门外依栏赏景的炎宏也感叹道。

第八章

模棱两可的求证

　　透过那翠绿的君子兰的枝叶，安起民已经红
肿却凌厉的双眼像是两只直直杵过来的沾满鲜血
的手，将炎宏内心深处那看似坚硬的伪装一点点
抠碎。

第二天，冯旭组织人手前往北元路进行排查，炎宏则独自去了蔷慧家中拜访。他总觉着时至今日，要再次从罗伟身边入手才能取得新的进展。

"你不一起去吗？这个可比家访有趣多了。"冯旭调笑说道。

"不了，现在所有重心都在列杰这边，但是罗伟那边包括公司的情况也要兼顾，这种练手的事就交给小弟吧。"炎宏回道。

"这个可是安队长去市里汇报工作前的意思。虽然少你一个不少，但如果队长真给我打电话问到你，你可要想办法了，我只能实话实说。炎宏，我们是一个团体，是要讲纪律的。"

炎宏沉默了。其实他也觉着这样不妥，毕竟是顶头上司安排好的任务。但是从时间资源分配上来讲，这种事多他一个不多，但他如果去做一次家访，也许会有新的收获。自然，这建立在他觉着列杰无辜的基础上。

"我想办法吧。"炎宏稍稍思考了一下说道。冯旭便没再说什么，点了点头，和其他刑警往北元路去了。

炎宏摸了摸口袋里的照片，戴上耳机，骑上车子急匆匆地往蔷慧家去。耳机里的曲子是贝多芬的《悲怆奏鸣曲》，是记者推荐给他的。

九点四十，炎宏再一次敲响了那扇防盗门，却无人应答。

"也好，安心去北元路做排查好了。"炎宏的内心一半失望，一半解脱。

"母女俩一早便出去啦，现在应该还没回来。"一个大爷提着一筐青菜从楼下走了上来，停在对门。

"很早便出去了？"

"对，我起得早，对面开门关门听得倍儿清。应该是八点多就出去了，听声音好像还有个男的在门口等他们。"

道过谢的炎宏刚准备转身离去，迎面便看到掂着一只纸袋上楼的罗雪。罗雪只是瞥了一眼炎宏，便又微微低下头看着台阶迈着步子，似乎对炎宏的到来没有一丝波动。

"回来了？"炎宏打了个不能再傻的招呼。不知为何，面对这个女孩，他越来越紧张了。

似乎在哪里看到过，当一个男人面对一个女人时会感到紧张，那八成是喜欢上了这个女人。

"嗯。"罗雪应了一声，继续跨着台阶。

"这么早去买了件衣服啊？商场九点才开门吧？"

"早就看中这件了，直接买下便回来了，我对逛街不怎么感兴趣。"罗雪走到门口，拿出钥匙打开家门。

"进来吧，我去换下衣服，稍等。"罗雪依旧面若冰霜，但是让炎宏止不住惊叹的是，就是在这样冷漠的气场之中，罗雪的一举一动、一言一语都恰到好处有礼有节，像是蕴在冰冷之中不时透出的热情。

"哦，不着急。"炎宏目送着罗雪进入屋内。

"我这是怎么了？"炎宏突然察觉到自己开始有些失态了。他清了清喉咙，走到罗伟的遗照前。

也许是角度问题，遗照中罗伟的双目总能避开炎宏的目光。

"你留了一个很大的难题呢。"炎宏笑着从一旁抽出一根香仔细点上，毕恭毕敬地插在照片前方的香炉里。

"过两天这张照片就要撤掉了。"罗雪的声音冷不丁地从身后传来。她已经换上一件休闲的吊带衫加一条贴身的卡通短裤，裸露着片片肌肤的罗雪此时人如其名。

"自然，家里不能总是摆着这些东西。"炎宏回道。

"这次来又想了解一些什么？你可以先问我。"罗雪递给炎宏一杯水，马尾漾在腰间。

"罗先生前往景家镇前一天的动向。上次来简单问了下，这次要问详细点，最好能大概推论出去了哪个商场。"

"这个我就不知道了，那天我还没有回来。"罗雪撩了撩耳鬓的长发，接着说道，"不是已经抓到嫌疑人了吗？为什么还要查那天我爸的去向？"

"哦，例行公事而已。"炎宏一笔带过，他自然不会把其中缘由向罗雪说得那么详细。

"那要等我妈回来了。"

"她去……"

"去商量为我爸选墓地的事情了，"罗雪说着，将目光投向那张照片，"等选好墓地，这张照片也就撤下来了。"

"你父亲应该是个挺有生活品位的人吧？"炎宏顺着罗雪的目光看向那张照片。

"嗯。"

"平时他的私人物品，例如衣服之类，是他自己买还是……"

"他自己。"

"我可以看看他一些穿着正装的照片吗？"

"嗯，我们有几个相册里面好像有，你等一下。"罗雪起身往屋里走去，少时拿着一摞形色各异的相册走出来递给炎宏，本人也顺势靠在了炎宏身边。也就是罗雪有意坐过来这一刻，炎宏觉着平时冷若冰霜的人偶尔平易近人居然显得如此诱人。

"喏，就是这些了，另外报纸上其实也有不少。以前有些胖，别见笑。"罗雪似乎微微笑了一下。

炎宏道了声谢便翻看起相册。相册里的照片大部分都是罗雪和罗伟的合照，其中有一张比较特殊的照片是在医院里照的，当时罗雪的身上穿着蓝白相间的病号服，一脸严肃地站在满脸笑意的罗伟身边。

"这张是……"

"哦，这张是我中学时做心脏手术时拍的。"罗雪平淡地又补了一句，

"我有先天性心脏病，不过现在好些了。"

"哦，这样。"炎宏故作镇定地对这件意料之外的事情简单地回应了一下。此后每一页上最少都会有一张让罗雪费上两句口舌讲解的照片，包括时间、地点等。炎宏将一半心思放在罗雪的讲话上，另一半则比对着照片中的罗伟。

淡淡的少女体香不断侵扰着炎宏本应理性的思维，余光处浮动的美肌和闪亮的双眸渐渐将炎宏的思绪拖入本不应该陷入的温柔沼泽。

"奇怪。"炎宏喃喃道。

"怎么了？"

"我翻了这么多照片，有你的童年照，也有罗总的童年照，但是蔷慧夫人的照片怎么都是成年之后的照片？难道她小时候没有照片吗？还是有些相册不方便拿出来？"

"我知道的相册就只有这些了，嗯，另外还有一本倒是没有拿出来，而且我也拿不出来。那本据说是我爸和他前妻……"

"那就不必了。"炎宏急忙摆了摆手。

直到相册翻看完毕，炎宏终于鼓足勇气直视那双早已在直视自己的近在咫尺的双眸，这才发现那双眸子已泛起红来。

这世上，所有逝者的音容笑貌仿佛都能化为一道对亲人朋友的莫名诅咒，视者、听者、思者都无一例外要付出一些什么，哪怕时光流逝到你已趋于枯朽之年也要拧出一些东西。

"是不是……"

炎宏本想说是不是伤心了，却猛然觉着有些不妥，便半道急停下来。而罗雪似乎也刚想回应什么，见炎宏戛然而止，她也将话吞回肚子，场面有些尴尬。

作为一个和女孩子聊天经验几乎为零的文科男，这种氛围让炎宏感到心慌压抑，好在他想到了一些能问的问题。

"你知道罗先生穿的这件衣服是什么牌子吗？"炎宏拿出几张照片，上面是那件罗伟死时穿的正装。

"这个看不出来。"罗雪观察了一阵，摇了摇头，有些红肿的眼睛眨了一下，"这个和我父亲的案子有关系吗？"罗雪似乎已经习惯"父亲"这个称呼了。

"哦，有一些吧，不大。"炎宏说道，心想果然还是要把希望寄托在蔷慧身上。虽说上一次蔷慧已经说过她不知道罗伟出门后的动向，但是这次炎宏希望蔷慧再多提供一点细节的信息，好供他推断。

天不遂人愿，却成全了炎宏的内心。直到十点半，蔷慧也没回来。换句话说，他和罗雪独处了近一个小时。

"罗伟先生生前的私人物品我可以看一下吗？"

"可以的，跟我来吧。"罗雪起身将炎宏带进主卧。

这是炎宏第二次进到这个房间，和第一次相比，除了衣架上杂志和报纸的厚度增加了一些外，似乎没什么大的变化，依然是一张床、一个枕头、一条被，依然像是一个沉默无言的残缺世界。

"衣柜里有一些他的东西，还没有收拾。"罗雪将衣柜门打开。

"哦，谢谢了。"炎宏的目光在床上稍微迟疑了一刻，转到了衣柜。里面都是一些罗伟的衣物，包括几条领带、腰带，西装、西裤等。数量不算太多，只占了一小半的衣柜空间，但都很精致。炎宏只是略略扫量了一眼，拿起手机照了张照片，便微笑着示意罗雪可以关上了。

"看好了？"罗雪疑惑地问道。

"嗯。"

"这几秒钟你能看出什么？真是奇怪啊，你。"罗雪歪着脑袋瞥着炎宏。

"一个人的目标越是明确，实践中所消耗的时间就越短。"

罗雪不明所以地摇了摇头。

"还看别的吗？"

"可以去你屋里看看吗？"

"你不会怀疑到我头上了吧？"罗雪眯着眼睛说道。

"我只是好奇像你这样的大美女闺房会是什么样而已。"炎宏笑着说道。

在门被推开的一刻，炎宏闻到了一股和罗雪身上一样的淡淡幽香。和门同一侧的床铺是一张精简的单人床，铺着纯白的床单，上面是一整套粉色的卡通枕头被褥。门对面的墙上靠着一张深棕色的写字桌，上面除了一台一体式电脑外，还放着一摞书和一个碧绿色的镂空雕刻笔筒。转椅背后的书柜中是全套世界名著。

"那个仿玉制的笔筒不错啊，很精致。"

"那可不是仿的，是真的，他送给我的生日礼物。"罗雪淡淡地说道。

"最近你经常出去吗？白天也好，晚上也好？"

"怎么，还真要正经地调查我了？"罗雪故作怒态，紧跟了一句。

"那你肯配合调查吗，同学？"

罗雪的姿态持续了几秒后便松懈下来，说道："最近出去的次数不多，一般都是晚饭左右。"

"一个人？"

"有时我确实喜欢一个人。"罗雪没有正面回答这个问题。

炎宏点了点头，最后打量了一眼罗雪的房间，出去了。

"还要等我妈回来吗？"罗雪散了散头发。

"看来要下次了，我会事先和她联系好的。"

"那就是说你还会再来咯？"罗雪忽然问道。

"我想是的。"

"那就是说你现在要走咯？"

"嗯，时间差不多了。"炎宏掏出手机看了眼时间，心里琢磨着冯旭那组的进展。

"男人应该买块手表的，显得成熟。"罗雪扫了一眼炎宏的手机说道。

"像他一样？"

"嗯，像他一样。"

罗雪开着门目送炎宏一直到背影消失。炎宏很想回头看上一眼，却不知为何极力控制着，大步向前离开了。

救赎游戏

直到下班时，冯旭和安队长他们还没回来。食堂的午饭是鸡蛋焖饼，算得上一周之中炎宏最中意的一餐。但是今天中午，炎宏没什么胃口，有太多纷杂的思绪盘桓在脑海。其实这种状态在列杰到案之前便有，谁知道重大嫌疑人归案后这种状态却越发强烈了。

从第一次被抓进来的畏畏缩缩到几天后绞尽脑汁要为自己洗脱罪名，列杰从头到尾就是一个市井小民的模样。虽然没有不在场证明，但是话说回来，又有几个像他一样的离异单身汉能在那种夜晚找到一个旁人陪伴？更不要提他还背负着那种身份，走到社会上怕是连一个酒肉朋友都很难交上吧？而且他主动交代了那晚他与罗伟的通话内容。如果那晚罗伟约的人真的是他，那通电话不可能只谈安排工作的内容，起码会问列杰到了哪里之类的问题。

再者，就像斗魏推论的那样，打电话时列杰其实已经偷偷到了景家镇，而罗伟毫不知情，只当他还在市里，所以说出让列杰第二天来的那种话。谁知被埋伏的列杰杀害，粟林也被灭口。但是，还是那个问题，如果罗伟没有约列杰见面，那他去车库的目的是什么？八成是约了一个人在一个僻静的地方谈些避讳人的事情，但是门岗并没有提到那晚还有什么陌生人来过。自然，炎宏不会忘记门岗是在晚上十一点才发现的尸体，而罗伟遇害的时间是晚上九点左右。在这近两个小时的空当，也不是没可能有哪个罗伟约好的人来过。但报警的是门岗啊！如果真的是罗伟约了其他人见面，在等待的过程中被列杰杀害，之后约好的人出现，那为什么那个人不报警呢？难道那个人也盼着罗伟死？不对，即便是这样，他也不应该视而不见一走了之。如果说他也盼着罗伟死掉，那证明他和罗伟之间有着不可调和的矛盾。作为被害人生前最后约过的人，他若不报警直接走掉，警察经过调查，发现自己与罗伟之间存在着足以成为杀人动机的矛盾，岂不是自寻麻烦？

所以，从这一方面来讲，最合理的解释便是列杰当天晚上确实在市里，并没有撒谎。罗伟则在景家镇的商场地下车库中与某个约好的人见面，在商议什么事情的时候，因产生矛盾而被杀。

虽然冯旭他们还没回来，但炎宏肯定这次的调查结果绝对会对列杰有利。至于指纹，在炎宏询问过小王后也觉着定有其他隐情。

自然，也不能排除凶手是列杰的可能。只是从目前的情形来看，不管凶手是列杰还是其他人，炎宏都觉着这会是一个相当棘手的挑战。

下午一点，安起民与冯旭等人一同回来——看样子是一道在外面吃了饭。而冯旭那边的调查结果也出来了，详细得很。

"经我们证实，那晚十点一刻确实有一个叫梁英的男人骑白色电动车去过北元路上的一家便利店。这个梁英和便利店老板是熟识，也是合作伙伴，那晚他们是商量第二天进货的事情。据老板证实，梁英性格大大咧咧，那晚去的时候因为被雨淋了在店门口大声埋怨了几句，说'什么时候商量进货的事情不好，偏偏今晚要我来'。我们和梁英也取得了联系，他们口径一致。至于煤矿家属院的那个红衣女人，我们也从小区门岗那里得到证实，当晚十点半，门岗确实看到过一个穿红色衣服的女人进入小区。"

"那时雨声虽小，但是能够听到梁英说话的内容，证明列杰离梁英很近，他能够辨认出列杰吗？"炎宏问道。

"我们也想到这一点了，但不管是老板还是梁英，都不能确定列杰是否路过。因为当时那种天气没人会去在意其他人，只是梁英说当时只知道后面确实有人路过，而且不止一个。不过……"

"不过什么？"安起民咳出一口茶叶末，闷声问道。

"那家便利店和路上的一个网吧门前都有监控摄像头，可以勉强录下门前一小段距离的影像。我们已经调出当晚的监控看过了，在两个画面边缘确实能看到一个穿着黑色 T 恤衫和牛仔裤、戴口罩和帽子的身影走了个来回。但是画质实在太差，我们无法辨认。"

"体形呢？"

"体形确实录全了，但是由于角度加上当时光线太暗……无法完全确定。"

安起民的手指在桌子上点着，一边接受着信息，一边思考着。

"当时我们将他抓捕后第一次搜查他家，你有没有见过列杰交代的他

模棱两可的求证

121

当晚穿的那身衣服?"

"有,我有印象。当时就整齐地堆放在床尾,应该是刚刚洗过。"冯旭肯定地接了一句。

"黑色 T 恤衫、牛仔裤是放在一堆的吗?"

"只有上衣,我记得很清楚。因为当时他家里比较乱,床尾那两件新洗的衣服很扎眼,所以我多看了两眼。当时只有 T 恤衫,牛仔裤和口罩没有印象。"

"嗯,提审列杰!"安起民猛然起身说道。

毫无新线索的讯问在意料之中,炎宏相信现在不只他自己,安起民和冯旭也感觉到了列杰这个嫌疑人身份的名不副实。虽然有指纹,但是这三枚并非出现在作案凶器上的指纹是无法作为唯一且直接的证据来判定列杰的凶手身份的,他们需要更多的佐证。

"案发后的第二天上午,下班后你去了哪里?"这是炎宏在这一次审讯中问的唯一一个问题。他得到的回答是"午饭在单位食堂吃的,直到晚上下班才回家"。随后炎宏立即打电话求证,多位工友证明那天一整天列杰确实都在单位。

之后,安起民根据列杰的供述,带队对列杰家进行了搜查。据列杰回忆,那条牛仔裤和帽子应该放在了衣柜里,而口罩实在记不清了。

也许这样的居住环境才配得上炎宏眼里的列杰吧!北元路的旧城区里一个长不过六七米的小弄巷,地上的砖块经过年复一年的风吹雨打已经变形,或翘起、或沉陷,黑黄色的坑洼表面犹如枯瘦的面颊,踩在脚下不时发出松动的闷响。

"这地方挺小啊,六七米的巷子每边两户,一共四户。这平时有个什么事不得挤成一锅粥。"炎宏四处打量着,无法想象怎么在这样的环境中生活。

"其实其余三家早已经搬走了,"冯旭回道,"这是列杰父母的家。自从把自己的房子卖了离婚之后,列杰就搬来住了。"

黑色的铁制大门上隐约能看出以前贴着一对门神,但现在那里已经是一团粉红色的油料印记。打开门后是一个挺别致的小院，里面排着高高的竹竿，上面某种青藤类的植物扶摇而上，颜色翠绿得似能滴出水来。而那种深颜色的软质泥土也能看出是专门到某个地方挖的。流动的微风中，泥土中不时飞溅出一些黑色的灰烬碎渣。

"哟，种个这东西这院子看着精神多了！"

"我上次来的时候不都和你说了吗？这一看就挺专业，你看看，还知道烧东西当肥料，叶子吧？"

"这土也是特地挖的，你看看。"

众人七嘴八舌地拥进小院，有些和炎宏一样第一次来的对这株绕杆三尺向青天的青藤赞不绝口。炎宏也上下打量了一番，最后目光停留在竹竿扎根的泥土上，确实有一些烧尽的树叶被当作肥料扔在里面。

四十平方米的院落里一共有四间屋子。北屋最大，是客厅，而客厅里的东墙又开了个屋，是厨房兼储藏室。紧挨南面大门口的西屋是卧室。另外，东边有一个卫生间。也许是夏季的缘故，每个屋子都有些潮湿。

卧室的衣柜里，冯旭找到了那条牛仔裤和那顶帽子，客厅组合沙发尾部的 T 恤衫也被其余刑警收集起来，而口罩迟迟不见下落。

"家里的书倒是不少，看不出来，还挺上进的一个人。"列杰卧室的书桌前，炎宏看着桌上那一堆诸如四大名著、各类工具使用书籍、字典说道。

"越是像他这种身份的人，想努力的时候就越是拼命。"队里的孟良猛然咳嗽了一阵，从兜里掏出一小瓶糖浆喝了几口——这几天因为季节的变化和过度的工作强度，队里不少人都有些风热感冒的症状。

"我倒感觉他是个挺有生活的人。院子里的植物打理得不错，卧室也挺干净，书摆得也整齐。"

"那你在书桌上看到口罩了吗？没有的话能不能过来帮帮忙？"孟良将糖浆拧上盖子，杵进制服的胸口口袋，半跪在床上，手朝床边的缝隙伸去，想看看口罩是不是卡在了那里。

"肯定不会那么巧的，良哥。"炎宏嘴上虽这样说着，但手上还是帮忙将床拉开了几公分，孟良跪在床边，右手在缝隙中摸索着。也许是上半身弯得太用力了，口袋里的糖浆掉了出来，本不结实的盖子松掉，浓稠的糖浆顺着床沿挨着的墙边流了下去。

孟良爆了句粗口，无奈地捏起已经见底的糖浆瓶。也许是心理原因，他又大声地咳嗽起来。

"我这身体是真撑不住了。"孟良皱着眉愤愤地说道，"不找了，这两天真糟心。"

"都糟心，哥。"炎宏安慰道。

"队长找齐这身衣物是要为列杰翻案还是怎么着？这么兴师动众的。"

"谁知道呢。"炎宏也摇了摇头。

"但他说的那些还真的都对了，老实说我一开始就以为那是他最后的挣扎，拖拖时间。谁想到还真就……"

"别说你没想到，我也没想到啊。"炎宏随意地翻看着桌上的书籍说道，"其实不光你我，我打赌队长现在也烦着呢！这可就剩半个月了，推翻现在的一切重新调查，谁知道一个月的破案时限能不能够。"

"不过，他说的那些倒也不能算是非常明确的不在场证明。"搜遍整个屋的孟良也学着炎宏随意地翻看起桌上的书籍。

"对，"炎宏附和道，"虽然可以说出那晚的街上发生过什么，但是这不足以证明他那晚就去了那条街。"

"来集合了！"安起民的声音猛地响起。炎宏条件反射般地将身体靠向孟良喊了一句，眼睛却看见孟良手上那本挺新的字典书页上有星星点点的蓝色痕迹。

"走啦，别发愣了。"孟良将字典利落地合上，拍着炎宏的后背往客厅去了。

客厅内，冯旭手上拿着一只白色的口罩——这是冯旭在沙发扶手的缝隙处找到的，应该是被随手塞到了里面，怪不得没什么印象。

"收队吧，口罩找到了。"安起民的语气并不轻松。

回到局里，安起民先是安排将在衣物和帽子上检出的碎发进行 DNA

124

比对，等待结果。接着让列杰穿上同样的一身衣服，按照那天晚上的路线又走了一遍，对比这一次和当晚的监控录像，却依然无法确定。

一路上列杰依旧是那副惶惶不可终日的表情，因为他担心他会在这里待上一辈子。看起来，他已经为自己的清白做出了最大努力，其余的就只能交给上天了。

"我感觉列杰是清白的。"炎宏终于没忍住，向安起民说明了自己的观点，包括冯旭在内的其他队员也探过身来。

"为什么？"安起民平静地反问道。

"这样吧，我先来说说现在那些指正列杰为凶手的线索。"炎宏起身说道，并且将自己对于这个案子的疑点及理解飞速地整理了一遍。

"首先，是指纹。在大部分案件里，指纹是一个决定性的证据。但是这一次，我感觉列杰的指纹非常蹊跷。"说到这里，炎宏拿出了案发现场的照片，从里面挑出一张。

"大家请看这张照片里的烟头，"炎宏将照片摆在桌子中央，众人探头看去，"这支烟明显还有一节没有抽完，却呈现出卷曲褶皱的形态。你们之中的老烟民应该比我清楚，这是只有在抽完烟将烟头在物体表面按灭时才会呈现出的特性。所以我可以肯定，当时罗伟和凶手是发生过搏斗的，并且罗伟想用已经点燃的烟头去烫凶手的身体以达到自卫的目的，但最终罗伟还是被杀死在了驾驶室的座位前。不过，这就有了一个疑点，从罗伟死亡的位置来看，两人当时的搏斗应该是倚着车身进行的，车内发现的罗伟的指纹应该有不少就是在反抗过程中无意间留下的。而在这个过程中，腿脚不便的列杰竟然只是在车把上留下了三枚看似开车门的指纹，除此之外，整个车身再没能发现一枚列杰的指纹，这难道不奇怪吗？从这一点来看，那三枚指纹倒像是被故意留在上面的。

"其次，便是他说的罗伟给他打的那通电话的内容。"炎宏喝了口水，清清嗓子继续说道，"一个背负着盗窃前科的老实单身汉在那种天气的夜晚，他上哪里去找人陪他？说不定他很长时间以来的每个夜晚都是孤零零地一个人度过的。他和我们坦白在九点不到和罗伟的那通电话，说只谈了找工作的问题。在列杰无法确定罗伟有没有将这通电话的内容告诉其他人或者警察能否追查出这通电话的内容的情况下，一旦说谎被识破，就无异于承认了罪行。更不要说还有那两通神秘的电话亭电话没弄清楚。综上两点，我感觉列杰不但是清白的，而且是被栽赃的。凶手应该是一个跟罗伟和列杰都有接触的人，现在我觉着我们要寻找他们两人的交集。"

话至此处，炎宏停了下来，像是拿着一把铁勺将脑海中关于这件案子的独到见解刮边刮角地搜索一番，生怕遗漏了什么。

"那个烟头的发现当时为什么没有上报？"安起民猛地起身，眼睛斜视着下方，表情严肃。炎宏没有料到安起民第一句问的竟然是这个。

"嗯……当时我排查过了，宾馆里的客人都没有被烫伤的痕迹，也就没有上报。"

"上午我让冯旭领着你们去查找列杰口中的当事人，你去哪里了？"安起民起身倒了杯热水，第一口依然习惯性地吐出了一嘴茶叶末。炎宏发现此时的谈话偏离他一开始预想的方向很远。

"我可是提醒你了。"当炎宏的目光不经意和冯旭对上时，冯旭小声说了一句。

"我去蔷慧家了。"炎宏坦白道，"因为当时我觉着案件的疑点太多，有必要在从罗伟周边入手重新调查。"

"你向谁请示了？"安起民的语气陡然严厉起来，凌厉如冰霜。此时办公室内十几个身影犹如被冻结般悄无声息地杵在那里。

炎宏什么也说不出口，什么也做不出来，只是觉着脸庞发烫，双耳周围开始出现蜂鸣般的声音。

"那个，队长，消消气。宏弟小呢，不太懂事，你不也经常这样说年轻……"

"还有你！"安起民直视冯旭，重重地将杯子放在桌上，"我和局长去开会的时候怎么说的？你给我重复一遍！"

"啊？"冯旭似乎也对队长的态度始料未及，但很快回过神来，"说让我集合剩下的所有人手对北元路展开排查，摸清列杰口中那两个人的详细信息。"

"你怎么做的？炎宏他不是刑警队的人吗？你带他去没有？"

冯旭只得默不作声。严格来讲，他确实没有尽到临时队长的责任。但话说回来，他实在不太擅长像安队长那样对周围的同事下达命令。

屋外不时传来旁人经过和叽叽喳喳的聊天声，但屋内变得更加安静了。在这十几个队员的印象中，他们是第一次见到这样的安起民。

"一天天没事就捧着推理悬疑小说看。这里是公安局，不是侦探社！无组织无纪律！"

随着安起民猛然撩起门帘离去，炎宏觉着心里被掏空了。

第二天的早上天气有些阴沉，平时七点准时起床的炎宏一直到七点二十才拖着困乏的身子坐起来。

窗外零星的雨点经过玻璃窗的阻隔传来沙沙的声音，几缕阳光被剥掉了鲜艳的外衣，毫无生气地从窗外探进屋里——这光亮甚至连桌上图书的封面都映不清楚。

"炎宏，快起床了。今天天不好还起这么晚，一会儿上班路上雨下大了可就要迟到了。"炎宏的母亲轻轻地叩着屋门。她身后的客厅里，炎宏的父亲正一边吸溜着挂面，一边看着四频道的国际新闻。

"知道了，起了。"炎宏的脑袋埋在手臂里闷声回了一句。

撩开薄薄的蚕丝被，穿好衣裤，拿起书桌上的水杯喝了几口昨晚凉好的开水——炎宏最近肠胃也有些不好，母亲说早起喝些水可以沁润肠道。

"鸡蛋挂面，忘了买袋装的奶，你爸去楼下打的鲜奶。你先凑合喝……"

"我都说了，我受不了鲜奶的腥味。"炎宏皱着眉头打断道。

"哎呀，这也怪我，昨天明明都出去了，忘了买。那你到单位自己买一袋，牛奶可得喝。"

"一天不喝也没事。"炎宏径直走进卫生间，准备洗漱。

"吃完饭再洗吧？"

"不在家吃了，去单位吃。"炎宏丢下一句，砰的一声将门关上。

"我看你能伺候他伺候到什么时候。"炎宏父亲瞥了一眼卫生间的方向，跷着二郎腿，眼睛直视着电视说道。

"肯定是有什么事不顺心啦，昨天晚上回来就不对劲。你不许说他，听见没有？"炎宏母亲一改刚才和炎宏说话时的温柔腔调，语气决绝。

"我当然不管，你啥时候让我管过？这不都是你一手惯出来的吗？一个他，还有炎玲，这都多长时间没回家看看了？那都是吃凉不管酸的。"炎宏父亲大手一挥，嘴里的咀嚼声更响了。

"那倒是没办法，儿子闺女就这样，我待见。得嘞，儿子不吃我吃吧。"炎宏的母亲攥着围裙擦了擦手上的水渍往厨房去了。

卫生间内，炎宏将这些话一字不落地听见了。其实，刚才他说出口的每一句话都恨不得咬碎了再吞回肚子里，但不知为何，就是控制不住。

昨天下午的那顿呵斥到现在依然让他脸红心跳，他从来没有如此丢人过。偏巧，阴沉的坏天气、睡过头、不喜欢的鲜奶都赶到了这一个早上，本就脆弱的神经被稍加拨弄就会产生起伏。

简单洗漱后，炎宏出来看到客厅里并肩而坐的父母正在煞有介事地讨论南海问题，不禁一笑。

七点四十，这比炎宏平时上班出门的时间提前了大概一刻钟。走之前，炎宏特地向父母打了声招呼，也算是平衡一下刚刚向他们发的脾气，使自己的内心有些慰藉。

八点一刻炎宏到了单位门口，买了一个肉夹馍和一杯豆浆。此时距离上班时间还有一刻钟。刑警大队办公室内只有安起民一个人，细心地照料着那盆君子兰。看到队长的身影，想起昨天下午的不愉快的炎宏在门口驻足了片刻，然后进去了。

"来这么早啊，炎宏。"安起民甚至连头都没有回便打了招呼。

"嗯，早起了会儿。"炎宏随意挑了个理由敷衍道。

安起民笑着瞟了一眼炎宏手中的早餐，摇了摇头。

"来，炎宏，说点事。"安起民到底是开口了。

炎宏此时刚刚掀开塑料袋，肉夹馍的热气一股股往脸上扑着。他没有动，一方面因为昨天下午的事，他不可避免地对安起民产生了一丝反感；另一方面，现在不是上班时间，况且自己的早餐还没有吃。他想让安起民明白，现在他不方便处理公务。

"你不用动，只管听就好了。"安起民转身拿起地上的一个喷壶，朝那盆君子兰浇起了水，"来这里三年了吧？"

"嗯。"炎宏回道，其实他心里清楚还差四个月才到三年。

"当初为什么要考刑警？"

"喜欢吧，反正就是想考。"

"看得出来，你确实很喜欢这一行，"安起民细细地捋着那盆君子兰的枝叶，接着说道，"但是炎宏，你知不知道我们这一行还有另外一面？"

"另外一面？什么意思？"炎宏刚刚咬上肉夹馍的嘴又张开了。

"你还记不记得你刚来的时候让你管后勤，其中一个任务就是每天给这盆君子兰浇水。有一次你把热水直接灌在里面，你冯旭哥大声嚷了你几句，你还回了几句嘴。"

"记着，后来很长时间他也不正眼看我，"炎宏无奈地笑了笑，"但我确实不是故意的，谁知道都一天了，那水还是热的。"

"你知道为什么这盆花对我和冯旭这么重要吗？"

"喜欢呗。"

"喜欢，确实喜欢，它的主人也喜欢。"安起民的目光变得柔和起来。

"这不是你们买的？"

安起民摇了摇头，俯身坐下，将双手扣在扬起的脑袋上："在你来之前两年，这个办公室里还有两个人，一个和你差不多大，叫杜锋，另一个和我差不多大，叫贾志和，一个老实本分的老好人。那个时候他俩也在我的手下。杜锋是个警校毕业的小年轻，拳脚很不错，很多次小型的抓捕任务他都仗着自己一股子猛劲往前冲，没有完全按命令来。用他的话说就是'抓坏蛋要猛，追姑娘更要猛，这才像个男人'，老实说，别看我当时岁数不小了，还是个队长，但我也没放在心上。同事之间关系处理好了，领导那儿交得了差了，坏人抓到了，任务也完成了，不就皆大欢喜了？不用斤斤计较，所以那个时候我还挺欣赏他的那股子冲劲。倒是贾志和那个平时老实巴交的家伙，没事就端个茶杯在那里和杜锋絮叨他那样不对，甚至还捎上我几句。慢慢地杜锋烦了，经常私底下跟我抱怨，我也只是劝他，年轻人多听听别人的意见没坏处，却从来没有让他正视自己的缺点。

"终于有一天，我为此付出了代价。确切地说是 2011 年 9 月 1 日，也就是贾志和孙女上小学报到的当天。那天早上来的时候，贾志和就拿着这盆君子兰，说是孙女送他的礼物，当时他那满脸幸福得呀，我到现在都还记得他那个蓝色的塑料杯和杯子后面那张笑得都是褶皱的老脸。当时我们还商量着中午下了班一块儿聚聚，给他庆祝庆祝。那个时候贾志和也许已经感觉到杜锋对他的反感，还特意借这个机会和杜锋客套了两句，但杜锋当时的反应相当冷淡。

"临下班前，我们突然接到通知，在以前的东牛角菜市场，我们盯了很久的一个由三个人组成的扒手团伙又出现了。局长临时开会，要求我们一网打尽。当时我们十几个人开车到了那个地方，按照早就制定好的抓捕方案开始分工，菜市场的三个出口也被堵上。可惜啊，坏就坏在杜锋身上。他没有按照计划等其他队员缩小包围圈，而是第一个冲了出去想要制服他们。我们的计划一下就被打乱了，更没想到的是，那三个扒手和之前那些吓唬一下就投降的小偷不同，居然狗急跳墙劫持了路边的一个人质，另外两个也抄起刀具向杜锋挥砍。当时包括我在内的大部分人都守着各自的位置，根本来不及营救。而杜锋更是没料到会出现这样的情况，一个照面便被一刀砍在了胳膊上。当时离他最近的就是贾志和，一把老骨头愣是一个飞扑按倒了一个，然后大声喝止那个劫持人质的小偷把刀放下。

"我们在远处观察到情况马上往那里赶，就那短短两三分钟的时间，让我知道了天堂到地狱的距离。贾志和在喝止小偷的时候被那个压在地上的家伙一刀刺进了脾脏，杜锋的大腿和手腕也被砍成重伤，而那个劫持人质的小偷看到有了逃跑的机会马上推开了人质，但在惊慌失措中割开了人质脖子上的大动脉。炎宏，你可能觉着昨天下午我那样对你太过分了，但是你知道当那个人质和贾志和的家属接到通知过来时，我和杜锋在医院大门口当着门内门外成百上千的人跪着，被人殴打、吐口水甚至拿着垃圾桶往头上扣是什么滋味吗？"

安起民在这里停顿了一下，仿佛真的想要炎宏回答这个问题。

"最后，贾志和以及那个人质没能抢救过来，小偷也跑了一个，我被局里记了大过，我也再没见过杜锋。其实当时我快要往上提一级了，托这次行动的福，也泡汤了。但是我毫无怨言，甚至觉着这惩罚还不够。是我害了他们三个，两个鲜活的生命和一个年轻人的前程都被我毁掉了，我没有尽到一个队长的责任，有多少次我都觉着贾志和那个家伙是替我去死的。现在事情已经过去五年了，但是每天走进办公室，看到这盆君子兰，我总觉着那件事发生在昨天。贾志和这个老好人工作了大半辈子，没有一次迟到早退、违纪旷工，到头来却连孙女背上书包上下学什么样都没见过。所以炎宏，现在你知道在我们这行里逞英雄是多危险的事情了吧？你发现新线索不上报，安排好的任务不去，平时上班迟到早退，一而再、再而三地特立独行，不守纪律，长久下去，早晚有一天，你不但会将自己置身险境，甚至会害死你身边的战友，就像那个杜锋！我不允许第二个杜锋在我队里出现，更不允许再发生那样的悲剧！炎宏，你之前说你喜欢这份工作，我也知道你写过审讯笔记，写过自己的心得，你对这一行的兴趣从你思考的神态中就可以一览无余。但是现在你好好想一想，然后回答我，你喜欢的到底是这份工作、这份责任，还是仅仅是破案时能够满足自己的虚荣心的过程和感觉？"

透过那翠绿的君子兰的枝叶，安起民已经红肿却凌厉的双眼像是两只直直杵过来的沾满鲜血的手，将炎宏内心深处那看似坚硬的伪装一点点抠碎。

是他自己错了，炎宏终于面对了这个他早已清楚不过的问题。不管是对安起民和冯旭的不满，还是一而再、再而三地自认为是为了工作的特立独行，或者自觉无伤大雅的迟到早退，以及因为自己的原因迁怒于母亲，都是错的。他曾经认为自己在刑侦破案方面很强，但他现在也清楚，强的不过是天赋，而在自学自强方面，他弱小得像一片凋零干枯的秋叶，没有资格在任何一个人面前耀武扬威。

"对不起，队长。"炎宏徐徐开口。

外面走廊上，冯旭的电话声和其他同事的聊天声由远及近。

"炎宏，我们这个世界想要长久地和平稳定下去，需要的不是英雄，是道德与秩序。"安起民起身往屋内的卫生间去了。

"道德与秩序，比起终有一天会死掉的英雄，更能拯救这个世界吗？"

哗啦作响的门帘声打断了炎宏的思绪，同事们三三两两地走了进来，一副副充满朝气活力的身躯调动起了房间内的氛围。

"有一天他们之中的某一个会在我面前满身鲜血地倒下吗？"炎宏止不住地开始想象，同时又极力地想把这个画面从脑海中抹掉。

"没吃饭呢炎宏？一会儿就凉了啊。"同事扯着亮堂的嗓子提醒道，炎宏此时才发觉早饭还没吃几口。

"嗯，马上吃完。"炎宏报以一个微笑。

"都到齐了啊。"安起民捧着毛巾往脸上揉了一阵，眼圈已经红得不那么明显了。

"现在的形势大家都知道了，罗伟的案子有变。除了三枚指纹外，我们没有任何证据甚至线索可以指认列杰就是凶手。今天已经十六号了，我们现在的任务非常棘手。昨晚我想了一晚上，我们必须改变策略，还是要从罗伟身边下手，寻找线索。"安起民笑着瞟了一眼炎宏，"冯旭，你和一开始一样负责外围，人手随便调。炎宏，你依然负责内围。除此之外，我给你一个特权：你可以随时介入任何你觉着有疑点的外围调查，包括景家镇。但是有个要求，在介入外围调查之前你要向我打报告，必须让我清楚你的动向。能做到吗？"

"能。"炎宏在众人的注视下腼腆地笑了笑。

"大点声，让你所有的哥哥们都听到！"

"报告！能做到！"炎宏猛地一起立，喊了出来。

"都听到了，你们也要尽全力配合你们宏弟。只剩十五天，任务完成了，我请你们吃顿好的！"安起民大手一挥说道。

第九章

被特权释放的能量

又一次面对炎宏的列杰已经变得麻木了。他的脸看起来蒙着一层阴霾，眼神空洞，整个人看起来处在崩溃的边缘。

上午十点半，炎宏在两个同事的陪同下来到北元路，补上了那一次未参加的集体行动，顺便了解一下情况。

"商铺确实不少啊。"炎宏环顾着四周说道。

"那可不，那天中午真是费老劲了。不过炎宏，以后可得长点心了啊。"同事周政笑着说道，指的自然是昨天下午的事情。

"放心吧，哥，不会了。"炎宏随意地摆了摆手说道，"走吧，从列杰家的那条小巷子开始，先走一圈。"

列杰家所在的那条小巷子在北元路的最南端，临着中南街，往北走到尽头便是育才街。炎宏一行从北元路南端开始，一路向北走去。

"道路还算通畅，虽然有些破旧。如此通畅的视野范围，即使随意地散步，两边商铺的情况也确实能观察到一些。"

"网吧的摄像头是私人安装，为了门前车辆安全，监控的角度拉得很低，以便真有车子失窃，可以更好地认清小偷，但监控的视野就小了很多。"

"通常来讲，在深夜里无法在一定距离外辨别出车子的颜色，但便利店内安的是大型号的白炽灯，所以就算附近没有路灯，借着屋里的光亮也可以从远处辨别出车辆为白色。"

"煤矿家属院的大门要比马路牙凹进去六七米，几近形成一个 T 字形路口。但是在这个 T 字形的交界处一旁有一盏路灯，借着灯光也应该能够看清衣着以及鞋子的款式和颜色。"

"一切都合情合理。尽管如此，还有一种作假的可能，要想排除这种可能的话，只能碰碰运气了。"

耗时三十四分钟，炎宏和同事走到了北元路尽头，前面便是那条育才街。交叉口处，炎宏明显地感觉到育才街处于下坡段，地势较低。

"药房拐个弯就到，不去看看，炎主任？"冯悠开玩笑说道。

"没意义了，先找地方请几个哥哥吃饭吧，陪我转了这一大圈。"炎宏笑着回道。

北元路因为在老城区，地摊随处可见。几碗多加牛肉的拉面再配上五毛一个的手打芝麻烧饼，嚼在嘴里，那滋味和大饭店没差多少。

"若是再找不到什么证据，是不是就要疑罪从无释放列杰了？"冯悠挑起了话头。

"挡不住啊，但老实说，在这里这么长时间了，印象里疑罪从无的案件好像就是 2008 年那桩七里河杀人案。"周政呼呼喝着面汤。

"说说？我没听说过啊。"炎宏说道。

"就是 2008 年北京奥运会期间七里河健身公园出的事情。当时为了迎接奥运会，市里在公园举办了一个体育文化节。最后一天快散场的时候，发现河里居然漂浮起一具女尸，死者正是这次活动某个赞助商公司里的女助理。警察赶过来验完尸后，根据尸体上的伤痕断定是他杀。最后排查出三名嫌疑人，两男一女，当时在尸体上发现随身携带的一个钱夹上有三名嫌疑人中一男一女的两种指纹。但是我们没办法定案，因为当时人山人海，没有任何一个人敢肯定他们两个人是受害者最后见到的人，而他们两个也一口咬定钱夹上的指纹是受害者把钱夹拿给他们去为志愿者买水时留下的。我们无法定罪，调查了一段时间，最后只能放人，到现在也没解决。"

"可以去卖水的地方求证啊！"

"去了，老板说他们两个确实买了水，但是付钱的时候是从口袋里直接掏的钱，并没有看到钱夹。而他们两个对此的解释是他们提前将买水的钱从钱夹里拿了出来。"

"这才算是没办法。"炎宏苦笑着说道。

"对啊，这就是咱的工作啊，宏弟。"周政感叹道，"有时候甚至明知道一个人是凶手，但没有证据，我们也无法将其定罪。"

"如果这样，有什么意义呢？"炎宏用筷子轻轻杵着碗底，"既然明知道一个人是凶手，为什么还要找证据？这样对被害人的家属是不是太不公平了？每个人都要为自己的行为付出代价不是最基本的法则吗？对人权的过于尊重，反倒会助长某些根本没人性的家伙的邪恶气焰。"

"这个世界不是两三条明令禁止或者一些看起来无比正确的观点所能描述出来的，宏弟，"冯悠拍了拍炎宏的后背，"这个世界最基本的法则也不是每个人都要为自己的行为付出代价。如果我们今天因为明知一个人是罪犯，却在没有任何证据的前提下治了他的罪，那么明天也许就会有成百上千的人因为冤狱而丧失美好的人生甚至生命。我们没有权利用我们自己的原则与意志随意处决他人，哪怕是一个罪犯；但我们是警察，我们起码可以竭力用最公正的办法帮助受害人查明真相，哪怕有时候不得不为了大局忍下一些委屈和不公。因为我们的工作实质不是抓捕那一两个罪犯，而是维护社会的稳定。"

"所以，还是我想得太简单了吧？"炎宏感叹道。

"没事就和你冯哥聊聊天，他人生境界相当高。等队长往上一调，这就是下一个大队长，没跑。"

小学放学的铃声，摊主的吆喝声，周围人来人往的身影，湛蓝的天空和不时掠过的飞鸟，这些笼罩在灿烂阳光下的每一个声调、每一个物体像是浸过什么美味的汁料，被炎宏的视觉、听觉无比享受地消化着。有时对某些事情态度的改变也许就发生在这午后难得的休闲时光中，炎宏觉着这是很幸运的事情。

饭后，炎宏首先来到那家便利商店，调出了当天的监控录像。

在 22:16 的时候，那个穿着黑色 T 恤衫的身影在视频的边缘出现，双手应该是揣在了裤兜里，脑袋似乎缩着，大概在二十秒后消失。

"不行，"炎宏摇了摇头，"快进一下，我看他回家时的监控录像。"

老板快进了一些，那个身影再次出现却依然模糊。炎宏紧紧盯着屏幕上那个移动的黑色身影，眼神急迫而坚定。

"还是不行，"炎宏摇了摇头叹道，"去那个网吧看一下吧。"

三个人又来到了网吧，亮出身份后，网管应了几声，眼睛却偷偷地向后面瞟了几下——那里坐着几名未满十八岁的中学生，正一脸稚气地大喊大叫，指挥着队友。

"我们是刑警，没空管你这闲事。你把七月二十九号晚上的监控调出来就行。"周政顺着那目光瞥了一眼，转过身和气地说道。

"那天不都看过了吗？"网管小声嘟囔着，但还是调出了录像。

依然查看了来回的录像，但这一次炎宏终于笑了一下。

"就是这个。"他心里暗暗想着。

"可以了吧？"网管小声问道。

"可以了，谢谢配合。"周政拍着网管的肩膀笑呵呵地说道，然后迈着大步走出网吧。

"喂，李主任吗？"周政嘬了口香烟，从鼻孔喷出两道烟气接着说道，"我是周政啊！北元路上的极速网吧有大量未成年人上网，过来查一下吧。"耀眼的阳光中，周政笑着挂掉了手机。

下午三点，炎宏归队后向安队长申请提审列杰。

"如果这一次列杰依然能毫无漏洞地回答我的问题，那我想我们真的有必要改变侦讯方向，再次从罗伟的身边入手了。"炎宏说道。其实在回来的路上炎宏已经给蔷慧打了电话，连同这三天蔷慧的日程都打听清楚了。

"说说你的想法。"

"很简单，"炎宏说道，"列杰如果只是能单纯地说出当晚街上发生过什么、见到过什么，他的不在场证明力度实在太微乎其微了。他完全可以在第二天对路上的各个商户进行询问，例如'老板我向你打听一下，昨晚十点半左右有没有见过一个穿着黑色衣服的家伙进到对面便利店里啊'。在这样的询问下，被询问者很可能脱口说出诸如'穿黑色衣服的没见到，但是有一个穿蓝色衣服的去了'这样的话。所以我在上一次的审讯中才询问他案发第二天上午的去向，那是询问他的最好时机。但是我当时犯了个很低级的错误，列杰除了看到的人与物之外，还说出了当晚的穿着，而且监控里也确实有这样一个身影存在，这不是简单询问就能做到的。那么问题至此就简单多了。如果人真是列杰杀的，而他又能说出当晚街道上的某些情况，且监控里也出现了和他打扮一致的身影，那只有一种可能。"

"多人作案？"

"对，起码是两个，"炎宏回道，"列杰潜入景家镇杀害罗伟，与此同时，另外一个同谋按照早已商议好的服装伪装成列杰在家门前的北元路上走了一遭，记住了一些当晚发生的景象。两人会合后，那个同谋将自己所看到的告诉了列杰。"

"确实有这个可能。"安起民此时也仔细回想着列杰的供词。

"对。我想应该是蓄谋已久，专门趁着这种天气作案，因为这更加有利于替列杰作伪证。帮凶将自己的所见所闻都传递给杀人回来的列杰，若是出现模棱两可的地方便搪塞记不清了，口罩和帽子就是为了防止监控抓拍下脸部以便浑水摸鱼，而且在那种天气，戴个口罩帽子也合情合理，一切看起来顺理成章。"

"如果真是这样，那这两个人在案发之前势必会联系一下。但我们在查询列杰的通话记录时已经将前一周的通话对象都排查过了，没有可疑的地方。"

"能想出这样布局的家伙自然不会留下明显的线索。"炎宏笑着说道，"但是这个布局还是有它的薄弱点，如果列杰真的是凶手，这个薄弱点他也许无法蒙混过去。"

"哦？是吗？"

接着，炎宏将自己的想法详细地说了出来。

"听起来你的这个方法也是有漏洞的，但确实很有新意。"安起民听后说道。

"没办法，现在局面已经这样了，只能试一试看看运气了。当然，如果凶手真的是他，那他有很大可能蒙混不过去。但如果不是他……"

"照你的计划去做吧，炎宏，我看好你。"安起民拍了下炎宏的肩膀。

"我还有个要求，就是我想和他单聊。一刻钟后我会告诉你结果。"

安起民没有犹豫，答应了炎宏的请求。炎宏笑着往审讯室去了。

又一次面对炎宏的列杰已经变得麻木了。他的脸看起来蒙着一层阴霾，眼神空洞，整个人看起来处在崩溃的边缘。

"还有几个问题要麻烦你回答一下。"炎宏自然地从身后扯过凳子，坐了下来。碰撞的瞬间，坚定有力的目光强硬地俘获了空洞的目光。

门外，安起民安静地等待着，内心却十分煎熬。现在，列杰这条线索几近被堵死，但难受就难受在是几近，不是完全。似乎列杰是否清白就在翻一翻手掌之间，这恰恰是最痛苦的事情。继续追查下去，怕列杰真的清白，白白浪费精力不说，还要让无辜的人承受痛苦。放弃吧，又觉着可惜，按理说那三枚指纹不会平白无故地出现在那里，却偏偏再不能取得一星半点的线索。想想破案的期限，安起民的内心越发烦躁起来。

"你们杀了我吧，杀了我吧！人是我杀的，是我杀的！别再折磨我了！我在十八岁那年已经受够了！受够了！我想做个好人怎么就这么难，这么难！"

就在安起民沉思时，审讯室里的列杰猛然叫喊起来。几乎是下意识地，安起民和两个同事立即冲了进去。

列杰弓着上半身子，后脑勺几乎与脖颈背面持平，双腿竭力地要站起来，但是凳子上的手腕镣铐使他整个人看起来像个">"。

安起民和同事一起冲过去，将列杰按在凳子上，而列杰此时的力气大得出奇，整个人像是隆隆作响即将喷发的火山一般，时不时隆起。

"你们不让我活啊，我造了什么孽要受这份苦！就因为十八岁时偷了次东西，往后老娘不认我，老爹也病死了，房子也卖了，老婆也没了，现在又要被你们冤枉。你们、你们是想拿我顶罪是不是？来吧，来吧！现在我认了，人是我杀的！从今天起，不管你们再问我啥，我就这一句话了，你们来个痛快的吧！"列杰扯着嗓子疯狂地吼叫着，脖颈往上直到脑门都显现出一种潮红色。如果把第一天那个唯唯诺诺从动作到表情都乏味无比的列杰比作一幅素描画中草草几笔的人物轮廓，那么此时的列杰就好像已经开始慢慢地用激烈的线条填充五官阴影了——总算看到了一些不那么死气沉沉的东西。

"公事公办而已，抱歉。"炎宏叹着气将身子靠向椅背，这个动作传递给安起民的信息不言而喻。

"队长，我可能要往蔷慧的家里去一趟。"炎宏直起身来说道。

炎宏下午的行程有些仓促。到达蔷慧家中的时候已经将近四点，不巧的是，心中隐隐期盼的那个身影没有出现。

"罗雪出去玩了，"蔷慧说道，"可能一个人有些闷吧。等我把公司办起来，就让她去公司上班，管理一些事情。罗雪这孩子看起来小，但是办事非常利索。"

客厅内，蔷慧和炎宏分坐两边，纯白色的窗纱挡不住午后柔和温暖的清风，一阵阵地吹着身躯。

"对的，我也这么认为。"炎宏这句话可不是敷衍恭维。

"听小雪说你前几天来了，还给我打了电话。当时正巧手机没电，真是不好意思。不知道这一次是想……"

"问些简单的问题，"炎宏斜了斜身子，从口袋里掏出上一次拿来的罗伟遇害时穿的衣服的照片，"这件衣服是他以前的旧衣服，还是这一次为了出席活动特地新买的？"

"应该是新买的，"蔷慧肯定地说道，"虽然他的衣服都是自己去买的，但总是要穿的，这件衣服我之前从来没有见他穿过。"

"罗先生平时喜欢去哪个商场您知道吗？"

"抱歉，我不太清楚，"蔷慧摇了摇头，"市里的商场我们都去过，但私下里他更喜欢去哪里我从不过问，因为我不太喜欢限制别人的自由。他是个好男人，知道自己该做什么、不该做什么，所以我平时也不会过多打听这些事情。"

"这样啊，果然是和一般的家庭不同呢，成功的人总是这么自信。若是换了别人，有这样一个老公估计要看得很紧。"炎宏打趣道。但是这句玩笑似乎起到了一些反效果，蔷慧的脸色明显阴沉下来。

"有哪里说得过分了吗？"炎宏的内心惶恐了那么一瞬间，但随即否定了这个想法。

"我还想向您打听一下，罗先生有和您说过 1996 年景家镇发大水的那件事情吗？"炎宏打算转移阵地。

"听他说起过一些。"蔷慧轻声应道，看样子刚才炎宏的玩笑带来的副作用没那么容易散去。

"可以具体说一下吗？"

"没什么好说的。他就随意说了说当时雨下得多大，镇里都乱套了，矿上也乱套了，等等。"

"他没有跟你说山上的矿井因为突发的大水造成伤亡的事吗？"

"嗯？好像……好像是说过，我确实记不清了。那次的事他也没说多少，我能记得的更没多少。"蔷慧似乎转瞬换了张面孔，讪讪地笑着。

"风景真是不错。"炎宏笑着将目光移向窗边，踱步过去，神情似乎轻松了一些。

"认识有一段时间了，还不知道阿姨是哪里的人呢。"炎宏从客厅窗台看着小区内的景色。

"嗯？我啊，就是本市的。"

"老家呢？"

"X 县，但是已经没人了，父母早早过世了，没什么牵挂。"

"哦，这样，"炎宏点了点头，"那今天打扰了，我先告辞。以后可能还会登门拜访，希望阿姨不要烦我才好。"

"哪里，你们也很辛苦。"蔷慧站了起来，勉强挤出笑容，不自觉地向大门走去。

炎宏这才笑着迈起步子往大门走去，蔷慧稍微闪了闪身子，将大门打开，送走了炎宏。

救赎游戏

"在市里长大的吗？"炎宏自言自语着，奔向他的下一个目的地——离这个小区最近的银座商城。

炎宏从导购员那里得知银座商城里没有杰尼亚品牌的专柜。

"那据您所知，市里有哪些商场会卖这个牌子？或者是某些小商店里……"

"不会的，不会的，"那名四十岁上下的导购员摆着手细声细气地说道，"这个牌子肯定不会代理给那些小商场的，您可以去北国、世货或者辰光看一下。"

"好的，谢谢。"炎宏笑着转身离去。已经五点十分了，不管怎样，都要先回到局里复命。

另一边，去调查罗伟公司以及外围的冯旭也回来了。这一天他和其余队员排查了一部分公司的员工以及以前和罗伟有一些生意往来的客户，却没什么进展。

"有些以前合作过、登记在册的家伙甚至都已经忘了有罗伟这么个人了，听说他遇害的事情也只是随意敷衍了几句。总的来讲，没什么有价值的线索。不过还没有排查完，也许后面会有发现。"

"公司里面调查了吗？"

"财务方面我们还没细查，只是大致了解了一下，没什么情况。虽说连年亏损，但听财务主任说，罗伟也不是特别在乎。因为罗伟除了倒腾煤矿外，对公司的经济运作没什么头脑，而且所有精力都放在慈善事业上，免费往村镇偏远困难地区输送人力物力，所以才会连年亏损。最近正打算把公司关掉，回收资金。"

"他的办公室查过了吗？"

"我们本想在回单位前几分钟去罗伟办公室调查一下，但是你绝对想不到，我们拿的那个在凶杀现场检获的钥匙串上，竟然没有一把是能打开门锁的。因为那门是十字形的锁芯，而罗伟的钥匙串上，所有的钥匙都是一字形。后来我们了解到，邓辉那里还有一把。但是我们联系了邓辉，得知他正在 T 县的黄海底村忙家里的事，暂时无法回来。他对我们说罗伟的那把办公室钥匙丢了，但是因为他那里有一把，而且只要罗伟去公司就一定会和他一起，所以罗伟也就一直没有配。我们打算明天请开锁师傅先把门打开进行搜查。"

"嗯，一定要快！办公室这种私人空间里也许会有什么重要的线索。"安起民点着头，将目光移向炎宏。

"也没什么进展。但是队长，我保证您保持给我这样的权利与自由，两周内我会给您一个满意的答复。"炎宏此时的语气与眼神都如水面般平静，却透露着一股自信。

八月十七日，也就是第二天的早上，冯旭正准备前往罗伟的公司进行第二轮搜查，其他人也正陆续从办公室里出来。

"怎么？一起吗？"冯旭手里掂着车钥匙，笑着对门口的炎宏说道。

"不了，我今天有自己的计划。"炎宏回道，"不过冯哥，能不能跟你商量个事？多照几张照片回来，也许用得着。"

"得嘞。"冯旭应了一声便钻进车里。

人影稀疏的大院里，警车伴着轰鸣缓缓驶出。安起民和炎宏在办公室门口望了望车内的身影便转身进去了。

"今天什么计划？"安起民问道。

"景家镇。"

"又要去景家镇吗？"

"嗯。"炎宏点了点头，"现在的线索确实少之又少，但还有一条模糊不清的线索可以利用。"

"你是说粟林？"

"对。"炎宏回道，"上一次我拿回来的数据线和耳机已经做了指纹鉴定，确实是粟林所有。当时我有一套假设是粟林和罗伟之间存在某种隐晦的关系，因为同一件事被凶手邀约出来杀害。"

"但他的身上并没有发现手机。"

"很好解释，如果这套假设成立，那他的手机应该是罗伟或者凶手赞助给他方便联系的。事后他的手机和罗伟的手机一同不翼而飞，那只有一种可能，他们的手机里有凶手不想让别人知道的东西，那个丢失的行李箱也是。"

"如果是这样，那粟林应该掌握着什么秘密才对吧？"

"嗯，毕竟一个高中生在那个时间段死在车库里实在有些可疑。但是我还没来得及进一步验证，列杰就被抓了进来。现在正好将这条线索捡起来，除了粟林以及当时车库里的那几个清洁工，我还想了解一下 1996 年那场洪灾。"

"1996 年的洪灾？"

"对。我想多点对罗伟的了解。毕竟作为陌生人，我们之前从未与死者有过交集，而他的为人也是从他现在的亲人和手下口中得知，难免有感情用事的地方。而作为罗伟发家的地方，我想景家镇的某些人也许能对罗伟有一个中肯的评价。"

"也许有用。"安起民说道，"去吧，午饭吃好点。"

依然是 101 路直达车，依然是与上次如出一辙的场景。笔记本自上一次前往景家镇后又多了几页感悟。微微颠簸的车上，人们不时传来两声嬉笑。

"只剩不到半个月的时间，目前的进展虽然不算顺利，但好在理清了一些眉目。虽然还要从罗伟查起，但是绝对不能只停在这一点上。"炎宏的膝上摆着打开的笔记本，食指和拇指不断揉搓着手中的碳素笔，整理着思路。

"现在，案子被切割成了三个战场。第一便是罗伟，他身边的朋友同事依然是最主要的突破口，若是他得罪了人，而且得罪到想要杀掉他的程度，不可能只有罗伟一个人知道。但是从亲人到同事，除了蔷慧、邓辉透露有人跟踪过罗伟，给他寄恐吓信，其余竟没有一人知情。这不合常理，也说不过去。也许罗伟身边还有一个区域是我们没有注意到的，那里会有我们想要的东西。第二个战场就是列杰，虽说他现在几近洗脱嫌疑，但那三枚指纹是铁打不动的东西。如果真的被陷害，那么这个凶手一定是列杰与罗伟的交集，同时了解两个人的某些生活习惯与时间。可以加强对列杰身边人的检查，像列杰这样的身份，如果身边有一个能和罗伟打上招呼的家伙，应该很容易就能排查出来，也许从这里可以找到罗伟那片我们还未涉及的区域。第三个战场便是粟林了，我要沿着手机的线索一路查下去。"

粟林这条线索看似平淡无奇，但是炎宏隐隐觉着里面有问题，若有发现，一定可以成为重要线索。原因很简单，从现在的情况来看，粟林在那种天气到车库一定是有原因的，而原因无非和两个范围有关：一是那四名保洁员，二是罗伟。如果和四名保洁有关，那他们为什么要说不认识？若是和罗伟有关，而且到了会被人连同罗伟一起杀害的地步，那么上一次的调查应该可以查出一些蛛丝马迹才对。

炎宏思忖至此，翻到了上一次也是在这辆车上记录的那五个问题，他发现除了关于罗伟神秘朋友的问题有了表面上的答案，其余的依然模棱两可地横在那里，犹如一道道大小不一的沟壑延伸在炎宏的脑海之中。

"我已经从粟林的母亲以及同桌那里了解了足够多关于他的事情，却依然解释不清他去地下车库的原因。难道家庭和学校对他来讲还不是学习生活的全部？最重要的依然是要搞清楚那天下午粟林到底去了哪里。而跟踪罗伟和发恐吓信的人，在没有足够多的线索的情况下，实在无法求证。"

炎宏摇了摇头。

"罗伟神秘朋友的问题看起来已经有了表面的答案，这是这几天唯一的收获，但还需要深究。"

"蔷慧和邓辉的关系……"忽然，炎宏全身的神经都紧绷起来，目光又移向第二个问题。他才注意到一个细节：他刚刚在将案件分割成三个区域时想到，罗伟身边只有蔷慧和邓辉提供了似乎有人对罗伟不利的说辞。蔷慧说的是恐吓信，而邓辉说的是有人跟踪罗伟。为什么这么巧，偏偏就是这两个人掌握了有人对罗伟不利的情况？关系近？也许对，一个妻子，一个司机兼秘书。但是有一点不对劲的地方，蔷慧在拿出威胁信时没有提到有人跟踪罗伟，而邓辉在说起罗伟被跟踪时也没有提到威胁信的事情。在这之前，两个人甚至罗伟都没有报警，却在罗伟死后将这些拿了出来。难道是巧合？罗伟一开始并没有放在心上，所以只是跟他们随便一提？不对，那已经威胁到了自己的家人，赤裸裸地指出自己的女儿，一个男人不可能不放在心上。

"这是从两三个月前开始的，一封塞在我们的报箱里，另外两封是在车门上发现的。"

"如果真的被陷害，那么这个凶手一定是列杰与罗伟的交集。"

"平时他就管开车修车之类，因为我爸对车一窍不通。"

所有无意间得到或推论出的线索都指向了一个目标。

"邓辉"，炎宏在纸上写下这两个字，用黑框圈了起来。"看来等你回来后，我们需要好好谈谈了，小兄弟。"

到达景家镇后，炎宏首先拜访的是钱镇长。经过简单地打听，炎宏来到了镇政府。

一个面积不大的四合院，西面的大门口上还零零碎碎地挂着庆祝五一的红纸条幅，南面和北面都是一层楼，开水房、卫生间以及传达室就分布在这里，唯独东面是一座两层的小楼。院落中间直直地伫立着两棵梧桐。梧桐树周边放着各色小型盆栽，此外，院子四周被细细地种上了一圈小草，茂盛非凡。这样一看，那破损开裂的路面以及乌黑凹凸的墙壁倒也被这五光十色的植物夺了目光。

正如那句"没有丑女，只有懒女"一样，一个地方只要用上几分心思，还是能打扫得像模像样。

钱镇长的办公地点在二楼最南面，炎宏敲门进去时，女会计正俯身和办公桌前的钱镇长小声嘀咕着什么。

"呀，来了，小同志？"钱镇长朝会计扬了下手，"你先回去吧，那笔账一会儿再说。"

女会计应了一声，走了出去。

"没打扰您吧？"炎宏向前走近几步。

"没关系、没关系，反正啊，每天就是个忙，没松闲的时候。"钱镇长从橱子里拿出一只一次性纸杯，沏上一杯茶，递给炎宏，"这一次想了解点什么？一定尽全力配合。"

"哦，这次来拜访您主要是想了解两方面的事情，"炎宏站起身来，挂上一副笑容，"一个是罗伟在二十三日来了之后的具体行程，还有一个可能有点麻烦，就是我想找一些了解二十年前罗伟在这里开矿那段时期经历的人，需要详细问一些情况。"

"第一个倒还好说，第二个嘛，有些难了，"钱镇长说道，"我只能给你联系一下当时那一届的领导班子，碰碰运气。你也知道，领导干部都是各县来回调动，当初那些和矿主打交道的领导也好，年轻干部也好，现在在哪里甚至还能不能见着可真不好说。"

"有劳了，钱镇长。"炎宏微微点了下头。

"好说好说，都是为了公事。"钱镇长起身看了眼手表，顺手又将公文包夹在腋下。

"这样，我正好要去学校工地那边看看，你跟我一起，路上和你说一下罗伟那几天的行程。这一圈下来正好是午饭时间，吃完饭回来我给你联系一下当时和煤矿业主联系的领导或者工作人员。"

"行，那就谢谢钱镇长招待了。"

十点半，炎宏坐上钱镇长的大众，从政府办公楼一直往南面的新希望小学工地去了。

"这所小学就是罗伟赞助的那一个吗？"

"对，这可是他的梦想，"钱镇长笑着说道，"他一直想捐助建造一所像样的小学，但不管是用地指标也好，还是其中烦琐的手续也好，一直拖着办不下来。尤其是用地指标，要不是市里开展拆除老旧破损建筑行动，这学校都没地方盖。"

"这个小学老早就开工了吧？"

"自然。五月份就开工了，那个时候已经和罗伟协商好了，开工的钱镇里先垫着，等到七月份的这次交流会上他再把钱捐过来。"

"他为什么把建一座学校当成自己的梦想？这对他来讲，好像并不是什么困难的事情吧？他完全可以在市里盖一所。"

"不是这样的，小同志。"钱镇长慢悠悠地拨动方向盘，车身由大路驶进一条乡间小道。

"他的意思是，只有在景家镇这样的地方盖一所学校才能完成他的梦想。这可不是把钱随手一扔就完成得了的。世人都知道，越是落后贫穷的地方越需要普及基础教育，但只有很少的人知道要在这种地方普及教育是多么难。就拿最简单的盖学校来讲，要盖学校就需要有合适的地段，在合适的地段还要有足够的面积。从划定选址到和镇上相关的村民协商赔偿，再到启动拆迁，这一路的酸甜苦辣也许只有我们这些基层干部才能了解。在有些村民眼里，一所学校、一个篮球场、一座图书馆远远比不上他们自家违章建造的一个猪圈、一个仓库来得有用，因为他们没有受过良好的教育，自然对后代的教育也没有什么觉悟。这就是为什么镇上有那么多像那晚楼上的中学生清洁工那样的人了。"

"有一点我还是挺好奇的，这一点我以前也和别人讨论过。为什么煤矿在你们镇上，这么多年过去，却还是这么穷？有点说不通。"

"为什么？就是因为没文化呗！煤矿就在那里堆着，你没那技术，没那知识储备，怎么挖？只能眼睁睁地看着外地人来你这里开发开采。最多给你的政府交点钱，再雇你们几个村民，发点工资。一个个发完了财，吃完了肉，知道感恩的凤毛麟角。唉，要是我当时在这里就好了，这镇子也不至于变成现在这样。"

"落后就要挨打，真是一点没错。"炎宏跟了一句。

十点五十，车子停在新希望小学的施工现场。工程还处在正负零阶段，一根根粗细不一的铁管被钉在深深的基坑中，上面罩着一层铁丝网。几十号工人披着晌午明媚的阳光各司其职，从高处看去，犹如蚁穴中窃窃游走的工蚁一般。

"当时就是在我们现在站的这块地方，我和罗伟看着这片工地，畅想着学校主体建成后要引进哪些设施。他当时很兴奋，列了一长串，篮球、足球、乒乓球、电脑教室，等等。他甚至还含蓄地表达了一下主楼建成后能不能以他的名字命名，再搞一个揭楼仪式。"

"揭楼仪式？"

"对，就是那个基坑。"钱镇长指着不远处一个最大的坑槽说道，"那就是规划建成后的主楼。罗伟当时的意思是，等学校建好后，把那栋楼命名为罗伟楼，再搞一个揭楼仪式。就是用一大块布把楼上的'罗伟楼'三个字蒙起来，然后由他亲自将那块布揭下。"

"听起来挺有纪念意义，而且要求也不过分。"炎宏一边应着，一边将罗伟的这个梦想记在本子上。

"可惜啊，天不遂人愿。"钱镇长摇了摇头，向右手边迈开步子，炎宏跟了上去。

工地的指挥所里，钱镇长简单听了下负责人的施工汇报，并在随身携带的本子上寥寥记了几笔。之后，负责人说要去巡视工地，离开了屋子。

"那我现在跟你说说罗总那几天的行程吧。"钱镇长将本子塞回公文包里，炎宏则将本子打开。

"罗总是七月二十三号中午和他夫人一起来的，下午出席了交流会前的一个暖场会。二十四号会议正式开始，就在蓝星宾馆顶楼的大会议室里。那天上午会议一直持续到十一点多，午饭后到下午三点依然是交流会。之后按照议程，晚上所有与会人员都被安排在蓝星宾馆的大院里观赏……"

"那个，钱镇长，"炎宏小声嘟囔道，"会议或者晚会之类的就不用说了，我是想知道在这之外罗伟去了哪里。当然，您只要说您了解的就行，因为您也不会二十四小时跟着他。"

"啊，那就简单多了。"钱镇长捏着下巴，眼神不时向上飘着，像是要从脑海里钓出什么东西，"二十五号，他女儿过来那天，他们一起去村子里转了一圈，当时就是我陪同的，还有电视台和报社的记者。二十六号我只是出席了会议，没有陪着罗总。二十七号上午领着所有与会的企业家走访了镇上的几家贫困户。二十八号下了雨，本来计划去那座山上看看的，但出于安全考虑取消了，转而逛了一些我们当地的小工厂。哎，对了，那天还去了那个商场！"

"商场？就是那个地下车库所在的商场？"

救赎游戏

"对！当时我们一帮人在镇上转，聊着聊着就从罗总捐钱修建小学的事情聊到了镇上最近有没有什么在建的项目，我就把天德商场在建的事情顺嘴说了一下。谁知道他们之中不少人来了兴致，说开车到那里看看，我也就顺水推舟带着他们去了。当时因为下雨，不能进行楼外作业，几十个工人在楼内施工，进行内部墙体以及窗框安装。我们一行人转了一圈，其中一个老板还包下了几十个工人的午饭。"

"罗总呢？当时提出去那里，他有什么反应？"

"倒是没什么反应，挺正常的。我们聊什么他聊什么，虽然那群人里属他最成功，但他说话声音小。"

"那个保洁队是您请的吗？"

"那个啊，嗨，都是镇上村民拉的队伍，自然要照顾一下了。也不是什么重活，还能让他们挣点钱，挺好的。"钱镇长爽朗地说道。

"那个保洁队在这里做多长时间了？"

"两三个月吧。"

炎宏点了点头，将这些信息记录下来。

"那之后呢？从天德商场出来之后去了哪里？"

"之后就是晚上在宾馆宴会厅举行晚宴以及捐款仪式。"

"那二十九号呢？就是罗伟遇害当天他去了哪里？"

"就是这里，我陪他的，只有我们两个，"钱镇长平静地说道，"一直到中午，吃过午饭后我们就分开了。当时我把他送到宾馆门口，临别时我们还招了招手。没想到再见到他时已经……"钱镇长摇了摇头，"两三年不深不浅的交情，那天晚上也没觉着怎么样，现在这样细细一回忆还真有点……哈哈，见笑了啊，小兄弟。"钱镇长的声音有些哽咽，右手不自觉地揉起了鼻梁。

炎宏停下手中的笔，心中不由自主地冒出那句"不知道哪天你和某个人随便说了句再见，就真的再也不见了"。人与人之间的感情——亲情也好，友情也好，爱情也好，似乎随着时间的推移而变得越来越经不起离别的敲打。往其中投入感情从来都是一场只进无退的豪赌，越是投入，身后越是没有退路，直到生死离别那一刻，也就如同坠下身后的悬崖，摔得分崩离析的躯体与鲜血会为你在这段感情中的付出算上一笔清晰而又深刻的总账。

"这就是人生啊，没办法。"炎宏在本子上画上一个句号，低着头说道。

钱镇长摆了摆手，几秒的沉寂后，他将手从鼻梁处移开，深吸了一口气。

"还有什么要问的吗？"

"这次的会议有需要各个参会者演讲或者准备什么材料的地方吗？"

"演讲倒是没有，材料自然是必需的，不然怎么深入交流呢？"

"是那种纸质的？"

"不，统一都是电子版，我们有投影仪，这样比较方便。"

"这样啊。那这几天罗雪和蔷慧夫人是一直跟着罗伟的吗？"

"不，罗雪基本上都是跟着的，因为有报社和电视台的人在，可以宣传宣传。至于蔷慧，好像只是在那天晚上的捐款仪式上露了一面，和其他的老板交流了一下，其余时间好像都没有跟着。"

"您当镇长之后罗总和蔷慧来的次数多吗？"

"一年有个三四次吧，不过今年因为学校的事情多了一些。"

"来的时候蔷慧总是陪在罗伟身边吗？"

"印象中蔷慧对这种活动似乎不怎么感兴趣，来了就只是一个人待在宾馆或者在周围转转，从来没有和我们同行过。"

"谢谢，提供了不少信息。"炎宏若有所思地合上了笔记本。

"那咱们往饭店走吧？我中午正好有个应酬，你风尘仆仆的，也好好吃一顿，下午才有力气接着干活。"钱镇长站起身说道。

"那我就不客气了。"炎宏笑着说道。

应酬的饭局气氛总是有些僵，作为被捎带上的客人，炎宏除了在转圈敬酒时说上两句，其余时间只是静静地坐在那里。由于开车，钱镇长没有喝酒——自然这也是好不容易挡下来的。炎宏则不必说，只需亮明身份便省下了双方不少口舌。

下午一点半多，饭局结束，其中几个客人还客套地记下了炎宏的手机号。炎宏不知道人脉对于眼前这些看上去比他大不了多少的小企业老板来讲有多重要，但是那种尴尬的虚假让他一刻也不想多待。

"刚才看你脸色，好像不怎么喜欢这种场合。"车上钱镇长笑着说道。

"是不习惯吧，说不喜欢有些过了，"炎宏说道，"我无法了解这些走在创业路上的人是何种心态，也许他们只是想做到力所能及的最好。其中自然包括人脉，一场饭局换来几个说得上话的朋友也无可厚非吧。平心而论，如果我是他们，我肯定也会这样做。"

"对啊，我们都是这样，无一例外。"钱镇长感叹道。

回到办公室，钱镇长翻出电话簿，上面有历届领导班子以及干部的手机号码，只不过有些号码年代太过久远，早已联系不到它们的主人。

"这样吧，小兄弟，我给你叫两个人过来把这个电话簿复印三份，你们三个各自划定几个人分别联系，这样还快点。我还有点事情需要处理，你们打完电话如果还需要我帮什么忙，你再上来找我，行吧？"

"那有劳了，钱镇长。"炎宏笑着回道。

在钱镇长的安排下，两名办公室人员协助炎宏根据电话簿上的号码逐一联系。但就像钱镇长一开始预计的那样，这些号码有些已经变成空号，有些已经换了使用人，少数几个联系上的也早已过了能说清1996年那场天灾的年岁，更别说记着罗伟这个人了。所有号码过了一遍居然一无所获，炎宏想过最糟糕的情况，却没想到能这么糟。

"没有收获？"办公桌前的钱镇长显然对这个结果也感到意外。

"也许是我太想当然了吧，毕竟二十年了。"炎宏苦笑着说道。

"干你们这行不容易啊，让你白跑一趟。"

"习惯了，查案就是这样，"炎宏笑了笑，"以前有一次为了一个失踪的小男孩，我们联合区局排查了一万多个人。"

"找到了？"

"嗯，不但找到了，也打掉了一个拐卖儿童的小型团伙。其实我们这行抛开那些考试不谈，只要多点耐心、多点胆量，谁都能干。"

"你是干大事的人。"钱镇长的目光直视着炎宏。

"托您吉言吧！"炎宏笑着说道，"但现在还有一件事情想请您帮下忙。"

"力所能及的尽力而为。"

"能不能借我一辆车和一个司机，我想去当时那片矿区所在的山脚下看看那里的村民，想看看会不会有什么线索。"

"村民？"

"对，当时的村民，尤其是那个山脚下的。我听说当时矿上招工绝大多数都是镇上的本地人，那时候大都是年轻力壮的小伙子，到现在估计也就四五十岁，我去山脚下打听一下，也许会有线索。"

"这个好说，你等一下。"钱镇长拽过座机打了个电话，不过十几秒便撂下了，"去那辆皮卡旁边等着吧，我已经安排一个司机陪你去了。"

"有劳了，钱镇长。"炎宏再次重复道。

"哪里。我也知道市里催你们办案的时间紧，自然要全力配合。案子办完了，向上面为哥哥请请功就行！"钱镇长开玩笑道。

"一定。"

下午三点，炎宏在司机小刘的陪同下驱车来到了景家镇的东南角，也是离那座蕴藏着矿产的高山最近的一带居民区。那是从大道上分离出来的一条支干路延伸而来的一片区域。比起镇中央，处在角落的这片居住区看起来更加破旧，像是笼罩在一层黑纱之中。坑洼不平、布满黄土煤渣的道路两边基本上都是一座座平房院落，每户门口都飘出类似剩饭剩菜的古怪味道，偶尔一两户的屋顶上还冒着白色的炊烟，炎宏想应该是在蒸馒头之类的东西。

赤裸着上身的孩子挥着黑灰色的臂膀打着圈从炎宏身边追逐过去，两三辆自行车也响着铃铛在这片路面上咯噔咯噔地由远及近再由近及远。

"咳咳。"炎宏开始感到嗓子里有些发痒。

"这种地方，其实早该拆迁的。"小刘也捂着嘴闷咳了两声。

"是啊，离山脚那么近，扬尘煤渣都会飘下来的。"炎宏回头看了看那几个孩子的身影。

"都是自找的。"小刘摇了摇头，停下脚步，"就从这里开始问吧，这一片其实也没几户人，早点问完早点利索。"

炎宏点了点头，顺势走向右手边的一户人家，却发现大门已经结了蜘蛛网，门把手也生了锈，分明已经荒废一段时间了，于是又前行到另一户门前，敲了敲门。少时，一位三十岁上下的少妇从里面拉开门闩，后面跟着一个全裸的四五岁男孩。

"你们找谁？"那少妇操着一口下县音问道，右腿轻微地抖着，驱赶不时贴过来的男童。

"警察，"炎宏亮出证件，笑着继续问道，"我想问一下您家里有没有二十年前在那座山上挖过矿的人？"

"那个啊，我公公以前倒是在那里干过，但是前年……"说到这里，少妇右手一把将男童抱了起来，往上架了架，接着说道，"去世了。"

"那你知道这一片还有哪户人家以前在那里干过，或者了解二十年前那场水灾的吗？"

"这个我就不清楚了，我是嫁过来的，这里的事情不太了解。"

"那你的丈夫在家吗？"炎宏问道。他觉着既然父亲在那里干过，儿子应该多少了解一点。

"出去打工了。"

"那打扰了。"炎宏摆了摆手，少妇退了两步，将大门缓缓关上。

炎宏往前走了几步，轻轻叩了叩门上的铁栓。

"来喽！"一个老伯的声音传来，声如洪钟，透过这声音就能感觉到这老伯精神头十足。

"谁啊？"吱啦作响的拉门闩声后，一位满头白发的老伯探出头来。

"警察，想了解一些事情。"炎宏打量着这位老伯，觉着可能会从他身上打探出什么消息，而结果也没有让他失望。

"记着，那哪能不记着呢，干了那么长时间，发那么大水。要不是工作环境太恶劣，真的想在那里一直干下去，真挣不少啊，兄弟。"院子里的葡萄藤架下，炎宏和小刘被罩在一片莹莹的翠绿色之中，品着一杯不知名的散茶，而这位名叫史政的老伯就像是茶楼里的说书先生，坐在一张摇椅里，右手攥着一把白瓷小茶壶，一边聊，一边往嘴里灌着。

"您还记着当时矿上有一个叫罗伟的吗？"

"罗伟？哪能忘！忘了谁也忘不了他！"老伯的嗓音高了一个台阶，身下的摇椅吱吱作响。

"他已经死了，被人杀的。"炎宏提示道，他希望这句话能让这个老伯意识到对一个已经死掉的人应该做出适当贴切的评价。

"死了？"老伯的脸色有些惊讶。

"对，就死在你们镇上那栋新建的商场地下停车场里。"

"我说呢，难怪你们找过来。"老伯恢复了平静，滋滋地喝了两口茶。

"能详细说说吗？关于那次洪灾和罗伟本人。"炎宏摊开笔记本。

"唉，其实啊，那个时候都不知道挖矿能挖出来个啥，也都没文化，就知道老多老板招工一天能挣不少，还管饭，那人还不乌泱乌泱地去啊。尤其是我们这块，去的人更多。那时候我四十多岁，你们大娘那时候还在呢，也劝我反正没个正式工作，在那里能干几天干几天，挣点现钱也不错，我也就去了。当时我们那个矿主叫刘雄，记得挺清楚。那时候规定最短的聘期就是三个月，我就开始在那里干。结果真不行。哎哟我的天，那下面的环境真是糟贱人。三个月一过我就对你们大娘说不去了，多少钱也不去了。一张嘴煤渣子就往里飘，就跟在嘴里和了一碗煤渣面似的，啥也没身体重要，你们说是这个理不？"

"是是是，"炎宏终于抓到了一个插嘴的机会，"就是……大爷，您能不能直接讲罗伟和……"

"和那场水灾是吧？"老伯笑呵呵地打断道。

"对。"

"那这两件事就要一起说了。为啥呢？因为要不是那场水灾，还真认识不了罗伟这个人。"老伯将微微直起的身子又猛然靠了下去，接着说道，

救赎游戏

"那是 1996 年的七八月份吧，雨淅淅沥沥的，连着下了四五天，真的就没断过。夹着那煤渣灰尘啥的，落你身上就变泥汤子了。出事那天雨突然就大了，就好像天上扣了个盆子，哗哗地倒，看得人心里直发麻啊，小伙子，那真没有夸张，我都想拉着老伴往外跑了，生怕山上发水直接冲下来。我当时轮完工在家吃饭，眼见着这雨大起来了。

"雨势小下来是两三个小时后，当时我就听着外面吵吵嚷嚷的，出去一看，一大伙子人哭着喊着往山上跑呢，嘴里还嚷着'死了人啦''出人命啦'之类的，我一听有事就跟着去了。到那里一看，你猜怎么着，小伙子？还就是你说的那个罗伟罗老板的矿上出了事，听别人说是矿里淹死三个人。他当时的那片矿特别小，听着好像是说要设施没设施还是无证办矿啥的，总之给他安了一连串的罪名。"

"这些到底是不是真的？"

"那谁去管那个啊，咱也不是官，对不对，小兄弟？"老伯嘬了口茶水。

"那后来呢？"

"后来就是一群人天天穿着白大褂举着花圈围着镇政府闹，让赔钱啥的。最后什么结果我也不知道，反正两边都挺不好看。"

"如果是真的违法开矿导致工人意外死亡，这可是要承担法律责任的。"小刘在旁边说道。

"哪啊，最后闹归闹，人家的矿照样开。"老伯招了下手说道，"依我看，这里边的猫腻可是不少，这些人啊，要放在四几年五几年的时候，那可是要吃枪子的。"

"老大爷，那我向您打听一下，您知道当年死的那三个人家住在哪里吗？"

"就知道有一户就住在南边那条路上，一个大的红色铁门，姓陆的一家。你到那里可以问问，应该能问出点什么。"

"哦，那谢谢大爷了，真是帮了大忙了。"

"嗨，没事，我这人也闲不住。那个小同志，刚才那些话咱们也就在这里说，出了这个门可别和别人讲，也别说是我说的啊，包括你一会儿去找姓陆的那一家。"老伯抬着茶壶说道。

"我懂。"炎宏笑着起身，将笔记本合上。

"走了？"老伯问道。

"嗯，走了。"

"唉，走吧，年轻人忙点好。我啊，也是闷得慌。"老伯直起身子，把地上的拖鞋蹭到脚上，"小同志，刚才废话有点多，你们可别往心里去，我也不是故意要耽误你们时间。只是你大娘走了以后也没个人说话，你们一来我就控制不住。"

"没关系，大爷，看您身子骨挺健壮的，没事出去走走就好了。还有，不行就换个地方吧，可惜了您这一架好葡萄藤，在这种地方。"炎宏抬起头望了一圈。

"习惯喽！看到这个院子和这张石桌就总觉着你们大娘就在旁边站着，离不开啊。"最后四个字，老伯用京剧的唱腔唱了出来。

老伯一直将两人送出大门，嘴里喃喃着："走啦，淑琴，他们都走喽，咱们聊吧。"缓缓缩小的大门缝隙中，逐渐模糊的身影愈发佝偻，直到与那片绿荫融为一体。

"走着去吧，姓陆的那家。"炎宏回身说道。

"为什么不开车？这地方可不适合散步。"

"我不是想散步，"炎宏缓缓地走着，仰着头望着灰蒙蒙的天空，"我只是想感受一下在这种地方生活是什么感觉，散步也好，聊天也好，喝茶也好。"

"感觉如何？"

"糟糕透了。"炎宏摇着头说道。

到达陆家时，迎接他们的是一位五十岁上下的主妇，皮肤黝黑，精瘦精瘦的，两只眸子似是钢刀的尖刃，闪着别样的光芒。

"干啥？"主妇倚在门边，手心捏着一把瓜子，一颗颗往嘴里送。

"警察，"炎宏再次亮出证件，"我们想找你们了解一些情况，关于二十年前的那场水灾以及当时一个叫罗伟的……"

"你们和他啥关系?"主妇收回了伸向嘴边的右手,一脸机警地打断道。

"警察,来办案的。那个叫罗伟的前一段时间遇害了,我们想走访一下,了解了解情况。"

"哦,那你们就在这里说吧。"主妇又恢复了无所谓的态度,嗑起了瓜子。这让炎宏和小刘暗暗皱了皱眉头。

"听说二十年前您有一位家属死在了罗伟的矿上?"

"哦,我老公的兄弟,死的时候刚三十整。"

"您了解当时的情况吗?"

"怎么不了解?"主妇愤愤地说了一句,将手中的瓜子皮甩了出去,"就罗伟那一个矿上就三条人命,每人赔了一万就算了了,人家该挣钱挣钱。呸!什么东西,官官相护。"

"那最后罗伟除了赔钱之外,没有受到其他的什么……"

"不知道、不知道,你们赶快走吧,我这里有事呢。"妇人突然不耐烦起来,双手几乎要推搡过来,多亏小刘大声喝止,这才没碰到他们。

"您老公在吗?我想……"

"不在,赶紧走。"少妇拍了拍手,转身走进院中,将门关上了。

"这号泼妇,还嗑什么瓜子!还不赶紧买点药补补脑子。"小刘皱着眉头,似乎是故意提高嗓门,要让院里的人听到。

"也许是问了敏感的问题吧,再加上你这装扮可能让她想起当年受过哪个官老爷的气。"炎宏笑着说道,回身看了一眼。只这一眼他发现,这一户姓陆的人家院门和台阶似乎是整条街上最为气派的。

"你的脾气,真不像一个警察。刚才你想找她老公谈直接进去便好,还问什么?她推你的时候大声吼她一嗓子,看她还老不老实!这一趟不是白跑了吗?什么也没问出来。"

"有些线索,即使不问也看得出来,"炎宏笑着说道,"而且各有各的难处啊,老哥。我刚才要是往里闯,她叫嚷起来说不定还会给你们惹什么麻烦。再说了，她老公不是不在吗？"

"可我刚刚明明看到有个男人光着膀子从屋里出来！"

"嗯，这还真是一个值得人深思的问题呢。"沉默几秒后，炎宏笑着说道。

回到镇政府，炎宏再次对钱镇长表达了谢意，随即告辞，此刻已经是下午四点多了。本来说要调查栗林，看来只能再额外抽一天时间过来。

"那我就不送了，小兄弟。"钱镇长直起身子，笑着说道。

"不用客气了，钱镇长，今天的收获已经不少了，真的不虚此行。以后可能还要来，到时候还得钱镇长多多照顾啊。"炎宏觉着自己可能心血来潮，也"江湖气"了一把，而此时兜里的手机传来短信息的声音。

"怎么？领导催呢？"

"不是，"炎宏拿起手机瞥了一眼，笑着说道，"那我走了。"

"让小刘送送你？"

"不用，陪我半天了，这点脚力我还是有的。"炎宏摆了摆手，在几句客套声中离开了二楼。

"收获不少啊，像是一个个的零件。而我，要一边把你们合理地拼装起来，一边再去找其他零件，直到破案。"炎宏摩挲着笔记本想道。

回到单位时已经快要下班了，安队长和冯旭却不见踪影，看来罗伟公司那边又是一大堆烦琐的排查工作要进行。

炎宏坐下，将笔记本摊开，在那盆君子兰旁边整理起今天的收获，直到二十分钟后才起身拿出手机离开办公室——他打给了老妈，告诉她今晚不回家吃饭了。

晚上六点半，警官与记者两人如约相聚在"有客来"。虽然与上次一样宾客满座，但是那更甚的喧嚣声似乎在已经饱和的范围内彰显着这个地方的生意火爆异常。炎宏甚至在门口看到五六个在等待空位的男男女女，由于餐厅内没有多余的椅子，他们只能站着。

"这一次倒是来得挺早。"穿着短袖 T 恤的斗魏嘴里嚼着一片薄荷味的口香糖，目光打量着就座的警官。

"过奖了，斗大记者。"炎宏回道，"别废话了，开始正题吧。服务员，点菜。"

似乎是一个新来的女服务员，挂着那副似乎再活上一万年都不会改变的谦恭的表情递上了菜单。

"这个月我们搞活动，消费满一百五十元送精美凉菜三份，满两百元再增无限续杯的饮料。"女服务员俯身柔声说道，虽然隔着一些距离，炎宏却觉着那张脸快要贴上来了。

"一会儿再说吧，先点菜。"炎宏缩了缩身子。服务员应了一声便直起身来，将原子笔咯噔按了下去，停在本子上方。

依然是每个人两道菜，炎宏点的"百舸争流"、"宁为玉碎"，斗魏点的则是"紫气东来"和"大浪淘沙"。此外一碗米饭、两个全麦馒头以及一扎鲜榨橙汁。

服务员向厨房下单之后，算了一下。

"一共一百二十元。"

"一百二？倒是便宜。"炎宏点着头说道，斗魏却示意服务员再将菜单递给他。

"怎么？你不会真想点满一百五或者两百吧？两个人可吃不了那么多。"

斗魏没有回应，只是随手翻看了几下便还了回去。服务员离开了两人的卡座。

"真是奇怪。"斗魏摇着脑袋。

"怎么？"

"生意这么好，菜价居然越来越便宜，我们这次点的菜比上次平均每道便宜五元。而且，你看看赠的那些东西。"斗魏抬了抬下巴示意道。

炎宏顺势向周围望去，刚巧有两桌正在上赠送的凉菜以及免费续杯的饮料。一眼看去，那些凉菜也异常精致，应该价格不菲，而饮料也不是炎宏一开始想象的兑了水的果汁，竟然就是商店里那些罐装与瓶装的饮料，甚至还有黑啤。

"感觉有些亏啊，五个人的话，每个人三瓶饮料或者几瓶啤酒也是一笔不小的消费，居然就这样送出去了？还有那些凉菜，原料有肉、有冰激凌，分量看着也足，这样做生意不会赔吗？"炎宏自言自语道。

"也许是一种营销策略吧！菜品本来就不错，已经吸引了相当多的客户，再通过这样的活动吸引更多的消费者过来。我如果没猜错的话，这家店的老板可能想要扩建了，面积起码比现在的大上一倍。"斗魏说道。

"嗯，可以建第二层。"炎宏望了望屋顶，上面吊着的是那种伸缩式的吊灯。

"好了，来猜吧，我先来。"斗魏小声呢喃了一会儿接着说道，"'百舸争流'嘛，我就猜蛤蜊和葱花吧，至于'宁为玉碎'，我想应该有柠檬和冰块。"

"那你的'紫气东来'我就猜紫薯和葡萄吧，紫色的食材还真是不多，至于'大浪淘沙'，听起来像是一种粥，猜小米和燕麦吧！"

一刻钟后，结果揭晓。"百舸争流"是两排交错的蛤蜊放置在混有粉丝的汤汁中，配着生青菜叶；"宁为玉碎"则是柠檬肉撒在冰镇过的果冻以及碎碎冰上的一道甜品；"紫气东来"只是一堆牛肉放在盘子的边缘，上面浇着汤料；"大浪淘沙"是一道奶油粥品，里面有小米与碎肉粒，味道鲜甜，神奇之处在于，这道粥品端上来时看起来是滚烫的，还咕嘟咕嘟地冒着泡，但喝了才知道，其实是适中的温度。

"其他的我都可以理解，但是这道'紫气东来'……"炎宏望着那堆牛肉，有些疑惑。

"这是一个典故，先生，"服务员俯身讲解道，"传说老子过函谷关之前，关令尹无意间看到有紫气从东方来，知道将有圣人过关，果然少时老子骑着青牛而来，故比喻吉祥的征兆。"

"这样啊，受教了。"炎宏点了点头，动起了筷子，同时米饭和馒头也被分别摆到了炎宏和斗魏面前。

"你们怎么知道是我吃馒头、他吃米饭？"斗魏喊住即将远去的服

被特权释放的能量

救赎游戏

务员。

"是这样的，先生，"那服务员折身回来说道，"你们两个之前来过，当时的米饭馒头就是这样分配的，我们便记下了。"

"你们？"

"对，我们。"服务员俯身，伸出右手，扫向整个大厅。

"拿什么记的？视频？笔记？"

"不，脑子。"

谦卑微笑的女服务员周围，所有食客都在埋头吃喝，说笑打趣，夸赞着饭菜，似乎没有一个人注意到这边的对话，这个氛围竟让炎宏有些不寒而栗。

"若不是饭菜的原因，我绝不会来这里，"炎宏说道，"你不觉着这鬼地方有些不对劲？"

"我们第一次来的时候不是已经观察到了吗？之所以诡异，是因为它在某些地方太完美了，完美得像是不属于这个世界。但老实说，我和你恰恰相反，现在我对这家餐厅的好奇已经略微超出对它饭菜的好奇。"

"难道这里是个异次元的空间不成？"

"确实有一个诡异的地方。"斗魏仰着头向餐厅洗手间的方向指了指。

"怎么？"炎宏看了一眼问道。

"你一会儿就知道了。"斗魏神秘地一笑，拿起馒头往嘴边送去。而炎宏也倒了杯橙汁，细细地品着有浓郁香味的牛肉。

"对了，我们市局的微博已经申请好了，名字就叫'T市公安局'。不但会实时更新各类案件的最新进展，公布案件有关调查结果，还会受理一些群众反映的在我们职责范围内的事情，例如盗抢团伙频繁作案什么的。"

"是吗？那倒是要关注一下，我看看。"斗魏掏出手机，操作了一阵，"弄得不错，而且已经有两起案子的通报了。"

"嗯，市内的出租车司机劫杀案和下县一个村的命案，没费多少脑力，光费脚力了。为抓这三个凶手，一共跑了五个城市。"

"挺详细啊，还有案件说明，"斗魏翻看着说道，"一个为了挽回原配

162

伙同闺蜜杀死小三，一个为了钱劫杀司机。老实说，从某种角度而言，你觉不觉得前者所受的惩罚应该轻于后者？"

"那只是从情感上来讲罢了，但从本质上讲，都是为了一己私利而夺去他人的生命，没什么区别。嗯，再来一杯橙汁吗？"

"哦，谢谢。"斗魏用食指关节将杯子推了过去，接着说道，"比起这种案子，你应该更喜欢现在这个吧？"

"以前是，不过……"炎宏犹豫了一下，哧哧笑道，"其实现在也是，但是现在我会认真对待每一起案件。"

"怎么？有了什么感悟？"

炎宏将杜锋与贾志和的事情转述给了斗魏，安起民说的最重要的那句话自然也没落下。

"需要的是道德与秩序啊，这是比一个超级英雄更难得到的东西。若是自己都做不到这两点，还怎么去管教市民？"

"就是说以后不准备单枪匹马了？"

"不，队长说了，可以一个人，但是要先向他报告。"炎宏笑着说道。

"看来，案子比想象中的更有难度，"斗魏抿了口橙汁，"进展如何？"

"几个战场现在都在鏖战，罗伟也好，列杰也好，粟林也好，我打算纵向切割调查，三个战场齐头并进，再横向联系寻找突破口。"

"虽然听不懂，但应该是个不错的点子。"斗魏笑着向炎宏举了下杯子。

"嗯，绝对是。"炎宏吃完最后一口米饭，站起身来。

"去卫生间？"

"怎么？想一起吗？"

"这是你第一次去这里的卫生间吧？"

"这有什么特殊的意义？"

"刚才不是跟你说这家餐厅有一个挺怪异的地方吗？就是和卫生间仅有一墙之隔的厨房。"

"那有什么？"

被特权释放的能量

救赎游戏

"去了就知道了。"

炎宏耸了耸肩膀，往卫生间去了，自然没忘记瞟一眼那扇棕色的厨房大门。出来时他望了一眼斗魏，斗魏示意他往门前走走，他照办了，里面传来模糊的交谈声。

"请问有什么事吗？"不知何时，一位女服务员已经悄然走至身旁询问道。

"哦，没什么事，就是……"

"就是刚才我这位兄弟看你侧脸挺漂亮的，想多看看而已。"斗魏此时也踱步过来，笑着说道。

"谢谢。"服务员只是礼貌性地回应了一下。

坐回去后炎宏问道："没什么特别吧？"

"听到什么了？"

"就是一些聊天声，除此之外……"炎宏将目光又移到厨房那边，此时碰巧从里面走出一位端着菜的服务员。

"对啊，确实不对劲！"炎宏猛然醒悟过来：他刚才听到的只有模糊的聊天声，却没有炒菜的动静，像是一个空旷的屋子里有两三个人在闲聊。

"我当时也没反应过来，"斗魏小声说道，"只是听到里面有人在恭维一个叫伟哥的家伙，出来之后不是还猜对了饭店换过老板吗？回去的路上我才隐隐觉着不对劲。从这个餐厅的建筑形状来看，处于那个角落的厨房面积应该不大，而且能听到交谈声的话，按理说炒菜声应该听得更为真切才对，但是听不到任何动静。除此之外，从来到这里我一直在……"

说到这里，斗魏的声音戛然而止。一位服务员满脸笑容地端着菜从他身边走过又返回，斗魏才接着说道："一直在观察厨房，有一个非常巧合的现象。当服务员进出那道门时，挑的全部是周围没有客人经过的时候。你说那扇门后面到底有什么？"

"我们可以进去看看，这应该没什么，这么多人在这里。"

"这可不是什么好主意，"斗魏支着脑袋说道，"总之我觉着那个厨房一定有什么秘密。"

164

"那就留着以后破解呗，"炎宏笑着说道，"等我办完这个案子，我们再约在这里搞个清楚。"

"万一真有什么危险，我可顾不上你。"

"我不是只有脑子好用的，同学。"炎宏端起杯子，抿了一口橙汁。

结完账是八点多，时间倒不算晚。两人很有默契地放慢脚步，在斑驳的光影中默默走着。

"我想买块手表，"炎宏抬了抬左手手腕，"有什么牌子推荐？我喜欢黑蓝色。"

"如果你想提升一下气质的话，手表倒是个不错的选择。"斗魏笑着说道，"但我对手表也没什么研究。其实我觉着除了汽车之外，男人对其他商品好像都没什么研究，能用、价格公道就好了。如果你想买表的话，得空我可以陪你一起去看看。不过在那之前，我觉着你可以先换个手机。"

"我也是这么想的，在咱俩第一次见面你说我的手机有些旧后，我就想着换了。工资也刚发下来没几天，倒是可以考虑一下。"

"怎么突然想要洗心革面了？想要把全新的形象展示给某个人吗？"斗魏笑着问道。

"没有，就是心血来潮而已。"炎宏避开了斗魏的眼神，微微低了下头。

斗魏瞥着此时的炎宏，只是笑笑，没有再说什么。吱呀吱呀的链条转动声游荡在两人的耳畔。

"哎，按照规定，下一次你是要回请我的。"

"还怕我赖账？"

"自然不是。"炎宏笑着挠了挠鼻子，"要不，去你家吃？"

"我家？"斗魏停下脚步，看着炎宏。

看到斗魏的态度，炎宏心里开始琢磨这个要求是不是有些过分。但不知为何，他就是想去这个家伙家里看看，他好奇记者的一切。既然好奇就要了解，这不是成为朋友的必然过程吗？

"怎么？不乐意啊？"

救赎游戏

斗魏注视了炎宏一阵，随即笑了笑："好啊，就这几天，有空了，我约你。"

当晚回去后，炎宏的心情莫名舒爽起来。他感觉人生充满了期待：戴上新手表的样子也好，新手机的功能也好，拿着它们再次出现在罗雪面前的情形也好，或者某一天来自记者的家宴邀请也好……他就在这样那样的期待中沉沉睡去了。

罗伟周边同行朋友的排查依然在如火如荼地进行，冯旭他们甚至为了证实一句话就要打上三四通电话。至于罗伟的办公室，在请来开锁师傅打开门后，冯旭和安起民也进行了细致的搜查，却没发现什么疑点。自然，炎宏要求的照片冯旭也没忘，各种角度足足照了十五张。

"看看有没有帮助吧，宏弟。"冯旭将照片递了过去，手捶着脖颈。

"嗯，辛苦了冯哥，这两天得请你吃顿饭才好。"炎宏笑着说道。

冯旭似乎愣了一下，然后爽快地答应了。

"宏弟，累的可不只有你冯哥，你这一群哥哥都累，你看怎么着？"孟良笑着问道。其他队员也跟着起哄，抱怨着不公平。

"你们累，让队长请你们去吃知道吗？我们俩这是私交，刑警队双剑合璧，凑什么热闹你们。"冯旭一把将炎宏揽住。

"精神头不错啊，保持下去，就用这精神头去办案。"安起民拿着一个档案袋走了进来，跟队员们打了个招呼。

"列杰可能要放出来了。即便这样，也不能完全忽略他的存在。局长的意思是，列杰的指纹不会平白无故地被人利用，在完全破案之前，不能排除他与这件案子还有什么隐晦的联系，所以释放之后也要派专人定期对其活动进行掌控。所以等列杰释放后，咱们两个人一班，每天去了解一下当天他的行动轨迹。炎宏一会儿打张表排下班，其他人下去集合。"

"等一下！"炎宏在众人往门口走时突然喊道，"冯哥，能不能告诉我列杰前妻的联系方式和住址，我有点事。"

"我抽屉里那个黄色的牛皮本里记着呢。"

"行，我自己找吧。还有，队长，今天我想去列杰前妻和工作的地方了解一些情况。"

"去吧，正好以前我也跟你冯哥说过，时机恰当的时候去查查他的前妻和周围的人，这一直也没腾出空，正好你去走一遭吧。"安起民没有丝毫犹豫。炎宏挥了挥手，便转过身新建了一个excel，开始制表。

"变了吧？感觉到了吗？"走廊里，安起民轻声对冯旭说道。其他队员则零星地回应着其他科室人员的招呼。

"变了，确实变了，起码对我的态度没那么冷淡了。没看出来，还挺记仇的一个小子，"冯旭也笑着说道，"分明可以自己去罗伟办公室调查，还非要我帮忙拍几张照片。这小子还真知道给自己找台阶下，帮他一个忙，再回请我一顿饭，这就算冰释前嫌了。"

"是啊，现在也懂规矩了，挺好。"

"看来，那天早上给他讲的杜锋和贾哥的事情对他的触动挺大。"冯旭的这句话刺激了其他几个老队员的神经，回头望了一眼。

"你怎么知道？"

"哭过的眼睛没那么容易消肿的，队长。"冯旭笑着拍了拍队长的肩膀。

第十章

女强人

那稚嫩而懵懂的表情犹如一片只有徐徐的清风而没有任何杂质的土地，还远远供养不起那些肮脏龌龊的钩心斗角。

办公室里，炎宏制好表格后在冯旭的抽屉里发现了那个牛皮本，翻了几页便找了想要的东西。"徐丽"两个字被圈了起来，旁边龙飞凤舞地写着"列杰前妻"，下方则是一串手机号以及一个住址。

调查列杰的前妻以及工作的地方是在听到安队长说列杰会疑罪从无释放后临时起意的，炎宏也不知道为什么会突然有这个念想，甚至连喊住冯旭都是脑中下意识的行为。也许是想做到万无一失吧，虽然释放列杰以及觉着列杰无罪的不只是他一人，但是想到如果真遗漏了什么证据让列杰钻了空子，最后查出列杰确实是凶手的话，那么曾经在这个办公室持着列杰无罪的观点侃侃而谈的他，说不定会成为某些人心中的笑柄。

"不，不是这样的吧？难道我在怀疑那些与我朝夕相处的同事会在心里肆意地贬低我，我才会让自己做出复查的决定吗？"

炎宏皱着眉头，不再多想，情绪却犹如被乌云压顶。而最糟糕的是，他现在只能顺着那一层层浮在上面的厚重的乌云走下去。

这就是社会，一些在外人看来莫名其妙的理由却能轻而易举地左右你的情绪、你的行为，为的只是自己在他人眼里的形象。

拿起喷壶，炎宏细细地为那盆君子兰浇了水，然后将那一沓相片放进包里，离开了办公室。

上午九点四十分，炎宏来到了金龙大酒店。这个酒店也算得上市里一个标志性建筑，从 1999 年至今已经屹立了近二十个年头。在刚刚开业时被当作豪华一流酒店标配的金色立柱、旋转大门以及繁复的吊灯对比眼下讲究简单精致的餐厅，装修理念已经有些过时了，但里面的饭菜还是吸引了不少老主顾前来消费。

"我打听一下，徐丽徐经理在吗？"炎宏走到前台询问道。一个二十多岁的小姑娘正飞速地在键盘上敲着什么。

"您等一下，我给您叫一下。"小姑娘的目光不曾从屏幕上移开，拿起手边的座机打了个电话。

"马上就到，您等一下吧。"小姑娘放下话筒。

"谢谢。"炎宏转身坐到了大门边的一组沙发上。因为时间还早，基本看不到顾客的身影。大厅里整整齐齐地摆着一排排桌椅，几个服务员穿行其间放置着餐具，楼上的单间区也不时传来开关门的声音。

"好了好了，我知道了。你让小李打电话再进一批湿巾不就行了吗？我都给张总说了。不行！张总说让我去也不行！下午不管什么事都得等我接完孩子！行了，有人找我，我等会儿就过去，就这样吧！"一个面容姣好的女人皱着眉头从楼上走下来，高跟鞋嗒嗒作响，眼睛愤愤地盯着手机屏幕，嘴里小声嘀咕着什么。

"这就是徐丽？"炎宏小小地吃了一惊。他想象过肯委身嫁给列杰这样条件的男人的会是什么样的女人，顶多也就是五官端正，但眼前这个女人显然要娇媚许多。起码从外形上来看，炎宏很难想象她会嫁给列杰，也许列杰身上有许多他看不到的好吧。

"我这一天到晚忙死了，谁找我？"那个女人向前台走去。前台的小姑娘依然只是盯着电脑屏幕，手指向了坐在门口的炎宏。

"你是？"徐丽上下打量着炎宏。

"市公安局警察，想找你了解一些情况。"炎宏起身说道。

"前几天不是过来问了吗？怎么又来？我这里忙得很。"徐丽的眉头皱得更深了。

"不会耽误您太长时间的。"炎宏笑着摊开笔记本，伸出右手示意徐丽坐下。徐丽撇了撇嘴，还是照办了。

"听说您和列杰离婚是因为他卖掉了你们的房子给自己的父亲治病，

对吗?"

"对,不过这只是一部分原因。"徐丽将手交叉在胸前,斜靠在沙发背上继续说道,"他这个人太老实,总是吃亏,被别人使唤,还自认为是热心肠,没一点领导气概。哪个女人不喜欢有领导力的男人呢?我也不例外。所以卖房子的事情顶多算是个导火索吧。"

"但据我同事说,您当时看上他不就因为他老实吗?您上一次是这么和我同事说的吧?"

"对,没错。当时他人老实、可靠,看着也挺有上进心,最重要的是他认识一帮有头有脸的朋友,我们俩就是经这些人介绍认识的。当时我还想着虽然有前科,但是有这么一帮朋友帮衬,加上出来后人也变得可靠,说不定是一个能照顾我一生的男人。可谁知道他这个人根本上不了台面,一点交际本领都没有,干什么都挣不到钱,到哪里都是个临时工。"

"听您这话,好像和他本人老不老实没多大关系,只是怪他没有能力挣钱对吧?"

"听你这语气,是在讽刺我表里不一?"

"抱歉,我不是这个意思。"炎宏转着碳素笔,眼睛直视着徐丽。

徐丽杏眼圆睁,从靠背上直起身子接着说道:"没错,我是喜欢钱。当初之所以嫁给他,也是觉着他以后能挣钱给我花。但说到底,一个男人对一个女人最重要的还是可靠。嫁给一个不可靠的男人,他挣再多的钱,一毛都不给你,反而去外面寻花问柳,那不是白搭?所以一个男人舍得给女人投资的前提就是这个男人要对这个女人忠诚,这一点他倒是做到了。但是他光对我忠诚却没能力赚钱养我,那他的忠诚对我来讲也是白搭。"徐丽撇着嘴,笑着往炎宏面前凑了凑说道,"想必你也能看出来我们两个在外貌上的差距有多大吧?在那个时候,围在我身边献殷勤的小伙随便提溜一个出来都比他上得台面。要不是看他人脉好,你以为我会选他?人都不是傻子,我也不是。我确实爱钱,但我不只爱钱,我爱的是一个对我忠心又肯为我花钱的男人。他没有能力赚钱,到头来居然还把房子卖掉了——当然我不是说他卖房子为父亲治病有错,错就错在他没那份既能养活妻子儿女又能照顾好父母的实力。他当时选择了他父亲我不能反对，相同的，我也有权利去追求我的生活，哪怕我在别人眼里就是个拜金女。所以我和他离婚，仅此而已。"

似乎因为室内的温度有些高了，徐丽解开了白色工作服的第一颗纽扣。姣好的脸庞上笑容坦然得可怕，一副"爱怎样怎样，反正我就这样"的无所谓的表情。

"也许人活开了就会这样吧。身在异乡，中年离异，有一个需要抚养的孩子，这些因素揉在一起让她不得不变得像现在这样坦然地对金钱表现出赤裸裸的渴望。"想到这里，炎宏突然有一些可怜徐丽。那副表情越是无所谓，炎宏就越是觉着可悲。

"还有什么要问的吗？"徐丽将炎宏从自己的思绪中拽了回来。

"他父亲得的是什么病？"

"比较严重的就一个肾积水和一个肝硬化，其余的小病一大堆，反正最后是没抢救过来。"

"当时他父亲是在哪个医院治的病？"

"好多医院都去看过，不然你以为那三十万元怎么花的？到最后特别严重了是在八院住下的，也是在那里去世的。"

"当时徐姐也出了不少钱吧？"炎宏着重问道。

"自然，再怎么爱钱，亲人还是要救的。"

"哦，这样。"炎宏在笔记本上画了几下，抬起头来注视着徐丽，而徐丽也笑着和炎宏对视。

"徐姐这么漂亮，活得也洒脱，想必在家里是您当家做主把着经济大权吧？"

"那是自然，不然他都能给街边的乞丐捐出去，你信不信？"

炎宏附和着笑了几声，接着问道："徐姐，方便说一下你们之前卖掉的房子在建安小区的几楼几号吗？"

"三号楼中单，二楼西门。"徐丽几乎没有停顿地说了出来。

"刚才您说要去接孩子放学？您的孩子是在私立幼儿园上学吗？现在

可是暑假。"

"对，是在私立幼儿园，所以开学时间比较早。"徐丽说道，"孩子嘛，父母总想把最好的给他，我也不例外。"

"T市的私立幼儿园好像有那么几个，您的孩子是在……"

"这和案情有关系吗？"徐丽打量着炎宏。

"只是问到这里了。"

"既然没关系，就没有回答的必要了。"徐丽干脆地说道，炎宏感到一丝意外和不解。

"那徐姐是哪里人呢？"

"D市。"

"倒是离得不远，回趟娘家也就坐两三个小时的火车。"

徐丽没说什么，只是点了点头。

"行了。"炎宏快速地记下地址起身，向前伸出右手。

"那麻烦了，徐姐，以后可能还会来找您。"

"那就要看我有没有空了。"徐丽缓缓起身说道。

"对了，您前夫有没有跟您说过他救过别人的命？"

"不就是罗伟吗？还有别人？"徐丽反问道。

"我就是问的这个，"炎宏的目光一瞬间变得锐利起来，接着问道，"您是只听他一个人说起过吗？"

"对。"

"你们的介绍人呢？你们的介绍人不是罗伟的朋友吗？难道他给你介绍列杰的时候没有说过类似于'这是罗总的救命恩人'之类的？"

"也许说过，也许没说过，我记不清了，"徐丽的语气有些急促起来，"但列杰是对我说过的，我只记着这个。"

"您是真的记不清了，还是……"炎宏拉长着语调笑着说道。

"你觉着我在说谎？"徐丽的脑袋向右歪去，微微皱着眉头，而炎宏就那样看着。

"不，谢谢。"沉默了两三秒，炎宏道了声谢，转身走向大门，而徐丽也回身上楼。

听着背后咯噔咯噔的高跟鞋声渐行渐远，炎宏转过身来看到徐丽的身影消失在二楼拐角，又折回到服务台前。

"你们这里的服务员都很漂亮啊。"

"嗯？哦，谢谢。"服务台内的姑娘总算正眼看了炎宏一下。

"徐姐可真关心孩子啊，刚才电话都吵成那样了，还把孩子送去私立幼儿园，那个叫什么来着……那个幼儿园，挺贵的吧，学费？"

"那是自然了，小太阳双语幼儿园呢，前年刚开的那个，丽姐费了好大劲才把孩子当插班生转过去呢。"

炎宏笑了笑，继续问道："我想问一下，徐丽是什么时候到这里上班的？"

"哟，这我可就不知道了，我来这里上班还不到一年，那时候她已经在这里了。"

"她脾气怎么样？"

"嗯，有些强势，不然也当不了后勤主管。"

"她说起过她的前夫吗？"

"倒是有几次，但都是抱怨和责骂。"

"是不是那种恨铁不成钢的语气？"

"这个倒不太……"此时小姑娘猛然将目光掷过来说道，"这些你亲自问她不行吗？是不是她不方便告诉你，你上我这里套话来了？"

"别误会，我刚刚忘了问而已，所以现在打听一下。"

"我不管你怎么样啊，以后丽姐问起来你别说是我告诉你的就行，我可不想得罪人。"小姑娘摆了摆手，很明显她已经没兴趣再回答任何问题了。

炎宏回到沙发那里，思索着什么。

他并没有骑车，而是直接打了一辆车前往下一站——供水公司。

宽敞洁净的院子里，五六个穿着黄色塑料制服的工人正往墙根处一排电动三轮上一桶桶地放着水，院子中央还有几个年轻的小伙子在篮球筐下胡乱地投着篮球。

"你好，我是公安局的。请问你们有谁认识列杰？"炎宏走向院子中间，对一名正在打球的小伙子问道。

"列杰？我们都认识啊，怎么了？"那个小伙子停下来，上下打量着炎宏。

"你们当中谁和他关系最好或者最熟悉他？"炎宏扫视了一圈。

此时远处的几个正搬桶装水的员工走了过来，另外几个打球的也小声嘀咕着什么。

"我说怎么这么多天没见他，是不是出什么事了？"

"他那样的出个事不也正常吗？"

"领导还说不让我们多问，现在警察亲自找上门了吧？"

嘈杂声中，远处走来一个年龄稍大的员工，朝炎宏抬了抬手，打了个招呼。

"我是他们的队长，你是……"

"我叫炎宏，市公安局刑警。我来了解一下列杰平时在单位里的表现，所以还烦请各位哥哥配合一下。"

"他犯了什么事？"

"抱歉，现在还无可奉告。"炎宏决绝地摇了摇手，"请问你们当中谁和列杰最熟，关系最近？"

众人左看右看，始终看不出个所以然来。过了一阵，队长突然开口说道："小吴，你不是经常和列杰一起下班什么的吗，平时也在一起玩，你来说一下。"

炎宏将目光移到队长口中的那个小吴身上，一个身材瘦小的年轻人。

"我这里了解情况得花上一点时间，你们该忙就先忙去吧。"

"这个，"队长的表情有些为难，"这个送水的任务他们每个人包一片，要是迟了完成得不好，不但他们受罚，我也……"

"您等着。"炎宏拿出手机拨通了供水公司孙经理的电话——这是在列杰刚刚被抓时存起来的。

一番简单的沟通后，孙经理松了口，保证配合调查，客户那边他来沟通，队长在亲自和孙经理通话后也释然了。

"那行，小吴，配合完了记着把水送到。"队长嘱咐着。

"等等，他也留下。"炎宏指着众人中的一个说道。

"我?"一个个头矮小、留着八字胡的中年人指着自己反问道。

"对。"炎宏没再给其他人搭腔的时间，指了指那两个人后便往大门口门岗的屋里去了。

屋里的面积不大，一张床、一张桌子，还有一辆门岗师傅的电动车。在炎宏他们三个人进来后，五十多岁的门岗大爷收拾了一下床上和桌上的杂物，四个人勉强在这个屋子里各自找到了落脚的地方。

"你叫什么?"炎宏指着那个矮个子、留着八字胡的男人问道。

"吕龙。"那人回道，"你叫我留下来干啥? 我和列杰可没那么深的交情。"

"其实我也……"小吴也紧跟着想说些什么，但只说了一半。

"先说你吧，吕哥，"炎宏摊开笔记本说道，"刚才你说过列杰那样的人出事也很正常吧?"

"这个……"吕龙表情有些难堪，"其实啊，按理说都是同事，不该这么说，但是那小子实在太不讲究。平时玩牌也没多大，但他不是作弊就是输了不给钱，管他要账还装可怜。你说平时低头不见抬头见的，这玩牌输的钱你都不还，那谁还想和你处啊，是不是?"

"他似乎在第一次审讯的时候就说过自己偶尔打打牌赌点小钱。"炎宏边记边回想道。

"别的呢?"

"别的倒是没啥了。"

炎宏点了点头，指了下小吴："该你了，说说吧，你对列杰的印象。"

"我……其实我和他也就一般。这做同事差不多四年了吧，就是前一段时间和他连着下班走了几天才熟络了些。平时也就打个招呼，聊天也就三四句。"

"你是说他是四年前才来的这个单位?"炎宏虽然了解列杰之前有过不少临时工作,但在这里只工作了四年还是头一次听说。

"对啊。"

"他之前在哪里做工你知道吗?"

"他倒是跟我说过,之前在饭店、洗车行和搬家公司都干过。"

"和他一起回家的时候你们都聊点什么?"

"就是工作啊、生活啊什么的。他还抱怨单身汉不容易,想努努力再找一个,好好工作多挣钱,我当时还对他说那就别光打牌了。"

"在你的印象里,他是个老实人吗?"

"反正就是不怎么说话呗,看起来挺老实,而且和他一路回家的时候也经常见他给邻里街坊帮忙什么的,别人让他干啥他就干啥。"

"哦,你家也在北元路啊。"炎宏埋头记着笔录。

"北元路?不是,我家在财满路那边呢。"

"财满路?那你们还能顺路回家?"炎宏疑惑地抬起头。财满路和北元路之间的距离虽说不上远,但也不近。

"哦,就是前几天才开始和他一起往回走的,"小吴回忆道,"当时都在那里聊天呢,也不知怎么就聊到买房子上了,聊这个话题肯定就要聊各自现居的地段房子能卖多少呗。后来聊完了他过来找我说话,问我是不是在财满路那片住着,我说是。然后他就说以后下班一起走吧,因为他平时下班后会去财满路和北元路的交叉口那里和一些老头儿下上几局带彩头的,完事才回家吃饭。以前他不知道我家住那里,所以没问,现在知道了,就想和我一道走,路上还能聊聊天。"

"你们是什么时候开始一道走的?"

"嘶,好像是八月份前后吧,总之一起走了没两天他就没来上班了。他到底怎么了,小同志?"

"这个不能对你们说了。"炎宏将"八月份前后"几个字圈了起来。

"他平时在单位里表现怎么样?工作方面。"

"中规中矩吧。"

"偷过懒吗？"

"不偷懒还能叫中规中矩？谁都不是铁打的。"

"你们如果让他帮忙的话，他……"

"还让他帮忙？哪里的事！"小吴和吕龙齐声说道，"他有时候帮忙，但是挺不靠谱的。尤其是刚来单位那段时间，你一个新人，来了就该多学学流程、多学学东西，对吧？那时他的活少，我们的活多，有时候去忙，临走前拜托他帮忙做点啥事，例如搬水啊、联系客户啊、写个科室总结啊什么的，他答应得挺好，等你回来，要么忘了干，要么干得什么都不是。就这样弄了几回，再也没让他帮过什么忙，不放心。"

"但是我听说，列杰这个人挺实在挺热心的啊。"炎宏将笔记本翻到记录徐丽口供的那一页。

"反正就前几天和他一起去那个下棋的地方转了一圈，那里的老头老太太好像和他都挺熟的，也夸他热心，经常帮忙什么的。可能是我们的活复杂吧！"小吴无奈地笑了笑。

"看来和他挺熟的。"

"嗯，算是吧！"

"你们下午都是几点下班？"

"六点。"

"好的。"炎宏在本子上记下，瞥了一眼手机上的时间，已经十点二十几分了。

"那今天就先这样吧，以后有什么事还希望哥哥们配合。"炎宏将碳素笔别在本子上，小吴、吕龙和门岗讪讪地回应着。

"还有，玩牌可以，尽量别赌钱，对自己对家人都不好。"

"是是是，小兄弟的话一定记在心上。"三人将炎宏送出门去。

炎宏又随手拦下一辆出租车，一头扎了进去。

"建安小区。"

二十多分钟后，炎宏站在了建安小区三号楼中单二层的西门前，一扇浅蓝色的铁制防盗门上倒贴着一个"福"字，底端写着联通公司的广告宣传语。

炎宏轻轻叩了两下，无人应答。

"现在这个时间段可能还在上班，不知道有没有办法搞到这户人家的电话号码。"炎宏如此想着，转了个身，敲了敲对门。

"来啦。"门内有人应道，接着门上的外视口被打开，一位六十多岁、戴着眼镜的大娘向外张望着，屋内还隐隐传来幼儿的叫喊声。

"警察。"炎宏出示警官证后问道，"您知道对门这户去哪里了吗?"

"都上班去啦，一对外地的小年轻。怎么?"

"有些事情需要找他们了解一下。对了大娘，您家对门以前住的不是这小两口吧?"

"好像不是，他们是三四年前搬过来的吧，之前是另外一对。"

"是不是男主人有些瘦高，女主人挺漂亮?"

"对对，虽然我每年来儿子这里住不了多长时间，但是这些事都记着。"

"您仔细看看，是他吗?"炎宏掏出列杰的照片，放在大娘眼前。

"对对，是他。"老太太扶了下眼镜，肯定地说道。

"您知道他们是为了什么把房子给卖了吗?"

"哎呀，这哪里能知道。反正他们住这里的时候，只要我在，总能听到大人吵孩子哭什么的，具体原因我也不清楚。"

"您是说他们经常吵架?"

"对，喊的声音挺大。"

"那……那有没有这种情况，大娘，这两个人其中一个被叫骂着轰出来或者被气得摔门直接出走?"

"有，有，"老太太食指点着太阳穴，"那女的总是这样，只要吵过架，这门'砰'一声响，接下来八成就是那女人踩着高跟鞋嗒嗒嗒地往下跑。"

"那不打扰您看孙子了，大娘。"炎宏听着里屋越发响亮的幼儿叫喊声说道，"您知道现在对门这两口子的信息或者联系方式什么的在哪里有登记吗?"

"小区东北角的物业楼里，那里应该有的。"

"谢谢。"炎宏笑着说道，转身离去。

其实，炎宏有一项为人诟病许久的缺点——不分东西南北。

"在这里，四年前搬过来的，男的叫孔亮，女的叫焦淑霞，手机号也在下面。"建安小区的物业管理员在业主登记簿上指着。

炎宏按照上面登记的手机号拨通了电话。少时，那边传来一个外地男人的嗓音，似乎是在锅炉房里，周围嗡嗡地响着。

"是孔亮吗？"

"哪位？"

"警察，想找你了解一件事情。你四年前过户的这一栋建安小区三号楼中单，当时原户主是因为什么原因出售的？"

"这个我没问啊，人家贴出的广告，我看的房子，双方都没什么意见，就一手交钱一手交货了，他们为什么卖房子我不清楚。"

"三十万元是一笔付清的吗？"

"那自然不是了，"那边的声音笑着说道，"哪里能一下拿出那么多钱，第一笔只给了他们十五万元，剩下的都是分批还清的。"

"你和那个男户主打过交道吗？"

"哎呀，没有，就是见过几面。"那边的声音已经有些不耐烦了，"我这里还忙着，还有事吗？要不等我七点回到家，您再过来详细问吧？"

"不用了，谢谢。"炎宏挂掉了电话。

炎宏坐公交回到单位后在食堂吃午饭。大锅菜，不太合他的胃口。

安队长和冯旭他们依然没有回来，炎宏盛了饭菜，和其他同事扯了两句便独自回到了办公室——这是炎宏在单位为数不多的乐趣之一，一边吃午饭，一边在电脑上看一些搞笑视频。但今天中午炎宏没有这个心思，因为他觉得今天获得的所有信息似乎都存在不对劲的地方。那种不对劲不是很明显，甚至有千百种理由可以让炎宏忽略，但他就是无法宽心。

炎宏嘴里咀嚼着馒头，将一大块肥肉挑了出来扔在一旁，顺手拿出冯旭给他的照片。

从照片上看，罗伟的私人办公室朴实得出人意料。十五六平方米的空间，一张床、一张桌子、一把太师椅、一个放满书籍的书柜，除此之外，甚至连一个挂衣杆都没有。

"装饰挺简单，连我们局长的办公室都不如啊。"炎宏嘟囔着翻看其他照片，包括办公桌上的电脑电话，抽屉里的各种物品，窗户以及外景，床铺以及书柜内部，等等。在一张照片上，炎宏停滞了一下。

那张照片是罗伟书柜的内部特写，有很多文学以及学术方面的著作，但炎宏注意的是书柜底端放置的一摞杂志。

"这个封面怎么有些眼熟，好像在哪里见过？"炎宏捏着那张照片，努力地从记忆深处挖掘着答案，却犹如大海捞针。

十二点四十分，炎宏倒掉了剩下的小半碗菜，洗了洗餐具，便又戴上耳机急匆匆地走了——他需要在幼儿园的午休时间结束前去拜访一下。

小太阳双语学校是一对来自澳大利亚的夫妇和一对中国夫妇合资建立的贵族幼儿园，从人员配备到硬件设施，再到制度管理都无可挑剔，相对地，费用自然也令人咋舌，所以能在这里上学的孩子，大多家境殷实。上下学期间，这条名为绿荫巷的街道中停满了各式各样的高档车，所有的家长的穿着看上去自然也是得体时尚。

"一点十分，不知道他们的作息制度如何。"炎宏如此想着，走向了幼儿园大门。

"您找谁？"大门内一个手持伸缩杆的保安上下打量着炎宏。

"警察，我想进去找你们的老师了解一些情况。"炎宏出示了证件。

"您稍等一下。"保安转身走向身后的教学区，看样子目的地是那栋三层楼。

趁这功夫，炎宏顺着向前延伸的白色栅栏环视了一下幼儿园内部。全橡胶覆盖的院落，小型篮球场、足球场，还有一个囊括了滑梯、秋千、蹦床的游乐园。而那三层高的楼，光是用肉眼就能大致分辨出的有食堂和图书室。炎宏不自觉地想起了景家镇，想起了钱镇长对当地教育落后的痛心疾首，想起了那几个刚刚中学毕业就要步入社会打工的学生，也想起了刚刚捐出一百万元修建学校却在第二天惨死车库的罗伟。

"有什么事情是公平的吗？没有吧！有些家伙一出生就能在这样的环境下长大，衣食无忧，而有的……"炎宏摇了摇头，叹了口气。

院内的楼道口，保安领着一名年轻的女幼教走了出来，炎宏也折身返回大门口。

"您是警察？"女幼教轻声细语地问道。

"对，我想找一名孩子和你们这些老师了解一些情况。"炎宏再次出示了警官证。

"嗯，那先进来吧。"幼教示意了一下保安，保安进到门岗打开了伸缩门，炎宏踱步进去。

"你们下午几点上课？"

"两点十分。"幼教回道。

"那倒还来得及。三点半放学对吧？"

"对的。"

"找个方便的地方吧，我要记些东西。"炎宏晃了晃手中的笔记本，笑着说道。

"去教室吧，比较安静。"幼教加快了脚步，稍微超过了炎宏。

阳光充足的教室内，桌椅都很精致，而且都是彩色的。因为体形的原因，炎宏和幼教都坐在了讲台前面。

"你们这里有一个姓列的女孩，她的母亲叫徐丽，您知道吗？"

"知道的，列小朵。"

"她的母亲徐丽，您了解吗？"

"啊，就是那个很漂亮的在酒店工作的少妇对吧？"

"对，请您谈一下对她的印象。"炎宏摊开笔记本，却发现气氛有些安静。

"您放心，我们不会透露是您提供的信息。"炎宏补充了一句，幼教也终于开口。

"其实她给我的印象还是比较深的。我们这里一共五个幼教，管着全院七十多个孩子，你要说其他一个小孩子的家长站在我们五个面前，我们不能同时认出来，但是徐丽任我们谁都忘不掉。"

"有些强势的那种性格，对吗？"炎宏笑着问道。

"对的。"女幼教无奈地说道，"列小朵是今年七月底插班过来的新生，刚来三天，徐丽就找上门来兴师问罪，说我们的饭菜不合孩子的口味，还要我们记下她孩子的忌口。你说，我们是学校的教师，又不是保姆，再说我们这里的饭菜质量绝对一流，顿顿鸡虾鱼肉，她孩子当时也没说不合口。谁知道她来了就怒冲冲地吼，说什么她孩子虽然不爱说话，但是吃饭的时候没好好吃，我们为什么不注意一下问一下。这不是存心难为人吗？"

"那个叫列小朵的孩子性格很内向吗？"炎宏在本子上记录着。

"嗯，对的。"女幼教撩了撩头发，将身子微微前倾，接着说道，"家庭教育的缺失对孩子的影响确实很大，我们也一再向家长强调，家长对孩子的影响是学校无可复制、无可比拟的。但这个徐丽看来是光知道挣钱了，没时间教育孩子，才让孩子变成这样。挺好的一个小姑娘，再跟着这样的妈，不知道将来会变成什么样子！"

"看来您也知道他们家的情况了？"

"也是前不久刚知道的。也不容易，离了婚独自带着孩子，每天不管多忙都是骑着车子亲自接送。其实，想到这里也就不那么怪她了，都是女人。"

"看来女人之间不管有什么过节，也有能好好聊天的时候啊。"炎宏笑着说道。

"女人嘛，"女幼教笑着说道，"就这个月月初的家长开放日，她跟我说的她其实离过婚，没什么亲人朋友，就这一个孩子，一定要我们照顾好她，接送孩子也只能认她本人，等等。我当时也是吃了一惊，原来这么漂亮的女人是离过婚的。后来一想也就释然了，可能之前是不想让孩子承受流言蜚语吧，但是可能总有一天这个事瞒不住，不如趁早说出来。"

"这么说，您是才知道徐丽离过婚？"

"对啊，"幼教说道，"有什么不对的地方？"

"她已经离婚四年了。"炎宏说道。

"四年？"幼教似乎有些吃惊。

"所以我有件事情比较好奇，就是新生入园时的父母信息，徐丽是怎么登记的？按理说徐丽离过婚，在当时你们就应该知道吧？"

"这个，你们公安系统可能不知道教育系统的事情，"幼教笑着说道，"早在去年省教育部就颁布相关规定，学校登记学生相关信息时不能记录其父母的职务身份信息以及家庭组成情况，所以我们的信息表上只是让学生填一到两个监护人的姓名和联系方式。当时列小朵的表格上只有徐丽一个人，我们也没在意，毕竟孩子大多是母亲管得比较多。"

"这样啊。"炎宏拿着笔在桌上轻叩了两下说道，"方便让列小朵出来一下吗？我有些事情需要问她。"

"这个我没办法做主，因为按照规定，在午休时间绝不能打扰孩子休息。您看要不三点放学的时候再来？到时候徐丽正好也过来，您可以问清楚些。"

"你们不方便，我也不方便。如果我能在下午放学的时候过来，就不用大中午的往这里跑了，你说对吧，美女？"炎宏笑着说道，"我们公安系统不了解你们教育系统，同样你也不了解我们，有些调查是要分时段进行的。其实我也就问她两三句话，耽误不了几分钟。您看是不是向上面请示一下，现在把她叫过来，或者就只能占用她的上课时间了。总之放学的时候肯定是不行的，而且我也希望我今天来这里的事情您不要告诉徐丽。"

"那课间的时候呢？两点或者三点？"

"我可能等不到那个时候。"炎宏面无表情地摇着头。

"这个……好吧，"幼教咬了咬嘴唇说道，"我去向代班的领导请示一下，您稍等。"

六七分钟后，女幼教领着列小朵和一个中年女人走进教室。炎宏向那个女人出示了证件，简单说明来意后，那女人便离去了。

"她就是那对中国夫妇的夫人吧？"炎宏的眼睛上下打量着列小朵。

"对，他们四个每天都有一个在这里。"女幼教说道，"那我在这里方便吗？"

"方便，没什么不能听的。"炎宏从讲台边站起，拉着列小朵的手走向矮小的课桌，而女幼教也护在列小朵身边，随着他们的脚步移动着。

"坐吧，小朋友，叔叔问你几个问题，好好回答好不好？"炎宏弯下腰看着列小朵。这个略显婴儿肥的小女孩眼眉之间继承了母亲的媚态，但是因为内向的性格，反而让这媚态有些违和。女幼教也柔声说着让小朵好好回答，回答好了会奖励小红花。

列小朵只是点了点头，双眸直直地盯着炎宏。

"你妈妈跟你说起过爸爸吗？"

"说过。"

"说的什么？"

"说他没用，不是男人。"

"你爸爸平时欺负过妈妈没有？"

列小朵低了低头，少时才抬起头来说道："他们打过架。"

"你爸爸还来看过你吗？"

"看过，但妈妈总是要赶走爸爸。"列小朵低下头，搓起了手指。

"如果……如果你爸爸现在站在人群里，你能一眼认出他吗？"炎宏到底还是问出了口。其实这个问题与案情无关，但炎宏情不自禁地想问这个问题。

列小朵慢慢地摇了摇头，双手开始在裤子上揉搓起来。

"嗯，问完了，"炎宏的语气有些低沉，"谢谢了，美女。"

"看不出来，沉稳的警察同志一口一个'美女'叫得倒是脸不红心不跳。"女幼教笑着回应道。

"哪里，警察也是人。"炎宏微微笑着回道，"你们这里是轮休的吧？"

"对。"

"那你下一次休息是什么时候？"

"今天周二，我休息是在周四。"

"那有空请你出来喝咖啡当作谢礼咯？"炎宏笑着掏出手机，"不知道美女赏不赏脸。"

女幼教抿着嘴笑着打量了下炎宏清秀的脸庞，便接过手机将号码输了进去，炎宏道了声谢。

大门口，炎宏将双手搭在列小朵的肩上，盯着那双清澈的眸子。那稚嫩而懵懂的表情犹如一片只有徐徐的清风而没有任何杂质的土地，还远远供养不起那些肮脏龌龊的钩心斗角。只是想到她已经离异的父母，想到如此内向的她终有一天会升到周围有诸多嚼舌根的家伙的中学和大学，炎宏就觉得一阵心痛。

其实，她不是什么都不懂吧？最起码她应该知道自己比其他孩子少了一个爸爸。当周围的孩子和父亲一同玩乐时，那些棱角坚硬的隔阂也许已经在她的心里开始成长了吧。

"现在叔叔跟你说什么大道理你都听不懂，但你记住一点，不管将来遇到什么，不能去欺负别人，更不能任由别人欺负自己，懂了吗？"

列小朵似懂非懂地点了点头。

绿荫巷中，迎着晌午从枝叶间细细密密洒下的阳光，炎宏朝着女幼教和列小朵挥了挥手，满怀感慨地离去了。

下午三点四十分，徐丽急匆匆地跑出酒店门口，刚刚打开电动车的车锁便被身后的炎宏叫住了。

"你还没走？"徐丽好奇地问道。

"车子放在这里没骑走呢。"炎宏笑着打开了车锁，"去接孩子啊，徐姐？"

"嗯。"

"哦，那路上慢点，我也该回去了。"炎宏随意地招了下手，而徐丽也转过身去继续开车。

"对了，徐姐，列杰他可能这两天要放出来了。"炎宏盯着那个背影说道。

"哦。"徐丽的回应像是从一堵厚重的城墙内传出的一样。

"所以如果有什么新的线索，可以联系我。"

救赎游戏

徐丽在转过身时，炎宏已经右手拿着一张写着号码的便条站在了她的身后。

"你说不定用得着的。"炎宏将便条往前抵了抵，徐丽最终接了过去，"那走咯，徐姐。"

望着炎宏逐渐模糊的身影，徐丽也骑上车子离开了。

第十一章

不为人知的关系

炎宏确信罗雪带给他的感觉是完全不同的，就好像在千万人之中，唯独看到罗雪的那张脸，心脏才会像被一只大手紧紧攥住一样。

第二天，炎宏给刚刚回到市里的邓辉打了个电话，并约他在蕾慧家中见面。

"请问有什么事吗，警官？"电话中邓辉问道。

"自然，有些事情还需要详细询问一下。而且听说你那里有一把罗总办公室的钥匙，我可能要借用一下。"

"那……非要约在罗总的家里吗？"邓辉犹豫了一下问道，"可不可以约在其他地方，例如……"

"不好意思，兄弟，"炎宏打断了他的话，"我约你在罗总家见面是有原因的，还请你配合一下。另外，你需要开着你的车过来。"

邓辉沉默了几秒，还是以往的语气："好吧。"

"那么九点半，罗总家见。"

炎宏挂掉电话后走到安起民身边说道："队长，之前据邓辉交代，罗伟在上下班时常有被人跟踪的感觉。咱们市里的监控录像应该是三十天覆盖，现在算起来，应该还能查到七月下旬一段时期的录像。所以我想去交警队查一下罗伟那辆奥迪车的行驶记录，观察一下。"

"可以。虽然希望不大，不过确实有必要。"安起民均匀地在君子兰的叶子上洒着水。

"那……我和交通局也不熟，您看这个事情怎么协调一下？"

"哈哈哈，行了，我懂你的意思。"安起民将喷壶放回墙根，"其实前天我和你几个哥哥在罗伟公司调查的时候，就计划着要从罗伟平时的出行和监控录像上下手了。这件事情我今天就会安排联系，到时候你看看想和谁一起去交通局把录像捋一遍。"

"是，队长。那我去蔷慧家了。"炎宏扫了一眼办公室里其他忙碌的身影，转身离去。

"好好干吧，炎宏，单位早晚要靠你们这些年轻人，尤其是像你这样有天赋有热情的年轻人来接我们的班，在那之前要让你们变得沉稳。"安起民望着炎宏远去的背影想着。

"队长，结果出来了。"周政将座机的话筒搁下，手里拿着一张已经填好的表格走向安起民，"这三个是经过排查后梳理出的近期与罗伟有过生意上的恩怨过节的人，分别是县红星农饲料公司的廖明、县深土树苗养殖培育公司的方元以及市振业农机件培修公司的谢龙。据我们调查，这三家公司本来是就近的各县乡农业方面的合作单位，价格据村民反映也算公道。只是罗伟对村镇的无条件扶持支援覆盖到了这几个县乡，这三个人听说后都想邀请罗伟商量支援村镇的技术和产品是不是可以从他们那里购买，并且保证看在罗伟是做慈善的分上，产品一律进行二次优惠。但是罗伟以他们的产品技术达不到他的标准为由直接拒绝了，甚至连邀请他的饭局都没有去。因为感觉受到了侮辱，再加上赔了生意，这三个人和罗伟对付不来。"

"唉，一个商人，和气生财，这么口无遮拦，也难怪遭此横祸。"安起民摇了摇头，接着说道，"那今天的人分分队吧，一队继续梳理排查，另一队去调查一下这三个人。"

队员们很快在冯旭的指挥下分好了队并陆续下楼，安起民则是最后一个离开的。出门前，他翻过一页日历，已经是八月二十日了。

另一边，炎宏在九点一刻到达蔷慧家中，当时蔷慧与罗雪正在吃早餐。

"抱歉，这个时候打扰你们。"门外，炎宏望着正嚼着烧饼的罗雪小声说道。

"这么客气干吗？一起吃吗？"罗雪似乎是故意提高嗓门说道，笑着将

救赎游戏

手中的烧饼往炎宏嘴边杵了杵。有那么一瞬间，似乎像是触动了脑神经的什么开关一样，炎宏几乎想要迎着那清幽的香气大口咬下去。

"邓辉？不是说让你在家休息一天吗？怎么还是来了？"蔷慧嘟囔着从餐厅走了过来，看见炎宏似乎愣了一下，但还是换上笑脸打了个招呼。

"今天有些事情需要过来，但是跟你们关系不大，主要是我约了邓辉。"

"哦，他这不是刚从家里回来吗？我还说让他今天休息一天，我自己跑跑得了，刚刚我还以为是他来了。"

"今天我是想让邓辉像以前带着罗总一样从家里开车到公司，我观察一下途中的情况，也许会有什么线索。再者，到了罗总的办公室也还有些事情。"

"没问题，我们配合。"蔷慧笑着往餐厅走去，"一起来吃点吧，烧饼买得有些多，挺好吃的。"

"我刚才喂他，他都不吃，更别说现在了。"罗雪坐在那里笑着说道，修长洁白的双腿随意地晃荡在空中，凌乱的发丝也掩不住被施了魔法般闪亮清澈的双眸。

这是从未有过的感觉。炎宏确信罗雪带给他的感觉是完全不同的，就好像在千万人之中，唯独看到罗雪的那张脸，心脏才会像被一只大手紧紧攥住一样。盯着她的时间越长，攥得就越紧，哪怕心脏好像要跳出来也不舍得将目光移开。

为了掩饰紧张的情绪，炎宏几乎是毫无意识和逻辑地往主卧走去，直到手掌抵在门上，他才猛然觉着失礼。

"那个，我去卧室看一下可以吗？"炎宏感觉到了自己这明显的失态和拙劣的掩饰手法，他的心从未像现在这样忐忑。

"哦，可以的。"蔷慧示意了一下，而一旁的罗雪早已眼含笑意——很明显，她已经看穿一切。

炎宏避开罗雪的目光，转身闪进主卧——这也许就是逃避的感觉，想要逃避内心被赤裸裸地审视的感觉。但这种逃避不是出于恐惧，而是出于保护，保护一种奇妙的平衡。此时，炎宏觉着罗雪对他的笑容、向他投来的目光，甚至是完全没有在意他时自身散发出来的气场，和他的紧张、不安、兴奋被分别放了天平两端，而这两端所保持的奇妙的平衡散发出的就是一股浓烈又不失清新的甜蜜，让人陶醉到不自觉地想要微笑。

出于避嫌，炎宏将门敞着，扫视这与前两次并无二样的房间。

"原来是这个让我觉着眼熟，怪不得，两边都有。"炎宏凑到衣架上那堆杂志和报纸前，又拿出冯旭给他的那些照片对比了一下，那是一本叫作《中年世界》的杂志。

炎宏随手翻看了几页，接着调整了一下呼吸——好像只是与罗雪对视也要做足准备，走了出去。

果不其然，那眼神好似街道转角处你早就知道会有一个驻足客等在那里，但这氛围刚持续一两秒便被一阵徐缓却有力的敲门声打破了，这让炎宏有些懊恼。

几乎同时，罗雪也收回目光，撇着嘴端着碗筷到厨房去清洗了，蔷慧则起身前去开门，炎宏也跟了过去。

"小邓来啦。"蔷慧打开门，望着门外的邓辉打了声招呼。

"嗯，炎警官让我开着车过来一下。"邓辉在门外的鞋垫上仔细地蹭了蹭鞋底，方才走进屋来。

"吃饭了吗？"

"嗯，吃了，阿姨别忙了。"邓辉随着炎宏坐到沙发上，看着他，似乎等待着什么。

"先休息一下吧，一会儿我们再开始。"炎宏说道，邓辉笑着应了一声。

"阿姨，墓地的事情处理好了对吧？东西都已经拿过去了？"邓辉问道。此时炎宏才注意到罗伟的遗照以及上香的香炉不见了踪影。

"好了，都拿过去了。"蔷慧在餐厅那边应道，"真是多亏你了，小邓，没想到你还认识那边的熟人，不然可是选不到这么好的地方。"

"应该的。"

救赎游戏

炎宏听着厨房里罗雪清洗的水流声。他心里清楚，若不是罗雪的缘故，他是不会在这里多待一分一秒的。

那边，蔷慧轻声和罗雪说了些什么，接着便是拿杯子和倒水的声音。

"喝水吧。"罗雪拿着两杯水走了过来，而炎宏也机敏地发现邓辉的眼神有那么一瞬间定格在了罗雪裸露的双腿上，这让他默默皱了皱眉头。

罗雪微微弯腰将两杯水推到两人面前，接着目光从手中的水杯干脆地越过两人，转向身后自己屋的屋门。

"你们在这里聊一下，我有些事情需要出去。"此时，穿戴整齐的蔷慧从卧室走了出来。

"又是公司注册的事情吧，阿姨？"

"对，快办好了，也算是继承一点他的东西吧。"蔷慧叹了口气。

"那有事记着打电话，阿姨，我这车是现成的。"

"嗯，有需要的话就给你打了。"蔷慧在门口的镜子前整了整衣领，出门了。

随后的三分钟里，炎宏只是默默地观察着罗雪的房间，想着罗雪会不会再出来聊聊天。但他知道这种可能性很小，若是邓辉没在，那倒另说。

想到这里，炎宏不自觉地将目光瞥向邓辉，打量着这个看起来老实得近乎有些发木的男人。

"走吧，炎警官？"邓辉也感受到那眼神望了过来。

被这样一问，炎宏索性接受了这个建议，点了点头，站了起来。

"我们走了，罗雪。"炎宏大声喊了一句。

罗雪打开屋门，斜着露出半个身子说道："嗯，那你们走吧，有事再联系。"

"好的。"

炎宏和邓辉前后脚离开，即使是在邓辉关门的刹那，炎宏还想要听清罗雪的关门声与脚步声。

"今天我们是要去哪里，炎警官？"邓辉站在一辆比亚迪旁边问道。

"就按照你接送罗总的路线走上一圈，我观察一下沿途的情况。另外，我还需要去罗总的办公室里看一下，所以还要用一下你身上那把钥匙。"

"可以，没问题，"邓辉为炎宏打开后座的车门，示意炎宏上车，"但是罗总最近上班的路线和之前不太一样，我们按照哪条路走？"

"哪里不一样？"

"以前是直接拐到新兴南大街，然后一直往南开，到近郊一拐就到了。但是七月份的时候，罗总去郊区的一个养老院时发现沿途风景不错，而且车也不多，正好可以换手练练，所以最近一直是走这条道，就是稍微绕了一些，要先进入快速道，然后驶进郊区，再绕到近郊。"

"那就去的时候走你现在说的这条路，回来时按照最初的路线。"炎宏权衡了一下说道。

"好的。"

邓辉车开得真的很稳，最不可思议的是，炎宏隐隐觉着有一种推背感。

"比亚迪也能有推背感？也许和靠背的角度与技术有关系吧。"炎宏心里默默想道。

"这样问你问题会影响你开车吗？"炎宏问道。

"影响不大。"

"那个列杰你有印象吗？"

"就是在看守所里那个？似乎没什么印象。"邓辉摇了摇头。

"能回忆起你最后一次见他是在什么时候吗？"

"我只能确定今年年后见过他，好像是三四月份，具体时间记不清了，"邓辉摇着头说道，"他并不能给人留下很深的印象。"

"我记着当时在宾馆问你罗总周围有没有什么身份特殊的朋友时，你回答的是不清楚，对吧？"

"对，但这是实话。自从做了罗总的司机后，我并没有发现他和某个人走得特别近，更不要说这个列杰。我工作两年多里，罗总从来没有刻意提到过这个人。"

"但根据列杰所说，他是你们罗总的救命恩人。"

救赎游戏

"什么?"邓辉显然吃了一惊,本来直行的汽车稍稍偏离了原有的轨道。

"看来罗总没有跟你说过这件事咯?"

"从来没有,他甚至没有说过他被人救过。"邓辉调节着行驶方向。

"不用太在意,这件事情的真伪我们还没有验证。"

"我只记得年后和罗总去看这个叫列杰的家伙时,罗总只是轻描淡写地说去看一个老乡,还买了一些糕点之类的东西。"

"那他们两个人的交谈看起来怎么样?"

"我没有进去,罗总让我在车里等着,他说用不了多长时间。实际上也确实没用多少时间,也就七八分钟就出来了。"

"还有一件事,"炎宏摊开笔记本,碳素笔飞快地移动着,"当初在宾馆录口供时,我记着你说当时罗总将你支走,并且说车要留下,一会儿可能还要用,对吗?"

"对。"

"但是这似乎有一些矛盾。我在当时问你的时候是不知道罗总不会开车的,所以没有在意。罗总既然不会开车,他为什么还要让你把车留下?你当时没有一丝好奇吗?"

"也许是他等的人会开车吧。"邓辉脱口而出。

"你的意思是,他去那里的目的你早已经知道,就是在等一个人,而且知道他们要出去吗?"炎宏的这句询问有些步步紧逼的感觉。

"不不不,不是这样。"邓辉慌忙解释道,"我只是觉着他去那种地方也许是和人有约,而他又把车留了下来,那自然是因为那个人会开车,仅此而已。"

炎宏点了点头,收起笔记本,闭着眼靠在椅背上。

"这几天累坏了吧?"车辆缓缓行进到一个十字路口处,邓辉将车停下。

"肯定的,干的就是这活儿,我们不累谁累?"

"其实我挺佩服你们这行业。"邓辉微微侧了侧头,看着后视镜中后座的炎宏，"冒着生命危险干着这么累的活，既得不到多大的荣誉，也挣不了多少钱。"

"不是什么事情都能用金钱和荣誉去衡量的，这世界上比这两样重要的东西多得是。"炎宏靠在后座，环视着周围的景色。

"啊，那倒是，一个人一个观念吧。我可能没那么伟大，就想规规矩矩地活一辈子，别人有的我也尽力让自己有，别人没有的我倒也无所谓了。"

"若是全天下的人都像你这样想，我们这些警察恐怕就要失业喽。"炎宏打趣地说道。

"那不是更好吗？人人安居乐业，不用处处提防别人。"

"是啊，多好啊，好得都想象不到那是一幅什么样的场景。"炎宏靠在座椅上，伸了个懒腰，"平时每天早上，你和罗总就是像今天这样会合，然后去上班的吗？"

"对啊，我开我的车过来，等着罗总吃饭洗漱，然后我再开他的车像现在这样把他送到公司。"

"听说罗总那辆奥迪平时都是你打理的？"

"嗯，司机嘛，肯定不能只管开车了，平时洗车、修车、跑车保这些事情都是我的。"

"那我可以问一下，你最后一次去修车厂修车是什么时候吗？"

"最后一次去修车厂？"邓辉熟练地打了个弯接着说道，"那好像是五月份的事情了吧。罗总其实早就考到驾驶证了，但就是上不了路，技术不到家，所以总是想着要实战学习一下，那我就陪着他呗。那是五月份的一个晚上，七八点了，在那个莲池路练走直线和小角度拐弯什么的。那条路车少，当时罗总开得也快了些，拐一个弯的时候打得太猛，车头直接撞到路中间的隔离栏上了，轮胎也被变形的车头挤压得转不了了。后来打电话叫了拖车，一路给拉到了修理厂。"

"那他最后学会开车了吗？"

邓辉苦笑着摇了摇头："最大的愿望没有等到，就连学会开车这样一个小小的愿望到最后也没实现。"

"最大的愿望？是什么？"

"就是建一栋教学楼，然后在教学楼上挂上他的名字，看着那些学生在这样一栋楼里读书学习。"

"原来还是这个啊，看来罗总真的是一个很执着的人啊。"

"你知道？"

"嗯，景家镇的钱镇长前两天和我说的。"

"我还以为就和我一个人说过呢。"

"你为什么这么认为？"

邓辉笑了笑说道："如果你和罗总相处时间长了就会知道，他是一个彬彬有礼、谦逊内敛的商人，和其他我见过的那些商人完全不一样。但是突然有一天我听他说到他的这个梦想，我就觉着这样一个人，梦想听起来怎么有些虚荣的感觉呢？所以我认为这应该是罗总比较私密的想法，只是对我这样比较亲近的人说说。"

"哪个男人都有野心的，有的人藏得住，有的人藏不住。"炎宏说道，"尤其是像罗总这样光彩无比的成功人士，只怕野心比我们这些普通人要大得多。"

"你可不像是普通人，警官。"邓辉笑着说道。

"你也不像。"炎宏望着后视镜中的邓辉，报以同样的微笑。

又徐徐行进了大概二十分钟，车子开到了邓辉说的那条路上，两边宽敞广袤的土地犹如一望无尽的大海般一直延伸到远方。

"你看，就是前面那个养老院，好像叫桃园养老，罗总就是去那里进行了一次慰问。"

炎宏的脑袋微微向右偏着，看着远处那一片矗立的建筑群，有四五栋楼的样子，但都不是很高。

"里面住着的都是七八十岁的，哎呀，多了去了。有的竟然不想和儿女在一起住，自己执意要过来，都不知道怎么想的。"

"估计是有难处吧。"

"你看左边那块，看到了吗？有个东西。"邓辉仰着下巴说道。

"哦，那个三角形的？"

"不是，那是个废仓库，是仓库和建筑群之间那个圆顶的。"

根据邓辉的描述，炎宏搜索到了那个东西，看样子像是雕塑之类。但是随着汽车的快速行进，炎宏发现那是一座钟，而且体积高度都不小。

"这是我们罗总捐的。因为那一次去养老院发现偌大的园区里就看时间麻烦，有的老人还要特意询问，所以罗总就捐了这个大钟。每个整点都报时，还会播放《东方红》之类的红歌，老人爱听这个。"

"那为什么不直接搬进院子里？放置的地点离养老院有一定距离呢。"

"因为罗总怕报时的声音吵到老人，放在这个位置刚好能听到报时，又不会太吵。要说罗总，还真是用心。"

"慈善家也不好当啊。"炎宏笑着说道。

十点二十分，炎宏在邓辉的带领下来到了罗伟的公司。财务部和办公室里还有几个刑警队的同事在职员的配合下调查其他信息，炎宏简单地打了个招呼后便往罗伟的办公室去了。

"单单是上班路上所花的时间就要半小时左右了，每天两次往返可要费些功夫。"

"一般来讲，罗总回家都要到晚上了，午饭要么出去应酬，要么就在食堂吃些。"

公司三楼的走廊尽头，邓辉掏出一把钥匙，打开了最边上的一扇门。好似被撕开了一条口子，阳光瞬间倾泻到有些阴凉暗沉的楼道里。

"这里就是罗总的办公室了，你同事前几天刚来过。"

炎宏跟了进去，场景与照片中别无二样。

"听说罗总的办公室钥匙丢了，你现在手里的这把是这个办公室唯一的钥匙了？"

"嗯，对。"邓辉顿了顿接着说道，"如果有需要，我可以把这把钥匙给你们。"

"如果有需要，我会通知你的。"炎宏走到书柜旁，将其打开，目光流转。

"罗总挺喜欢读书的，这套世界名著就是我和他一起去买的。"

"嗯，的确。"炎宏随意拿出一本《三个火枪手》翻看了几页，接着指着下面那一沓《中年世界》说道，"除了文学著作，罗总也喜欢看这种杂志吗？"

"也许吧，本质上并没有什么区别。"

"这本杂志，他订了两份吗？"炎宏拿起一本，瞥了一眼封面，2016.20。

"两份？什么意思？"

"我在罗总家里的主卧也发现了这本杂志。"

"哦？这我就不清楚了，"邓辉不明所以地摇了摇头，"也许是往家里拿了几本吧。而且我们公司除了日报、晚报和《美周报》外，没有订其余的刊物，这本杂志应该是罗总在报摊上买的。"

"嗯，也有这种可能。"

炎宏将杂志放下，走到办公桌前，打开了中间的大抽屉——里面的景象让炎宏有些惊讶：笔记本和大把的碳素笔随意地摆放着，涂着各种笔记的纸条便笺如散落的秋叶般横七竖八地躺着，除此之外，美工刀、订书机和胶带之类的办公用品也胡乱塞在里面，淡黄色的抽屉壁面上有零碎的碳素笔划痕，应该是有时没有盖帽便将笔放进去蹭到的。抽屉里这幅有些邋遢的画面和整洁的桌面形成了鲜明对比。

"笔都放在这种地方，看起来有些乱呢，给自己的女儿都知道买一个笔筒。"炎宏自言自语道。

"你是说小雪桌上那个玉制笔筒吧？"邓辉问道。

"对，你也知道？"

"自然，罗总送给小雪的时候我就在跟前，事后还一起吃了顿饭。那个笔筒的做工真是没得说。"

"可是，罗总的桌面上这么整洁，抽屉里却是这番景象，怎么想都觉着别扭。"

"罗总就是这样。他说桌面上只要有电脑和电话就好了，再有其他东西就显得乱。台面上的东西一定要整洁，至于别人看不到的地方，乱一些倒没什么。"邓辉走到炎宏身边说道。

"哦，也许像罗总这样的成功人士都有自己的人生智慧吧。"炎宏嘴上说道，心里想的却是这更像是被人翻动过的痕迹，而且绝对不是自己那帮同事。

随后炎宏又看了看左手边其他三个小抽屉，倒是没什么特别。右边的立式橱柜里放着一台电风扇，看样子已经很长时间不用了。

"有收获吗？"

"没什么特别的，但这是意料之中的事情。"炎宏笑着又走到书柜前，翻起那摞《中年世界》，"周围有什么味道不错的饭馆吗？中午请你吃顿饭。"炎宏低着头看着一个个掠过的封面：2016.05、2016.06、2016.07……

"还是我请您吧，炎警官，这一带我比较熟，算得上半个东道主了。"

"哪能，你本来今天休息还过来帮我，怎么能让你请。"

9期、11期、12期、15期、18期、19期、20期、28期、30期……

"这多不好意思，您也是为了我们。"邓辉笑着说道。

"分内的事情，就别客气了，辉弟。"炎宏将那摞杂志放进书橱，在笔记本上记了些什么，笑着说道。

"那好吧，我就不客气了。"

"不用客气，"炎宏说道，"现在快十一点了，我们走着去吧。正好散散步开开胃，观赏一下这周边的景色，到了那里正好是午饭时间。"

片刻后，炎宏和邓辉离开罗伟的办公室。路过一楼的时候，炎宏看到其他队员都已经走了，不知道他们有没有调查出什么线索。

吃饭的地点选在一个看起来有些简陋的面馆，简陋得甚至连一个招牌都没有，有的只是敞开的大门和门口几排塑料桌椅，以及零星的食客。

"别看这副样子，味道可是不错。"邓辉挑了一个靠边的空桌，从桌下抽出板凳示意炎宏坐下，自己移到对面就座。

"经常来这里吃吗？"

"偶尔吧。公司里有一些年轻人吃不惯食堂，午饭就来周围吃。这地方就是他们发现的，我跟着来过几次。"

"嗯，要是年轻人也喜欢吃，味道应该错不了。"炎宏笑着说道。

在邓辉的建议下，炎宏点了两碗三鲜烩面，又额外要了十串烤串，两瓶酸枣汁。虽说设施简陋，上饭的速度却快得出奇。聊了没两句炎宏便听到一阵锅盖掀起时水蒸气的蒸腾声和锅碗的碰撞声，接着老板便端着餐盘将他们点的所有东西依次摆了上来。

"味道真是鲜香。"炎宏嗅了嗅夸赞道。

"嗯，这个烩面应该是这里最受欢迎的了，味道确实很棒，我们公司有的人能吃两碗。"邓辉一边挑着面条一边说道。

有那么一段时间，两人之间只有吸食声，但炎宏终究要打破这种氛围。

"你做罗总的司机多长时间了？"

"两年多了。"

"那时间不短了呢。"炎宏附和道，"你的老家是在下县的黄海底村吗？"

"对，你同事告诉你的吧？"

炎宏点了点头，朝着筷子上的烩面吹着凉气。

"那你现在在哪里住着？租的房子吗？"

"嗯。一开始是在公司的办公室里，后来罗总介绍到樱花小苑这边。"

"噢，樱花小苑？"炎宏抬了抬头，"哪怕是买大产权的房源，那里也是市里非常好的小区了，你居然在那里租了一套？租金应该不便宜吧？"

"一个月六百元。"

"六百？"炎宏难以置信地重复了一遍，"是罗总他们的熟人吧？现在哪里还有六百块一个月的房子？"

"嗯，是他们的熟人，象征性地收了一点。"

"那你赚大了。"

"我一个月工资也就两千多一点，挣得也少。"

"没关系啊，等蔷慧的公司开起来，看样子你还能在那里接着干下去，到时候说两句好听的，涨工资不是水到渠成吗？"

邓辉笑了几声，没有接话。

"那你当初是求职被聘用的咯？"

"对。那时候家里穷，我还有两个弟弟，结婚、盖房都是问题。但是要文化没文化，要技术没技术，只能在家里那一亩三分地上种种高粱玉米什么的。后来罗总来我们村帮扶了一次，事后我妈告诉我说罗总那个公司招人，让我去试试，一个大小伙子别整天窝在家里。就这样我来了这个公司，还当上了司机，干到了现在。"

"你在哪里学的开车？"

"嗨，村里那时候有几家大户，人家家里有车，正好他们家孩子和我关系不错，所以有时候我能上手开开，渐渐熟了之后他们家有个什么事我也当一把司机。驾驶证这东西是我到市里才考的，但是开车我一早就会了。"

"那倒算是自学成才。不过，之前罗总也应该有司机的吧？不然他不会开车，他们怎么可能去你们村？"

"听说当时的司机是兼职，罗总和蔷夫人都不太满意，因为用他时他总是有其他事情，所以换掉了。"

"那是不太方便。"炎宏的目光稍稍从邓辉的身上移开，伸手拿起一根羊肉串递到嘴边，"对了，我们警局的公车门把手好像出了些问题，这个该怎么处理呢？"

邓辉夹食面条的动作似乎停了一下。

"那要看具体是怎么损坏的吧，是打开的时候费劲还是锁不上，或者……"

"不是，我就是单纯地想问问装卸车把手麻不麻烦，我们想换一个新的。"炎宏将目光重新移到邓辉身上。

"这个，若是我来的话应该不算麻烦，但若是外行，就另当别论了。"邓辉将嘴里的面条吞咽下去，"这样吧，今天我反正闲着也是闲着，不如我一会儿拿上工具过去帮你们看看?"

"他们今天开着那辆车出去了,回来不知道要几点了。"炎宏低着头轻声说道,"若是有需要,我明天给你打电话吧。"

"好的,对付这种小毛病,我还是挺拿手的。"邓辉笑着说道。

"对了,看你的样子,好像挺招蔷慧阿姨待见的?"炎宏转换了话题。

"嗨,大概是看我老实吧。"邓辉讪讪地笑着说道。

"也许吧,蔷慧阿姨看起来也确实很善良本分。"炎宏小口地咬着羊肉,目光自上而下地看着邓辉,"她好像不是本地人吧?"

"是本地的。"邓辉说道,"就在市里长大,老家是 X 县。"

"哦,本地人啊。"炎宏点着头说道,"这些都是你们平时聊天聊的吗?"

"嗯,就是我入职之后闲着没事和阿姨聊聊天。"

"哦,看来她很喜欢聊天呢。"炎宏顿了顿接着说道,"但是罗雪看起来有些沉默寡言。"

"我也觉着。"邓辉笑着跟了一句。

大概十二点一刻,两人吃完饭往回走。一路上阳光明媚,鸟语花香。

第二天,也就是周四,早上步入办公室后,炎宏心里就盘算好了两个饭局,两个还人情的饭局。

第一个自然是那个女幼教。休息时间都已经问清楚了,如此承诺自然不能不履行,更何况对方还是个女生。而第二个也是早已承诺过的,要请冯旭吃饭。为此,炎宏还特地仔细安排了一下,最后还是决定中午请女幼教,而冯旭的那顿晚上请。

另一边,对与罗伟有过节的那三个商人的调查也有了结果。不出炎宏意料,三个人均有明确的不在场证明,而且也都和列杰没什么交集。

接着,在安队长的安排下,炎宏到了市交警大队。来这里的目的安队长早已沟通过,甚至连车牌号和车辆初始点都已经沟通好了,只等着炎宏过来。

"只能从七月二十二日开始查看了，因为咱们市监控录像的保存时间只有三十天。"负责和炎宏对接的交警小亮解释道。

"这样一来，市里的录像只有二十二日和二十三日上午的有观看价值了，不过总比没有好。"炎宏虽然这样说，心里还是懊悔没有早些过来。不过也确实怪不得他，在案件初期，似乎随手抓一件事就比在这里看交通录像重要。不过还是要感谢老天留给了炎宏这些微不足道的希望。

在锁定了起始点和车辆后，罗伟的奥迪不久便出现在了镜头中。随着车辆的行驶，炎宏也似乎想起了什么。

"差点把那件事情忘了，要是迟来一天还真就看不到了，天意啊。"炎宏小声地自言自语。

"什么?"小亮问道。

"没什么，我们继续吧。"炎宏笑着说道。

屏幕上，那辆奥迪在雨幕中缓慢行驶着，身后的车辆不断交替。

"这是个新手吧?"小亮笑着说道，"开得慢，刹车的时候却总向前冲一下。"

"嗯，他确实是个新手，不过只是走直线的话，技术已经勉强够了。"

"有可疑的车辆出现了吗?"

"暂时还没有。"炎宏摇了摇头。

接着，屏幕中的奥迪车行驶到了北国商城所在的华兴路上。到最后可以勉强看出几乎已经变成米粒大小的车停靠在了北国商城的路边，而下车的人基本无法辨别，但应该是往商场里去了。

"原来是北国商城。"炎宏暗暗想着。

"镜头可以再拉近一些吗?"

"抱歉了，哥，这是摄像头，不是望远镜。"小亮耸了耸肩。

"快进一下吧。"

录像被调到了十六倍的速度，根据录像上的时间，车是在上午十点四十分被开走的，然后按原路返回到了家中。

"还要继续吗?"

不为人知的关系

"嗯，继续。"炎宏点了点头。但是直到快进至深夜，录像上也没再出现那辆车。

"继续？"

"嗯，调到第二天。"

二十三日的监控录像被调了出来，那辆奥迪再次出现在镜头中，且一路向西往景家镇的方向去了，同样没发现什么异常。

"往后的还……"

"不用了。"炎宏摆了摆手，"这应该是目标人物和他的车最后一次同时出现在这个镜头中了。"

"哦，"小亮挠了挠后脑勺，"那你要不看了，我可就……"

"等一下，我还想再看点其他的东西，"炎宏伸出右手横在了小伙子和屏幕之间，"目标车辆是一辆橘红色的比亚迪，车牌号冀E77825，起始点是滨河路上的樱花小苑。"

"这个，他也是嫌疑人之一，还是……"

"我正是因为想知道这个才要看。"

"是这样的，如果说你是查询死者或者明确嫌疑人的车辆，我们可以配合。这次的奥迪也是安队长特地交代我们帮一下忙，我们才把录像放给你们。但是，你现在随便说一辆车就要我们调录像，麻烦倒是不麻烦，就怕到时候出点什么事情，人家跑到我们交警队说我们无故泄露他人隐私。"

"泄露隐私？"炎宏觉得有些不可思议，他想象不到警察在不触碰别人隐私的情况下该如何工作，"你多大？"炎宏问道。

"二十三岁。"

"二十三就这点胆量啊，兄弟？我就比你大三岁。"炎宏皱着眉头说道，"绝对牵连不到你，这个你们放心。你现在就把录像调到那里，我看一眼就好，不会对任何人有损害。"

那小伙子犹豫了几秒，还是摇了摇头，说："这个真的不行，要不你先向我们领导汇报一下吧，他同意了，我再让你看。"

炎宏叹了口气，转身离开了监控室，他总觉着眼前这个小伙子和他不在一个次元。

五分钟后，炎宏带着交通局长的指示回到了监控室。即便这样，小亮依然打了遍电话确认了一下。

"你别介意啊，哥，确实有规定的。我新来的，确实要谨慎点。"

"哦。"炎宏应付了一声，又坐在了监控器前。刚才和眼前这个家伙还一来一回聊得挺火热，但现在炎宏不想再和他闲聊半个字。

总是希望其他人能够顺着自己的意图办事，若是有半分违逆啰唆，炎宏就不可避免地对其产生厌恶。

也许是因为幼稚，也许是因为某些地方的与众不同，不得而知。

"也从二十二日开始？"

"嗯。"炎宏点头示意。

屏幕上，那辆橘红色的比亚迪很快便出现在滨河路的十字路口。

"这个车开得比那个奥迪好多了。"小亮没话找话地说道，炎宏却没什么反应。

二十二日、二十三日、一日、二日、三日，日期一天天往前推进，有时车中是一个人，有时是两个或者三个。

"要找两个人的，两个人的……"炎宏心里想着，车每到一个十字路口他都要仔细地观察。

"就是这个！"炎宏的身躯往前倾了一些，顺便扫了一眼屏幕上的时间。

大概五分钟后，炎宏站了起来，伸了个懒腰。小亮也靠了过来。

"完了？"

"嗯，快了吧，不过还没发现什么异常。"炎宏的手在鼠标上操作着，从兜里掏出手机按了几下。

此时，外面走廊上传来密密麻麻的脚步声，交谈声也由远及近。

"也麻烦你了，小兄弟，我一会儿确实有事所以刚才急了点，别放在心上啊。"炎宏低着头说道。

还没等小亮反应过来，炎宏便往屋门处扫了一眼。

"有人敲门吗，刚才？"

"有人敲门？"小亮看了一眼，往门口走去。

"没有，听错了吧，哥？"小亮向门外张望着说道，回过头，炎宏正和谁打着电话。

"我是炎宏，中午有空吗？出来请你吃顿饭吧？"炎宏点了点头，神色似乎是等待着什么。

"嗯，好吧。那到时候见吧，你方便就行，我来回跑没什么的。"炎宏笑着挂掉了电话。

"听声音是个美女？"小亮笑着问道。

"你要是有兴趣，我事后给你介绍介绍。"

"先紧着哥哥吧，毕竟比我大三岁。"

炎宏起身寒暄了几句便告辞了。此时已经十点半多了，他需要骑车去北国商城验证一些东西。

即使是工作日，北国商城里的人也是多得出奇，而且年轻人不在少数。炎宏曾不止一次地感到好奇，为什么这些和他差不多大的家伙不用上班。

炎宏直接上到五楼，这一层主营男装与户外装备。没费多大功夫，炎宏便找到了杰尼亚的专柜。

"来看看吧，杰尼亚男装两件八五折了。"无所事事的导购员交叉着手臂晃荡在专柜门口，眼睛扫着来往的男男女女。

"整个商城只有你这里卖这种衣服吗？"炎宏走到一名化着淡妆的女导购员身旁问道。

"对的，就这一家。"导购员上下打量着炎宏说道，"来看看吗？两件八五折。"

"哦，警察。"炎宏掏出了警官证。

专柜内，炎宏掏出了罗伟遇害时穿的那件外套的照片。

"确实是杰尼亚，但是不是在我们这里买的就……"

"绝对是，我看录像了。"炎宏打断了导购员的话，接着掏出罗伟的照片，递到导购员眼前，"上个月他在这里买了这件衣服，当时是谁接待的？"

"上个月的事怎么记得清？"

"以你们这里的人流量和成交量，我觉着回忆起一个照顾过你们生意的人并不难。"炎宏瞄了瞄除了几个导购员外空无一人的专柜。有几个导购员无可奈何地笑了几声，其他的也面面相觑。

"他叫罗伟，我们市的著名企业家、慈善家，二十九日被人谋杀了，当时他就穿着你们这里买的衣服。你们好好想想，他应该是上个月二十二日过来的，头一天二十一日不是还下了一天大雨吗？他穿着一件深蓝色的休闲 T 恤和一条商务长裤，个头大概一米七八。"炎宏零碎地提供着尽可能多的线索来帮助他们回忆。

"哦，下大雨的第二天，雨势小下来的那一天是吧？对对，经你这么一说，我好像有些印象，"其中一个女导购员偏了偏脑袋，似乎在竭力回忆着什么，"好像是有这么个人，来这里后几乎一直在看表。后来几乎连挑都没挑，直接拿了一件上衣稍微比了比就买了，嘴上还说着有什么急事就不试了，直接包起来……对对对，就是他，衣服也是，我想起来了。"那个导购员肯定地说道。

"小娟，你可别瞎说，这不是小事。"另一个稍微年长一点的导购员提醒道。

"就是，他一说上个月下暴雨的第二天我就想起来了。那天人本来也不多，还来了一个这么怪的。"

"你确定是他？再好好看看，"炎宏将罗伟的照片凑过去，"你是说，他说他一会儿有急事要处理，所以就不试了，对吗？"

"对的，还拿出手机看了两次，似乎在等什么电话。"

"他当时来的时候手里有没有拿其他什么东西？"

"没有吧，应该是没有，两只手都是空的。"

"大概几点来的？"

"九点多吧。"导购员含糊地说着。

救赎游戏

炎宏略微沉思了一下，抬头望了望四周："你们商场里有摄像头吗？"

"有，但是我们商场里所有的监控都装在了出纳柜台后面，因为那里容易出事，只能看到出纳柜那一小片区域。别的地方还没有装，所以你也就顶多看到他结账的样子。"

"那谢谢你们了，有空我会光顾你们生意的。"炎宏笑着说道，转身离去了，随着他一同离开的还有一大团谜题。

第十二章

我等你

　　炎宏手里攥着手机，有些懊恼。他感觉天平上的平衡被打破了，而那种平衡所散发出的甜蜜感似乎随时都会离他而去。

"他好像是有什么急事，会是什么事情？从他买完衣服到开车回家之间好似还有一小段的空白期，他到底去了哪里？难道是有什么人急着在商场里见他？还是根本就是家里出了事？"炎宏心里想着，走出了商场。

十一点四十分，如果那个叫张晶的女幼教答应和他一起共享午餐的话，依照炎宏的个性，现在应该早早地订上了位置在那里等着，但是在交通局里的通话，两人并没有达成共识。张晶还是想在家里吃午饭，不过在饭后两点半可以出来一起喝杯咖啡。

"怎么有些像相亲的流程？"当时炎宏心里就是这样想的，不过也不好拒绝。但是考虑到工作原因，炎宏将时间从两点半改到了三点半。

接着炎宏想打电话给蕾慧问她今天下午在不在家。针对今天上午的调查，他觉着很有必要再进行一次家访。

不过这通电话他情不自禁地拨了罗雪的号码——这是和罗雪独处看照片的那个下午炎宏要到的。

只响了两声手机便通了。

"怎么，炎警官？又有事吗？"小雪的声音在话筒里多了一种中性的感觉，听起来飒爽利落。

"嗯，吃饭了吗？"

"我妈没在，吃什么啊？"

"哦，你妈没在啊？"

"果然还是找我妈的。怎么，又有情况想了解一下？"

"对，公事公办。"炎宏笑着说道，他也不知道哪里来的勇气，接着说道，"那反正你也没有饭吃，我打包点外卖去你家一起吃吧？正好等你妈回来。"

"会不会太唐突了？或者意图太明显了？我连她妈什么时候回来都不知道，这个理由好傻。"话一出口炎宏便有些后悔。

果然，那边一阵沉默。

"那个，我问一下我妈中午是不是不回来了，一会儿回给你。"说罢，罗雪挂掉了电话。

"唉，真见鬼了。为什么一和她说话就觉着不知道说些什么好呢？"炎宏手里攥着手机，有些懊恼。他感觉天平上的平衡被打破了，而那种平衡所散发出的甜蜜感似乎随时都会离他而去。

有那么一刻，炎宏仿佛失了魂魄一般推着自行车游走在马路边，心里几乎肯定罗雪刚才的不过是说辞，她不会再打电话过来了，哪怕打过来，也肯定说不太方便。

手机震动起来，嗡嗡的声音似乎在将他的那些猜测细细地捣碎，然后播撒在大脑的各个角落。

"我要吃汉堡、鸡翅、薯条和圣代！"还没等炎宏有什么反应，罗雪便报出一长串吃食。

"嗯？汉堡？"炎宏的大脑还没来得及将那些悲观的思绪消化，以至于装不下这突如其来的惊喜。

"怎么，反悔了？"罗雪笑着说道。

"怎么能。"炎宏的声调高了一些，心脏似乎都要蹦出来。

"那来吧，我等你。"罗雪挂掉了电话。

直到炎宏和罗雪又一次在门口四目相对时，"我等你"这三个字也还漾在炎宏心间，挥之不去。

罗雪今天穿了一条方格裙子，将炎宏迎进屋后，他嬉笑着往厨房去了，少时端了一盘切好的鸡蛋饼出来。

"辛苦了，炎警官。这是我做的鸡蛋饼，你尝尝。"罗雪将盘子递到炎宏跟前。

"嗯，谢谢。"炎宏有些拘谨起来，褪掉外套，从盘子中捏了一小块塞进嘴里。

糖放得太多了，而且面饼有些松散，口感不是很好。若是在家里，炎宏吃到这样的食物会毫不犹豫地立即吐掉，而现在……

"味道怎么样？"

"嗯，还可以。我吃着有些甜了，可能我口淡吧。"炎宏咽下去后挑了个模棱两可的缺点。

"嗯，果然还是糖放多了。"罗雪摇了摇头，解开了炎宏的外卖袋子。

一份是汉堡、薯条、鸡翅以及圣代，另一份则是咖喱鸡汁盖浇饭。

"怎么还不一样？"

"我不太习惯吃西式快餐，最近肠胃不太好。"炎宏解释道。

"嗯，那是该在饮食方面注意点。"罗雪边说边将汉堡的包装打开，"一共多少钱？"

"不用了，当我请你的。"炎宏挥了挥手。

"你要是这样，我以后可不敢再让你来了，亲兄弟还要明算账，不是吗？"

看着此时腮帮鼓鼓的罗雪和她那双透亮的双眸，炎宏对她的好感又不知不觉地提升了。

"那有空你请我吃一顿好了，什么都行。"炎宏笑着说道。

"嗯，看心情吧。"罗雪笑了笑回道，并且瞟了一眼炎宏的咖喱鸡汁盖浇饭，"看起来味道也不错。"罗雪眯起了眼睛。

"还可以，尝尝吗？"

"自然。"罗雪起身去厨房拿了把勺子，在炎宏的塑料碗中画了一条线。

"不许越界，这边是我的。"罗雪摆出一副蛮横的姿态，仰着头说道，炎宏表示没有异议。

一顿饭下来，炎宏不但没有越界，套餐里的鸡肉也几乎都让给了罗雪。看着眼前这个从沉默寡言变得越发开朗的女孩，炎宏虽然只是守着可怜的半边饭碗，却还是甜蜜得不得了。

饭后，两人看起了电视，嘴里也是畅所欲言，而且都很有默契地没有扯上与案情相关的任何东西。窗外细密的阳光泼洒，衬得罗雪侧脸的肌肤更加精致，欢快的鸟鸣似乎是从炎宏的内心飞出的声音。

炎宏有些懊悔下午的约会。若早知道是这种情况，就推迟一天了。

蔷慧是在下午两点多一些回来的，神态有些疲惫。

"这么早就回来了？"罗雪问道。

"嗯。小邓家里的弟弟说婚事，又急急忙忙回去帮忙了，我坐别人的顺风车回来的，没好意思让他们再为我往市里拐了。"蔷慧在门口脱下外套和鞋子，顺便和炎宏打了个招呼。

"去把手机的电充上，昨天晚上又忘了。"蔷慧将手机递给罗雪，便直接坐到了炎宏的身旁。

"这是你们中午吃的？都和小雪说了，我中午不回来要吃些有营养的。"蔷慧的眼神似乎饶有兴趣，目光移动时却撞到了炎宏有些冰冷的眼神。

炎宏动了动身子说道："我来这里是因为我最新了解到一些情况，但是这些情况似乎和你之前反馈给我的某些信息有些矛盾。"

"不可能！"蔷慧的身子猛地向上蹿起。

"先听我说。"炎宏面无表情地打断道，"今天我去交通局调取了罗总那辆奥迪的监控录像，录像显示他开着奥迪去了北国商城，他遇害时所穿的上衣便是在那里买的。不过有趣的是，根据当时接待他的导购员回忆，他当时似乎是有什么急事，甚至连衣服都没来得及仔细挑，随便买了一件就离开了柜台，而且他的手里当时也没拿任何东西。但是您给我的证词是他买了手套、枕巾、暖贴等东西，而且还大包小包的，最重要的是，您说他应该是买完东西就回来了，没什么特别的事情。我不知道是谁没有记清楚，因为你们两个人的证词似乎是完全相反的。"

冰冷的语气，冰冷的面孔，冰冷的眼神。今天蔷慧眼中的炎宏似乎换了一副有别于以往的面孔，陌生得可怕。但如果蔷慧有幸去审讯室转上一圈就会发现，通常面对这副面孔的都可能是被定案的犯罪嫌疑人，而且个个十恶不赦、毫无良知，他们没有任何理由值得炎宏同情。

"我说的是真的，他那天不到中午便回来了，而且也没说有什么特别的事情发生，和平常一样。"蔷慧激动地反驳道。

"如果您说的是真的，那么他拿东西回来的时候也许会有人看到。"

"他把车停在单元外面直接拿东西上的楼，可能没有人看见，但是这不能证明是我说了假话！那个导购员仅仅是说罗伟去买衣服时两手空空，这并不意味着他买完衣服就不能去买其他东西。"

"但是一般来讲，一个有急事到连衣服都没来得及细挑的人会去买这些琐碎的东西吗？"

"你不能凭借着这种主观假设来指证我说谎吧？"蔷慧正努力克制自己的情绪。

"的确不能。"炎宏撇了撇嘴，此时他才发现，罗雪不知何时已经站在了餐厅里望着他们，眼神有些冷漠。

"但是，"炎宏又将目光掷向蔷慧，"请您别生气，我也是公事公办。不管谁真谁假，到最后我一定会查明，给无辜者一个交代。我还有事，告辞了。"

在蔷慧有些惊愕的表情中，炎宏笔直地走向大门。

"炎警官，你是不是、是不是误会什么了？"蔷慧的这句话音量是呈直线下降的。

"我说了，阿姨，公事公办。公事公办不会有误会，只会有事实。"炎宏笑了笑，瞄着罗雪轻轻挥了挥手，打开了大门。而蔷慧也紧跟过去，似乎还想说些什么，但到最后也只是望着炎宏的身影走下楼去。

手机上显示的时间是两点一刻，而炎宏此时还愤愤地回想着蔷慧所说的误会。

"误会？"炎宏调出手机上的录像片段，"还真是个复杂至极的误会呢。"

录像片段是炎宏在交通局趁着小亮去开门时录上的——红色交通灯下，第一辆比亚迪车内，两个身影拥吻在一起，而这一切都被他们上方五六米的摄像头清晰无比地记录了下来……

三点二十分，炎宏顺着张晶的意思在小太阳双语幼儿园附近找了一家咖啡厅。慵懒休闲的氛围配上循环播放的轻音乐，确实是一处闲聊放松的好地方，若是考虑到平时也只有零星的顾客光临，那对情侣来讲也不失为一个打情骂俏的好选择。

"会不会有些太暧昧了？"炎宏环顾着周围一张张慵懒却怡然自得的面孔，绝大多数是这里的工作人员。

张晶并没有让炎宏等太久。临近门口的炎宏望到她时，下意识地看了眼手机，三点二十五分。

"早就来了吗？"张晶微微笑了一下，露出细密洁白的牙齿。

"刚到，我也是抽工作的空跑出来的。"炎宏打量着今天的张晶：还算标致的鹅蛋脸上应该是化了淡妆，细目长眉，及腰长发，在一身浅蓝色长裙的映衬下，身段也算得上曼妙。不夸张地说，此时的她在一个普通男性眼里，绝对算是美女，但是在炎宏眼中，淡妆和红色的指甲油显得有些缺乏灵性和不自然，而对比对象当然是罗雪。

也许每个男人都这样，心中有一个完美女人的模型。那个模型也许始于梦想，也许始于不经意间的四目相对，总之越能填满这个模型的女人就越能吸引这个男人。

"哦，你三点的时候给我打电话，我以为你到了，是在催我呢。"张晶缓缓坐下，两腿自然地向一边靠拢，"怎么今天这副打扮？外套、帽子，还有口罩？"张晶微微笑着，脸上漾着不解。

"昨天去了趟郊区，发现市里的空气污染严重，觉着有必要买一个口罩，所以就买了。"炎宏抓起口罩晃了晃。

"确实，PM2.5都要爆表了，我每天都觉着嗓子难受。"

"是喊孩子喊的吧？"炎宏笑着将酒水单递给张晶并唤过服务员。

"孩子倒是不算太难管。"张晶接过酒水单，由上而下看着，"有几个淘气的，你装作厉害，他马上就乖下来了。嗯，要杯纯咖啡，加奶，不加糖。你呢？"

"一样吧，两杯纯咖啡，再要一份鲜果拼盘。"炎宏接过酒水单，看也没看，直接给了服务员。

"一共五十元。"

结完账，炎宏将目光重新移到张晶身上，但是他忽然发现似乎没有了话题。

这种情况在以前的相亲中也遇到过。炎宏很讨厌这种仪式，两个本是陌路的人因为某些世俗的观念而被人凑到一起。若是自然而然地碰到，喜欢便是喜欢，讨厌便是讨厌，不用留情给面。偏偏是这种场合，哪怕厌烦也只能在那几十分钟里竭力彼此应和着，再加上本就不太张扬的个性，使得炎宏对这种场合更加不适应。

"你在看什么？"张晶将右手攥成拳头垫着下巴撑在桌子上，双眼满含笑意地看着炎宏。

若是放在过去，被冷不丁地这么一问，炎宏可能会有些难为情，然后闭口沉默，撑过这段时间，但现在炎宏觉着自己有了些改变。

"我在想你卸了妆的样子是不是会比现在更漂亮啊，美女。"炎宏笑着说道。

"这你能想象出来？不可能吧？"张晶有些不可思议。

"别忘了我是干什么的。"

"真是恐怖的能力啊，可以看穿一个化了妆的女人的本来模样。这和查案抓真凶比起来，哪个更难？"

"不好评论啊。凶手靠骗局与谎话伪装，女人靠化妆品伪装。但如果想看穿这两样，靠的都是脑力和心力。"

"那你看穿过几个女人呢，警官？"

"只要我有心情，我可以看穿大街上任何一张浓妆艳抹的面孔。"

"唉，这就没意思了。你明知道我问的是什么意思吧？"张晶有些不开心地撇了下嘴，接着欠了欠身，接过服务员递来的咖啡和拼盘。

"两杯咖啡，一个鲜果拼盘，慢用。"

几秒的沉默后，炎宏说道："如果你问的是处对象的话，我没有处过。"

张晶的拇指与食指捏着勺柄慢慢地在咖啡里搅动着，不时传来清脆的碰撞声，脑袋微垂着，徐徐地吹着气。

"你多大？"张晶抿了一口咖啡，接着搅动起勺子。

"二十六岁，你呢？"炎宏往嘴里塞了颗樱桃。

"二十六？我以为你比我小，也是刚工作，原来比我还大四岁啊！"

"我长相这么年轻啊？"炎宏笑着说道。其实在这之前，已经有不少人这样说过。

"嗯，要是咱俩保持现在的穿着打扮出去，没人会觉着你比我大。"张晶又抿了一口咖啡，将勺子放在了一边。

"那你觉着我这样是好还是不好呢？"

"你希望我说好还是不好？"

"犯规了，张晶同学，是我先提问的。"炎宏端起冒着热气的咖啡，咕咚喝了一大口。张晶抿着嘴咪咪笑了一声。

"这样喝咖啡你能品出什么滋味？而且太烫的东西对食道不好。"

"可不要以为自己长得漂亮就能轻而易举地岔开话题，同学。"炎宏盯着张晶的双眸，似乎把那些与罗雪对视时落荒而逃的气势都补在了里面，强而有力。

"好吧，挺好的。"

答案简单得近似于敷衍。

"既然你问我了，我也问问你吧，同学。你被几个男人看穿过呢？"炎宏笑了笑，目光自张晶的脸庞往下移了几寸，身材似乎真的不错。

"我要是打110告你性骚扰，你的同事会包庇你吗？"张晶抿着咖啡淡淡地说道。

"这种事情不会派我同事来的，"炎宏笑着说道，"我们是刑警队，不是派出所，面对的也都是些穷凶极恶的家伙。要是我们的对手都像我这样，那就太幸运了。"

"勉强算是有一个吧。"张晶将咖啡杯轻放到桌面上，里面还有多半杯。

"大学？"

"嗯。"

虽然只是短短一个音节，但炎宏从她漆黑的眸子中看到了明显的落寞，犹如夜空瞬间失去了璀璨的星光。

"最好换个话题。"炎宏刚刚萌生出这个想法，张晶却先开口了。

"你会为喜欢的人做出改变吗？"

"改变？"

"对，任何改变，变成他喜欢的样子。卑微与怯懦地迎合一个人，换来算不上多也算不上少的成功机会。你会吗？"

"我没想过这个问题。"炎宏干脆地说道。这也是实话，至今他心里的那个女孩从未明确地指出他身上有哪一点她不喜欢。若是指出了他会怎么做？不得而知。也许会拼命而疯狂地改正吧，这种事情是以前那个炎宏无法想象的。

"那是因为你还没有那么深地喜欢过一个人吧。"张晶此时的目光并没有望着炎宏，而是有些愣愣地看着桌面，"你不觉得这是一种遗憾吗？在正好的年纪却没有让你喜欢的人深深地记住你，哪怕最后不能在一起。"

"我只知道我会为了我喜欢的人变得更好，但是为了盲目地顺从而改变是不对的。"炎宏又喝了一大口咖啡。

"你的语气一点也不坚定，而且你也没有过那种感受，自然可以置身事外地说一些看上去毫无差错的大道理。道理每个人都懂，但这世界不是两句道理就能解释清的，不然也用不着你们警察了。"

"也许吧，"炎宏略微思索了一下说道。有些事情你碰到了就没办法讲道理，这也是一种道理，"但不管怎么说，你也没遗憾了吧？你既然这样说了，想必也让那个你喜欢的人对你留下了深刻的印象。"

张晶笑着摇了摇头，拿起一片橙子塞进嘴里，说道："不是我喜欢他，是他喜欢我。"

"啊！"炎宏撇着嘴喊道，"你说了这么多，我还以为是你喜欢的人，闹了半天是喜欢你的人。那既然这样，事情不是简单多了？你要忘不掉他，干脆接受他好了。"

"回不去了。而且我不喜欢他，之所以忘不掉，是因为他的心。"张晶默默地说道，"我刚才告诉你在最好的年纪一定要让你喜欢的人记住你，对自己来说是轰轰烈烈的，但对你喜欢的那个人是不是有点自私？"

"自私？"

"对。我那么明确地回复他，我不喜欢他，我们不可能，我对他没有感觉。但他和其他追我的那些人不一样，就是不放弃，甚至在我对他表现出厌恶后还会笑着对我说'追你是我的事，你可以讨厌我，但我就是要追到不留遗憾'。老实说，当时我感觉他笑得很恶心，很讨厌。到最后，他不再那样猛烈地纠缠了，就像普通朋友一样打打招呼笑一笑，我却怅然若失。但后来我想了想，这不是我的问题，而是他的问题，是他太自私了。他明知道我不喜欢他，为什么还要天天缠着我？难道拒绝后就不再打扰不是更好吗？说到底他只是想给自己一个交代：哪怕追不到这个女孩，也要在她心里留下独属于自己的印记，让她永远忘不掉我！现在他得逞了，我却要背负着这样的印记前行。"

"这比我办过的所有案子都要深奥，"炎宏感叹了一句，"但这种事情本来就没有谁对谁错吧？他给你留下了深刻的印象，你又何尝不是在开始给他留下了深刻的印象呢？你现在的苦恼和感慨刚好和他在追你时承受的白眼与非议持平吧！"

"经你这么一说，倒是有些平衡了。"张晶将身子靠到了后面，"对了，我挺好奇你现在办的什么案子，还用得着去幼儿园找几岁的孩子要线索？"

"一个谋杀案，"炎宏将最后一点咖啡倒进了嘴里，"死者是咱们市一个企业家兼慈善家，叫罗伟。知道吗？"

"不怎么熟悉。"

"在地下车库被人开枪打死的。"

"这种身份，得罪的人肯定不在少数。那现在查得怎么样了？"

"关于最新进展，你可以关注 T 市公安局的微博，我们会实时更新。"

"聊天也不忘宣传自己的单位，哪里去找这么好的员工呢？"张晶说着拿出手机按了几下，炎宏觉着她应该点了关注。

少时的闲聊中，两杯咖啡已经享用完毕，而那盘果拼也基本上都进了炎宏的肚子。

"和你聊天挺开心的，看着挺小，但心智还蛮成熟的呀，不错。"

"我也挺开心的，不过和聊天内容没关系，单凭美女这张脸，我看着就开心啊。"炎宏笑着说道。

"不正经的警察，"张晶撇了撇嘴，但还是伸出了右手，"那有机会再约吧，炎警官。"

"嗯，"望着张晶曼妙的身姿，炎宏犹豫了一下说道，"不如三天后再约一次吧？这一餐有些简单了，本来说要请你吃饭的，若是实践不了，倒显得我小气了。"

"看着挺年轻的，倒是有些大男子主义。"张晶调侃道。

"这是原则，不是什么主义。"炎宏笑着回道。

两人握了握手，彼此道别。

第十三章

刨根问底

　　斗魏的随性让炎宏觉着他在对某一个人或者某一件事展现出这一特质之前，就已经用什么方法过滤掉了一些东西，剩余的则是可以随性对待的。

回来后，炎宏再次急匆匆地提审了列杰，问题只有一个：是否在只有邓辉在场的情况下触碰过车门把手。但得到的回答是否定的，这让炎宏有些意外。炎宏再三让列杰回忆清楚，但答案始终没变。

下午临下班前，炎宏接到了一个陌生号码的来电。当时他正盘算着给记者打个电话，约他晚上出来和冯旭来一次三人的聚餐。

"喂？炎警官吗？"

"对，哪位？"炎宏手上转着笔，盯着摊开的笔记本问道。

"我，徐丽。"

"徐姐？有什么事吗？"

"我想问一下列杰他……他出来了吗？"

"哦，这个啊，还没有，不过也就这两天的事了。你是有什么话让我转告他吗？还是有些其他的……"

"不不不，我只是问一下，没别的意思，"徐丽停顿了一下接着说道，"那你忙吧，炎警官。"

"好的，有事随时打电话。"

"徐姐？徐丽？"冯旭拍着炎宏的肩膀。

"嗯，问列杰有没有放出来。是还想着要复合吗？"炎宏耸了耸肩膀。

"啊，算啦！不谈这些了，晚上去哪里？我可是为了这顿饭留着肚子呢。"

"去粥屋吧，弄两个炒菜，我再叫一个朋友。"

"朋友？"

"嗯，就那个记者。"

冯旭略微思索了一下，恍然大悟地说道："是不是那天从宾馆回来时搭我们顺风车的那家伙？"

"对，叫斗魏。"

"哦，可以可以。下班一起坐我车去，自行车就放在这里吧，明天你坐公交车过来。"

"嗯，正好我明天要去 X 县，直接坐 98 路就好。"

"X 县？"冯旭反问道，顺便看了一眼时间，"算啦，到那里详说吧！"

晚上六点，炎宏坐着冯旭的 SUV 到了自己指定的粥屋。

客家粥屋位于 T 市著名的小吃一条街梧桐街。一直到晚上十二点多，这里都是灯火通明。而且这条街最为人们津津乐道的是商户们自筹资金搭了一条长约六百米的顶棚，顶棚之上遍布彩色的花灯，远远望去，这条街犹如五光十色的彩虹，每天都能吸引大批食客前来。

进屋找到空座后，炎宏对冯旭说要先出去接一下斗魏。在来时的路上，斗魏明确表示他不太喜欢梧桐街的环境，太闹。

踏出粥屋，人群熙攘，人们聊天欢笑，脸庞被灯光映得通红，手中拿着各样小吃。而炎宏的注意力不自觉地放在了一对对的情侣上，看着他们耳鬓厮磨说着悄悄话，或者笑着互相喂零食。

"不知道她来这里喜欢吃什么。"炎宏心里如此想着，不自觉地笑了笑。

三首歌的时间，炎宏在约定的梧桐街路口看到了骑着山地车徐徐而来的记者，这倒让他觉得有些新鲜。

"还真换了一辆自行车？"炎宏上下打量着，那是一辆蓝白色的捷安特。

"嗯，那辆车吭啷响得太厉害，我也听烦了。"斗魏单手推着车子，和炎宏一同往小吃街中走去。

两人并肩穿梭在人群之中，意外地有些沉默，炎宏微微侧目，望了一眼记者。

"怎么了？用那种眼神看我？"斗魏直视着前方问道。

"只是觉着你似乎有什么心事，其实今天打电话约你出来就是觉着你情绪不对。"

"不是有心事，只是有些心累。"斗魏说道，"我妈的身体状况有些起伏，我要在家顾着一点，另一边单位里也有些烦心事。步入社会之后，真是人心难测，不管是同事，还是领导。就好像被好几股力同时向四面八方拉似的，哪里都顾不上。"

"没有打扰到你照顾阿姨吧？"炎宏不自觉地停下脚步问道。

"看你紧张得，若是真的打扰到了，我也不会来了。"斗魏笑着说道，"我爸在呢，而且他们也愿意让我多出来走走。"

"嗯，聊聊天放松一下心情总是好的。单位里那些烦心事也不用放在心上，我就是这样。烦的时候别理他们，觉着自己确实错了，就吃个饭聊聊天，马上就不一样了。"

"就像你今天这样？是那个叫冯旭的家伙吧？"

"行啦行啦，就算是又怎么了？人总要成熟一些。"炎宏有些不好意思，几近叫嚷地说道。斗魏抿着嘴笑了笑，也不再提这件事。

三人就座后，炎宏让他们每人点个菜，算是尽东道主的义务。两人也都没客气，斗魏点了份虾皮白菜煲，冯旭则叫嚷着"大小伙子怎么能不吃肉"，点了份水煮肉片，还特地吩咐多放辣椒。不过炎宏急忙朝服务员摆了摆手，说明斗魏胃不好，不能吃辣。

"那辣椒就别放多了，味道做重些就好。"冯旭笑着说道，"还挺关心朋友的啊，宏弟。"

"我的胃最近也不舒服。"炎宏小声嘟囔着。

"好的。还需要别的吗？"

"三碗米饭，再要三瓶啤酒、两瓶可乐，行吧？"冯旭环视着其余两人说道，"你们愿意陪我喝就喝点，不想喝就喝饮料。"

"你不是开车吗？"炎宏说道。

"哎呀宏弟，别操心啦！"冯旭将菜单递还给服务员，"退一万步讲，我还能找代驾呢，对不对？"

"对，冯哥的车技我可是见识过的，没问题。"斗魏自然地拍了拍冯旭的肩膀。

炎宏摇了摇头，没再继续这个话题。

饭菜上得很快，三个人聊得也是出人意料地默契，尤其是冯旭和斗魏，根本看不出来只见过一两次。炎宏把这归功于两人身上共同的特质：随性。但是其中又略有不同，冯旭的随性包含的东西很多，似乎对一切都是一视同仁的；而斗魏的随性让炎宏觉着他在对某一个人或者某一件事展现出这一特质之前，就已经用什么方法过滤掉了一些东西，剩余的则是可以随性对待的。

话题经过多次腾挪还是不可避免地回到了罗伟的案件上。冯旭先是抱怨了一通社会复杂、人心险恶，又列举了种种大道理传授给眼前的两个小兄弟。

"什么事情，有因必有果，你们知道吧？反正我这一路查下来，就感觉罗伟这个人心气太高，也有些自负，生意人最忌讳这点了。你要说你的位置没多高还好，可能你要性子人家都不把你放在眼里。但你位置高了再有这些秉性，那得罪的人可就多了，背地里骂你臭你想整你的数都数不过来。"冯旭咕咚咕咚地灌了一杯啤酒，将头转向炎宏接着说道，"就拿那三个老板想和他合作那件事说吧，你说你牛啥啊对不对？都是生意人，你不也从那个阶段过来的吗？人家请你吃饭你都不去，人家栽不栽面？你不想和人家合作，你委婉点拒绝，饭桌上说两句客套话还能多交两朋友呢，非搞得这么难看。就他这性格，指不定还有多少暗地里结的梁子没查到呢。还月底破案，我看拉倒吧！大队长这两天心里也憋着火呢。"

冯旭又是一饮而尽，将杯子咚地拍在桌上，似乎在为他的言论增加分量。

"被外人惦记倒不可怕，但要是身边的人也有异心，那才真的可悲。"

炎宏感慨道。

"你是说你给安队长看的那个录像?"

"嗯。"

"录像? 什么录像?"斗魏不明所以地问道。炎宏掏出手机,将那个视频放给了斗魏。

"一会儿吃完饭陪你去买手机好不好?"斗魏看了一眼,将手机还了回去,神情似乎是在说一切都在意料之中。

"看起来你一点也不惊讶?"

"比起这件事情本身,我更惊讶你居然能在监控录像里找到这样的镜头。"斗魏抿了一口可乐。

"对啊宏弟,你怎么知道他们两个人之间有不正当的关系,还能在监控里抓到把柄?"

"第一个问题,细节吧。我总觉着他们之间的关系不简单,而且,也多亏了某个人的推理。"炎宏笑着望了眼斗魏。

"怎么,这是他推理出来的?"冯旭望了眼斗魏。

"瞎猜的。"斗魏摆了摆手。

"不只这些,连同那根卷曲的烟头可能会在凶手身上留下烫伤也是他提出来的。"炎宏拿着杯子朝斗魏晃了晃,"至于我如何知道能在监控里抓到把柄,"炎宏放下饮料,"就拿我们举例,若是和喜欢的人独处,肯定会有一些亲昵的动作。那如果在十字路口等红灯呢? 一样,有很大可能趁着这几十秒的时间做一些亲昵的事情。其实当时我也是抱着试试看的心态,没想到还真找到了。"

"你真是当侦探的料,安队长说得没错。"冯旭砸吧着嘴说道。

"这明明是狗仔的行为。"斗魏默默地补了一句。

"但不管怎么样,我找到了。"

"的确,有些事情看结果就好了。"冯旭点了点头,"队长怎么说的?"

炎宏摇了摇头说道:"队长说让我把握尺度,稍微跟进一下,但是他觉着这跟凶杀案可能没多大关系,只是碰巧一个有夫之妇出轨,男主人又遇害。"

"也对，当天晚上蔷慧和邓辉确实有很充分的不在场证明。"冯旭赞同道。

"但是，总觉着不可能一点关系也没有，不然这也太巧了。夫人出轨司机，自己紧接着遇害。"

"放宽心吧，宏弟，现在就别想这些烦心的事情了。明天又是忙忙碌碌的一天，不如在能放松的时候尽早放松。来，喝一个。"冯旭端着啤酒杯靠向炎宏。

"嗯，我也觉着是这样，单位里太多烦心事了。"斗魏也不由得举起杯子。

"那好，就为了愉快的心情，为了好好放松，干一个！"

三个杯子碰撞在一起，叮当作响间，欢笑声连成一片，又透着淡淡的无奈。

八点，冯旭顶着微红的脸向炎宏和斗魏道别，并让炎宏放宽心，他会叫代驾。炎宏和斗魏则说要在商场关门前，去买一部手机和一块手表。

"我可没骑车子，去最近的天一城吗？"炎宏瞟了眼斗魏的山地车，没有车后座。

"走着去就好了，半个小时到那里，也还有一个小时买东西的时间。"

炎宏没有表示异议，随着斗魏的脚步徐徐前进。

"你现在是不是挺关心那个冯旭的？"斗魏笑着问道。

"有一点。万一出什么事，咱们看着他喝酒开车也脱不了干系啊。"

"放心吧，百分百不会出事的。都这么大了，自己几斤几两应该都清楚了。"

"应该阻止他喝酒的，我要是提出来，他应该不会拒绝。"

"已经过去的事情你还这么在意，还真是一块当警察的料啊！什么事情都要想个彻头彻尾才好吗？"

"总有些事情需要想个彻头彻尾的。"炎宏说道，"不然我为什么要来当警察？那我问问你，若是我要开车还喝酒，你会拦吗？"

"自然。"

"为什么？"

"因为你是我朋友，我不希望你出事。"

"如果我很明确地告诉你，我不会出事，而且你也很清楚这一点呢？"

"依然会啊。因为你是我朋友，我希望我身边的朋友都能有一个很高的道德标准与底线，这样对我也有好处。"

"那为什么你刚才不拦着他？"

"因为他不是我朋友啊！你就好好想想，你刚才为什么没有开口拦住他，然后把这个原因放大五倍、十倍，就是我不拦他的原因。"

炎宏不可避免地陷入了回忆。为什么不拦？是不敢吗？应该不是，这不是他的性格。也许因为自己请客是向冯旭示好，所以想好人做到底，怕阻止他会让他们之间产生新的隔阂？这个也许说得通！

"你真的在一本正经地想？"

"我只是想让自己变得更优秀，而一个人想让自己变得更优秀的办法便是好好回忆每一天的言行是否得体，记日记的意义便在于此。"炎宏祭出了老爸对他说过的话，斗魏似乎是赞许地点了点头。

又行走了几百米的距离，炎宏从裤兜里掏出口罩戴上。他觉着嗓子有些刺痒，同时仰着脑袋试着在夜空中寻找星星。

"不知道从什么时候开始，夜空中就看不到星星了，真是奇怪。"斗魏喃喃道。

"污染这么严重，正常得很啊。其实像你们这种每天东奔西跑的家伙，更应该准备一个口罩。"

"那刚好到商场里一道买吧！连警察都受不了这种天气的话，注意一点也应该。"斗魏豁然地笑了笑，"对了，破案的时限就剩下一周了吧？"

"嗯。"

"还有信心？"

"有信心的都有恃无恐，我离这个境界还差很远。不过案子已经摆在这里了，就尽最大努力吧，什么时候完什么时候算。"

“会不会像你碰到过的那些悬案一样？”

“还是那句话，真相也许会被掩埋，但绝对不会消失。一年两年、三年五年都好，只要有心，总会有个结果。G省B市在二十八年前连续发生了九起入室奸杀案，共有十一人遇害，也是悬而未决。听说当地公安局的领导来了一个又走了一个，始终没放下这个案子，终于在前不久抓到了已经步入晚年的凶手。和这个案子比起来，现在的困难算什么。”

“这个案子我也听说了，大快人心呢。”

“天网恢恢，疏而不漏，他的余生和来世只怕要为自己犯下的恶行付出相当的代价了。”

“来世？这么说你是个有神论者了？”斗魏停下了脚步，好像这是个很严肃的话题，需要认真对待。

“我只是觉着这么浩瀚的宇宙中，不可能只有人类存在，更不可能没有比人类强大许多的物种存在。也许现在看来有些迷信虚无的前世和来生，只是我们还未触到的科学罢了。”

炎宏微微低着头说话，不经意间，似乎迎面撞到了一个人的肩膀。炎宏抬起头来，发现是一个同样戴着口罩的长发美女。她穿着一件黑色长裙，口罩上方一双修长明亮的眸子煞是迷人，除此之外，裸露的每一寸皮肤也是洁白细腻得无可挑剔。

“从这一双眼睛来看，口罩之下想必是一张惊为天人的脸吧？”炎宏如此想道。而在思忖期间，炎宏的目光像被操纵的木偶般直直地投向那个远去的身影。

“漂亮吗？”斗魏的话将炎宏急急地拉了回来。

“嗯。”

“那是个男的。”

“男的？拉倒吧！你怎么断定是个男的？”

“因为他的眼神没有在我身上停留啊。”斗魏不失得意地说道。炎宏笑着瞥了他一眼，没有接话。

“其实是因为我看到了他的喉结，再有他穿的是一双男士运动鞋，戴的也是男士手表，而且女生走路几乎不会将双手都揣向两边的裤兜。"

"你真是个无聊的家伙。搁在正常人身上，任谁都会先端详一下美丽养眼的地方，你却把目光放在这些上面。"炎宏耸了耸肩。在刚刚被斗魏叫过神后炎宏还觉着有些不好意思，但随即释怀。追求美是人类的天性，而这种美分个性与共性。例如罗雪，也许在不少人眼中相貌平平，在他看来却是美丽卓越，这是个性的审美。至于刚才那个身影，应该是共性的审美，那样的容貌，任谁都会多看两眼吧？

"可能是种缺陷，也可能是种天赋，谁知道呢。"斗魏笑着仰视着天空，加快了前进的脚步。天一城那五光十色的广告灯隐隐约约地出现在前方。

八点半不到的光景，天一城周围车水马龙，人声混杂，像是搅进去一个大型的塑料袋——因为那分不清来源的杂音已经让这热闹稍稍地跨过顶，朝着烦心的方向奔去了。

两人决定先在一楼购买手表，接着再去三楼的专柜买手机。因为手表这种商品的特殊性，天一城并没有成片的卖场，只有四个分布在角落且装修极为精致的专卖柜台。

"带了多少钱？"

"不知道。拿的是工资卡，平时也不怎么花。"炎宏在其中一个专柜前朝着正要向前介绍的导购员摆了摆手，他老早便瞄到了五位数的报价表。

"那喜欢什么样式？石英？还是像我这块一样的机械？"斗魏晃了晃自己的手腕。

"普通的就行，最好有黑色和蓝色。"

"我看看你的手腕。"

炎宏随即伸出了左手。

"你的肤色其实也挺白，确实适合蓝色，不过手腕有些细，表带可能要修一下。"

"你倒是挺在行。你那块表多少钱？"

"一千二，倒是不贵，工作时买的。"

四个专柜转了一圈，最后买了一块黑带蓝盘的机械表，价格为一千八百元。并且和斗魏说的一样，表带经过简单的调整才戴到了炎宏的手上。

"这也才花了二十多分钟而已，买手机的时间应该挺充足的了。要买什么牌子？"

"上去看看再说吧。"炎宏低着头摆弄着手表，一会儿远一会儿近地端详着。

三层的手机专柜比手表眼花缭乱多了。但在炎宏眼里都大同小异，什么CPU、处理器、双核三核，他统统没有什么概念，唯一知道的是，买一部新手机可以或多或少地为他的生活带来点新的乐趣——游戏也好，或者其他什么有趣的应用也好。

也许正是出于以上原因，买手机的过程异常迅速，一刻钟不到，导购员拿着钥匙在手机屏幕上咚咚咚连续砸了一阵，便俘获了炎宏的芳心。

"最新的机子，绝对耐用，速度也很快。"服务员一边包装，一边喋喋不休地说着。

两千五百元的手机加上一千八百元的手表，炎宏自问这应该是对自己最大的一次投资了。

"我要是你，就干脆再买一身衣服和鞋子。"自动扶梯上，斗魏提议道。

"为什么？"

"这样和你新买的手表和手机比较搭配嘛，再者，衣着是很容易让人看出你改变的地方。"

"我为什么要让别人看出来？"炎宏说道，心里却止不住地想到了那个女孩。

"我只是给你提个建议而已，至于你采不采纳，就不关我的事了。我只是觉着一个男人应该懂得对自己投资，这可是一本万利的事。"

九点半，炎宏掂着一身衣裤与斗魏并肩走出商场。其间还用新手机接了老妈的一个电话，嘱咐他马上回家。

"我打车回去，你路上慢点。"炎宏伸着懒腰说道。

"不散散步了？"

"不了，家里催得急，我要不回去，他们也不睡。"炎宏笑着摇了摇头。

"好吧，"斗魏跨上自行车，骑了两下，似乎想起什么似的回身喊道，"明天来我家吃饭吧！"

"明天？"

"对，明天。你都请两顿了，我自然要主动一点了。"

"今天这一顿不算在我们两个人之间，你算是坐陪。"

"怎样都行，那你明天来不来？"

"自然去。"炎宏毫不犹豫地说道。

从 T 市到 X 县可不像去景家镇那样方便，要先坐 98 路公交到郊外的邢丹路口，再转 99 路，这一个来回便是两个半小时。弥漫着汗臭的车厢内，三十个座位满满当当，空地不是杵着脚便是放置着各样杂物，窗外雾霭弥漫。闷热的八月，此情此景格外难熬，炎宏甚至有些后悔踏上这趟客车。

昏昏欲睡的五十分钟后，炎宏在邢丹路口下车，又等来了 99 路。这辆客车上的情况没有丝毫改观。

上午十点半，炎宏总算到了 X 县的县中心。然而，站在这个小县城的马路牙上，炎宏忽然觉着迷茫。

他不知道在这座小县城里该从何查起。他只知道蕾慧的姓名，除此之外，甚至连一张童年的照片都没有，该怎么让别人辨识？

不过纵有如此这般的困难，炎宏也只能义无反顾地前行。现在的他在拼一幅巨大的拼图，不能少了任何一块。他没有忘记向安队长许下的两周之内给他一个满意答复的承诺。

炎宏捏了捏鼻梁，将笔记本摊开，上面有几页布满了密密麻麻的文字，他一边看一遍行走在路牙上，脑中同步整理着思路。

"邓辉平时负责打理罗伟的汽车，那么也有可能独自一人开着罗伟的汽车出去办事。这样在理论上就有了足够的时间与机会让列杰在车门把手上留下指纹，例如让他拿东西，或者帮忙开下门。接着他再将这个门把手卸下，更换一个新的把手。到了罗伟遇害的当天，他只需趁机将那个印着列杰指纹的车门把手安上，再裹上一层透明的保鲜膜之类的东西，就完全可能让指纹在雨水中存留。这样，列杰的指纹便出现在了作案现场。如果列杰是无辜的，我能想到的关于他的指纹出现在这种地方唯一合理的解释就是这样。列杰与邓辉一定有过私人的交集，但是列杰却回答从来没有在和邓辉独处时碰过车，这完全不能支持我的这个推论。列杰如果是被陷害的一方，他的证词绝对不会有错。邓辉说他和列杰没什么交情也应该没有说谎，而且他没有这个胆量，列杰就在局子里看押，他若说谎，我们马上可以拆穿。难道邓辉能用什么方法在不和列杰碰面的情况下，让列杰在车门把手上留下指纹？"

"嘀！！！"刺耳的喇叭声仿佛锐齿横生的钢锯将炎宏的思路笔直地切割下来。

"没长眼是吧？你再走快点我看看来？"一辆小型面包车的驾驶座上，一个看上去二十多岁的小年轻叼着烟卷仰首朝炎宏吆喝道。炎宏此时才发现自己已经走到了一个十字路口，前方亮着红灯。

"我想向你打听一下，你知不知道县里有一户姓蔷的人家？"炎宏踱步过去，问那个小年轻。

"有病吧。"面包车车头微微转向，擦着炎宏的前胸直直开了过去。

噼里啪啦的鞭炮声越发地近了。邓辉拢了拢身上的西装，又瞄了眼鞋子是否干净。

"一会儿下去了可要记着开门关门。"副驾驶的邓耀嘱咐道。

"就数你小，还就你事多。这还用你说？"邓荣撇着嘴喊道。

"那没办法啊，谁让我结婚早呢？我要不想全面点，到时候我媳妇还不得说我没用？"

救赎游戏

"行啦，今天这好日子就别吵了，你们俩什么事都争来争去的。邓耀，你已经是大小伙子了，结了婚可不能再耍小孩子脾气了，要独当一面了。"

"知道了大哥，你放心吧。"

"知道个屁！"邓荣愤愤地说道，"女朋友女朋友找不到，大哥给你介绍的吧，找到了不会哄，闹了几次分手都是大哥出面解决的吧？十一万的礼金家里给了你两万块，大哥给了你八万块，你自己呢？一共就弄了一万，其中五千还是找那帮狐朋狗友凑的。打工挣的钱到手就花，就你这德行，没大哥怎么活？"

"行啦老二，你少说几句吧。"邓辉拍了拍邓荣的肩膀，顺势看了看邓耀有些憋屈的脸色。

"哎呀大哥，你和妈就这样惯着他吧！我也不知道妈怎么想的，数他没出息，还就要惯着他。我平时都说不得，你就更别提了，整个一为他服务的用人。钱不够了找你要，出了事找你想办法，用完你了什么都不说，该怎么样怎么样。他欠的那五千块钱你别管他，让他一个人还！"

邓辉有些尴尬地看了眼车上的司机，不过司机似乎对这司空见惯，只是一门心思地开着车，不时传来一阵颠簸。这也是他为弟弟在市里找的车队，清一色的宝马奔驰，打头的这一辆是奔驰S65。租金虽然昂贵，但是为了弟弟这一辈子仅有一次的大事，邓辉仍然觉着值得。

又直行了两百多米，车辆驶进了松林村，也就是女方家的所在地。这个村子与他们住的黄海底村仅有一地之隔，农忙时节两村的人基本都会在那片土地上打上几个照面。但就经济发展水平来讲，松林村要比黄海底村好上很多。早在七八年前，松林村便实现了全部的道路水泥化，而且现在村内电线、网线一应俱全。而黄海底村不要说家家户户都入线缆，除了过村段和入村口处的两条硬化水泥路外，其余的地方一脚踩下去就是一鞋底的泥。所以这段婚事公开的时候，两村没少有人嘀咕：刘秀娟家条件也不坏，人长得更是水灵，怎就嫁给了邓耀？

刘秀娟，这是那个女孩的名字。

下了车，空气中满是硫磺的味道。从村口开始，踩着一层层还冒着硝

烟的粉红色鞭炮纸屑，邓辉一行人行至女方家门前。门口处，邓辉又向来帮忙的朋友交代了一遍在几个重要的时间节点该做些什么。

入门后，双方先是寒暄了一阵，声音平淡得像是在播放一卷录像带。随后便开始叫门，不过气氛也没有炒起来，伴娘仅仅讨要了四个红包便将门打开。布置一新的闺房里，刘秀娟端坐在铺着红色床单的床上，穿着洁白婚纱的刘秀娟如出水芙蓉一般，红色的唇，黑色的眸，粉色的手花。

芥末面包和掺着醋盐的可乐并没有派上用场，刘秀娟那句淡淡的"他受不了芥末味"让几个伴娘马上收手，打消了作弄邓荣、邓耀的念头。

随后找鞋的环节，邓耀像是早有目标一般从床脚的一堆琐物中翻出一个用竹片编的手包，两只鞋子都在里面。

"还真是在这里啊。"邓耀小声嘀咕道。刘秀娟则叹了口气，笑了笑，似乎想着什么事情。

休息了片刻，邓耀便按照规矩将新娘背了起来，往外走去。大门外的烟花组早已准备到位，哔里啪啦的一顿欢响后，邓荣急走了两步，打开了头车的车门，迎着后面的弟弟和弟媳。

"这可是我哥从市里租来的，三百多万呢！"邓耀将头撇到刘秀娟耳边，自豪地说道。而刘秀娟仅仅是垂了垂眼睑，默不作声。

"大哥呢？"将刘秀娟放进车后座，邓耀四处寻着，"手捧花忘拿了，让他……"

"你能记着啥！大哥在村口布置你要的那个心形鞭炮呢，你说你离得了谁？"邓荣一边吼着，一边无奈地返回去拿花。

车队开始缓缓前行。村口处，心形的鞭炮转瞬间便燃烧殆尽，化为一堆纸屑。望着烟尘中逐渐消失的头车，邓辉随手拦了队尾的一辆车，坐了上去。

到家后，邓耀的母亲望着新儿媳，开心得合不拢嘴，父亲也享受着街坊邻居的奉承。随后便是合影照相的时间。

"辉子。"母亲嗑着瓜子，右手招了一下，唤着邓辉。

"怎么？"邓辉笑着走了过来。

救赎游戏

"你怎么还在这里待着？你和你那几个朋友先去酒店看看东西都布置好了没，这路也不近，别到了那里再出什么岔子。你弟这么大的事，方方面面都要想到，别老要我说。"

邓辉看了下正在和伴娘合影的两个新人，犹豫了一下，刚想答应，邓荣却喊了起来："你让哥现在走啥啊，全家福都还没照呢。酒店那边有啥好操劳的？还不都是大哥找的人安排好了一切？妈，你惯老三惯得太过了，咱现在这个家大事小事靠的谁啊？不都是大哥？"

"怎么跟你妈说话呢？不能好好说啊？"邓父低声吼道。

"靠他不应该啊？"邓母将瓜子皮猛地抛了出去，有些不悦。

"行啦，别和妈吵了，老二。"邓辉拍着邓荣的肩膀说道，"一辈子一次的大事，周全点是应该的，全家福回来也能照。"

邓荣似乎有些不耐烦，直接转身走向大院里伴娘簇拥着的两个新人，耳语了几句，接着伴娘们都散开来。

"来，哥，还有爸妈，过来吧，咱全家先照一张。"邓荣招着手。

邓母邓父整理了一下衣装坐在最前排，后面则是三个兄弟和刘秀娟。

"来，看镜头了，老先生、老太太，别笑得连眼睛都睁不开了。一、二、三！"

白光一闪而过，镜头中的五张笑脸还算灿烂。

下午四点半，斗魏特地申请提早半个小时下班——自然，昨天刚刚落幕的市第一届中学生演讲比赛的新闻稿他已经整理完毕了。他收拾了一下桌面，穿上运动衫。

"哎呀，这个月的听说读写成绩榜又出来了啊！又是第一名啊斗魏，还是全对。"推门而入的同事笑着说道，"次次拿第一，什么字都会写，音标也都对，你这家伙真是一本活字典啊。"

"没事就捧着本字典在那里看，他不得第一谁得第一！长得又帅！"新来的女记者苗倩似乎对斗魏大为倾心。

"过奖过奖，运气比较好而已。"斗魏整了整衣领，"我今天有点事情先走了，涛哥。稿子我已经上传到编辑部了。"

"走吧，这两天你跟进得也有些辛苦。"年长一些的涛哥大手一挥便扭脸走向自己的办公桌，一把拉过旁边的座机。而斗魏掏出手机，马不停蹄地离开了。

"听声音你似乎有些疲惫，说吧，想吃什么，我买去。"报社楼下，斗魏笑着冲电话那头的炎宏说道。

"就做你最拿手的好了，荤素搭配啊，不能因为是家宴，配置就低了。"炎宏在那头开着玩笑，声音听起来沙哑而低沉。

"市局里的公务人员到底还是有相同点，说话都是滴水不漏，重不重点都是一把抓。放心吧，亏待不了你。"

"嗯，我一会儿也就到了。"炎宏说道。斗魏的耳机里传来公交的车门开关声以及隆隆的公交行进声。

跨上车座，斗魏骑向了报社对面的羊市街菜市场。

炎宏是晚上七点半到的斗魏家。本来六点就已经到单位取回了车子，但是细想一下，头一次去别人家里做客，灰头土脸似乎不太体面，于是又折回到家中洗了澡，换了身衣服才往斗魏家中赶去。

经贸学校家属院三号楼一单元六楼，炎宏敲了敲西门。少时，里面传来熟悉的招呼声。

"嗯，可算来了，还以为你出了什么事。"斗魏开门时，天气预报的片头曲刚好飘进炎宏的耳朵。

"嗯，又回了趟家，耽误了一点时间。"炎宏在门外的门垫上蹭了蹭脚，轻轻地将身体探进屋内。

"这是给阿姨买的，一箱牛奶和一些水果。在呢吧？"炎宏将东西递给斗魏，小声问道，眼神也飘忽着。因为他心里清楚，儿子等朋友吃饭等到这么晚，家长心里难免有些不高兴。

"还挺客气啊，"斗魏笑着接了过去，"来吧，在这里等着呢。"

客厅里，炎宏见到了斗魏的母亲。不愧是能传给斗魏如此优秀外貌基因的女性，虽然已到中年，而且一眼看去就有些病态，但不管是分明的眉目，还是匀称高挑的身材，都显示出她在年轻时应该是一名绝妙的美女。但不知道是不是因为斗魏提起过的糖尿病的原因，皮肤有些暗黄。

"你就是豆豆经常说起的那个警官朋友吧？我叫孟颖，是他母亲。"斗魏的母亲起身，微笑仿佛是漾开来的水纹，异常美丽。

"哦，是。豆豆？"炎宏笑着将脸扭向斗魏。

"那是我小名。"斗魏也笑着，撇了下嘴。

"好啦，你们两个别在这里傻站着了。我去盛饭，你们俩把桌子收拾一下吧。"孟颖起身，翩翩而去。

"阿姨的气质真棒。"炎宏收拾着饭桌上的杂物，头也不抬地夸赞道。

"那是。"

"你爸呢？"

"他晚上有事，估计不回来了。"

"唉，真羡慕你有个上班的老爸。我爸退休了，天天在家叨叨这叨叨那，还总催着我结婚。"

"都是这样的。"斗魏平静地说道。

"过来端碗端菜了，两个小帅哥。"孟颖的声音似乎充满了欢愉。

"走吧，看看我的手艺。"斗魏将擦桌布扔回桌下。

厨房里，未被抽油烟机清出去的残余蒸汽混杂着浓烈的菜香味扑面而来。淡黄色的案板上放着糯米排骨、清蒸鲈鱼、干煸娃娃菜、土豆蒸菜四道菜品，还有一盆西红柿鸡蛋汤，主食则是米饭。

餐桌上的氛围出人意料地轻松，饭菜的可口程度也大大出乎炎宏的意料。

"所以你现在还是单身咯？"孟颖笑眯眯地问道。

"嗯，单身。"

"哈，长得也挺帅的，没女朋友啊？让豆豆给你在报社寻思一个，他们那里小姑娘挺多的，平时没事就见他给那些女孩打电话聊天。"

"哦？"炎宏贱笑着将头转向斗魏。

"都是她们先给我打的。"

"那你就不能不这么挑？赶快领回来一个给我们看看！"

"又不是菜市场买菜，哪那么容易啊，妈。"斗魏无奈地指了指饭桌说道。

"真是不让人省心。"孟颖摇了摇头。

饭后，斗魏带炎宏来到了自己的卧室。一间十几平方米的屋子内摆放的东西和炎宏的卧室大同小异，只是书似乎更多一些，而且不像炎宏那样一本本摆得像高楼一样，而是有条不紊地摆在书架上，类型从小说到工具书，应有尽有。

"你这知识都学杂了啊，当记者真是可惜了。"炎宏随手抄起一本电脑方面的工具书翻看着说道。

"学杂了总比没学到要强，多看看书还是有很大好处的。"

"这倒是。"炎宏说道，"电脑里有什么好玩的东西？"

"游戏的话有暗黑和魔兽，如果是小电影，那确实没有。"斗魏耸了耸肩，打开主机，一阵轻微的震动声后，屏幕开始闪烁。

"啊，真是一朵出淤泥而不染的白莲花啊，同学，品位真是高雅，像我们这种就没办法比咯。"

"我只是单纯地说电脑上现在没有那种电影而已，又没有贬低什么，非要这样呛回来，肚子里的饭菜都还没消化呢就想翻脸啊？"

"你，"炎宏上下打量着斗魏，"觉不觉着自己现在有些话唠了？"

"是不是特有成就感？"斗魏瞥了一眼炎宏。

电脑里除了那两款游戏外，还有不少经典的动画，例如《灌篮高手》《网球王子》等。余下的就是一些 NBA 的篮球比赛视频，绝大部分是休斯敦火箭，湖人与马刺的也有一些。

"还是个篮球迷吗？"

"嗯，高中的时候姚明入选火箭，从那个时候喜欢上的。"

"我还以为像你这种人，兴趣应该是茶艺、钢琴、小提琴之类优雅安静的。"

"以貌取人不靠谱，以性格取人更不靠谱。"

救赎游戏

大概九点的时候，斗魏的父亲回来了。两人在屋内听到动静都不约而同地站起来往外走去，当时孟颖正接过丈夫递来的外套往墙上挂。

一个身材匀称、戴着眼镜的斯文男人，说话虽然细声细语，却透着一股子精神。

"这就是小魏的那个朋友吧？"男人的目光移到炎宏身上。

"对，叔叔，我叫炎宏，市公安局的。"

"哦，不错不错，同行了，都是市局的。我是供电局的，叫褚盟力。"男人说着，将右手伸了过来。炎宏愣了一秒，微笑着和褚盟力握了握手。

"行啦，你们玩去吧。豆豆，拿些水果什么的。"孟颖在一边嘱咐道。

折回屋中，两人坐在电脑前看比赛的录像，但是气氛有些不同。

"你难道不想问点什么？"斗魏盯着屏幕说道。

炎宏摇了摇头，说道："你若想说，会告诉我，不想说我也没那么八卦。"

"我很小的时候父亲就去世了，刚才那个褚盟力一直很喜欢我妈，从我爸走了之后就一直追。到最后我妈看他心意很诚，也没结婚，没负担，就答应了。现在住的房子便是他的。"

"那你和阿姨之前在哪里住？"

"省一建家属房。"

那是 T 市有名的旧城区，房子的结构还是筒子楼，且年头已经超过四十年。多次旧改未遂，就是因为其中一些钉子户置换要求太高，从而影响了其他大多数住户的利益，有些同意旧改的住户直到去世也没能住上新房。

"嗯，人看起来确实不错。"炎宏的评论一带而过，像是要尽快翻过这一页。

随后，炎宏和斗魏又研究了一下那部新买的手机，安装了一些应用，直到炎宏的母亲打来电话。

"我得回去了。"炎宏挂掉电话说道。

"嗯。"

斗魏站起来，和炎宏前后脚走了出去。客厅里，炎宏跟孟颖和褚盟力寒暄了几句后便告辞了。

"路上慢点啊。"楼道里，斗魏喊亮了声控灯，朝炎宏挥了挥手。

"嗯，有机会我可还要来尝尝你手艺的。"

"随时奉陪。"

八月二十五日的晌午，按照三天前的约定，炎宏和张晶再次面对面地坐到了一起，这次的地点是一家西式自助餐厅。菜单上的自主档次分为四十五元、五十五元以及六十五元三档。每一档都比前一档多了近十种菜品小吃。张晶在浏览了一遍菜单后表示五十五元的就可以，但是炎宏坚持选择六十五元的套餐，理由是他想吃其中一款番茄海鲜意面。

"你是真的喜欢吃番茄意面还是仅仅为了面子？"在炎宏交过钱后，张晶叹了口气说道。

"真的喜欢吃，"炎宏笑着说道，"从中学开始就喜欢吃番茄味的零食，薯片也好，膨化食品也好，甚至现在去单位吃早餐买煎饼也要加番茄酱。"

"其实我刚才看了看菜单，四十五元的就完全可以了。我就是怕你以为我客气，才点了个五十五元的，就这也没能拦住你。"

"既然做东，自然要尽善尽美了。美人配美食不是更好？"

"老实说，印象中能对我这样心平气和地说这种话的，你是第一个。"张晶直视着炎宏，嘴角翘了翘。

"过奖了，同学。"炎宏也直视着张晶，"前两次见面的时候没有察觉，我发现你和我的一个记者朋友性格挺像，都是属于那种有些理性，不管什么事情都能摆在台面上加以分析的类型。"

"那你觉着我们这种类型怎么样？"张晶的右手小指将发帘撩向耳后。

"很棒，很省心。"

开餐的速度很快，因为几乎所有食材都只需经过简单的处理就可以端上桌，限量的牛排、大虾或者不限量的比萨、鱿鱼圈，以及炎宏最爱的番茄海鲜意面。

另一边的张晶口味则要清淡许多，西瓜、火龙果、沙拉、橙汁以及香葱面包。看来她说四十五元的套餐就可以满足她并没有说谎。

"最近学校有什么新鲜事？"也许是吃饭后炎宏觉着有些安静，主动挑了一个话头。

"新鲜事？似乎没有。"张晶鼓着腮帮，沉思着，"啊，对了，列小朵病了，有几天没来了。"

"病了？什么病？"

"她母亲在电话里也没有细说，只是说孩子不舒服，需要休息一段时间。"张晶将一块火龙果用叉子送进嘴里。

"什么时候病的？"

"前天。"张晶耸了耸肩。

"看来病得不轻，挺好的孩子，可别出什么事。"炎宏顿了顿说道，"你没有对她的母亲说我去过那里吧？"

"放心，我答应过你不会把你来的事情说出去，就一定不会说的。"

张晶此时已经吃完了自己叫的东西，将餐具规整地摆回原处，打量着炎宏。

"不吃了？"

"嗯，饱了。"

"以后不能和女生出来吃自助餐了。"炎宏摇了摇头。

"那你们男人和女生出来都想去干吗？"张晶撑着下巴将脸凑近炎宏，炎宏下意识地往后缩了一下。

"哈哈哈哈，我还以为你很淡定，没想到也是挺害羞的一个人啊。"张晶大笑起来。

"哪有？"

"分明就有，"张晶一口咬定，"该不会以前那些故作轻松的玩笑调侃也是装出来的吧？"

"就当是吧。"炎宏无奈地叹气道，"你真的什么都不吃了吗？我离吃饱可是还有些距离的，你要等等我了。"

"自然，等就等吧。在幼儿园里，我最不缺的就是耐心。"张晶又撩了撩头发，"不过，你能不能讲讲你们单位最近发生的大事？"

"现在这个案子中最大的嫌疑犯已经放出来了，其余倒是没什么大事。小偷小摸的案子每天都有，不提也罢。"炎宏将一碗西湖牛肉羹一饮而尽。

"重获自由一定很高兴吧？"

"自然咯，出去前把我们每个人都拥抱了一遍。"

"其他呢？你们单位难道没什么轻松点的八卦消息？例如谁和谁谈恋爱了，谁和谁闹别扭了，等等。"

"到底是女人。"

"只是随口一问啦。"张晶抿着嘴笑笑，"对了，一会儿我想在商场里买件衣服，你给参谋参谋？"

炎宏猛地抬了抬身子，接着又俯身回去。

"怎么了？"

"不怎么，只是听到你要在这里买衣服，想起了一些和案情有关的事情。"炎宏顿了顿说道，"这个案件中的死者在遇害时所穿的衣服就是在这里买的，北国商城。"

"哦？还有这种事？"

"抱歉，没吓到你吧？"

"这倒不至于。"

"那一会儿一起去吧！我再点一轮就好。这里的食物虽然精致，但是量太少了。嗯，服务员！"炎宏朝不远处的服务员招了招手。

又吃了一份意面、一份鱿鱼圈以及一杯冰激凌后，炎宏示意张晶可以走了。

"我们吃得还挺快，十一点四十分开始，现在才下午一点而已。"炎宏瞄了一眼手表。

"倒没注意你手腕上多了一块表。"

"刚买的，还可以吧？"

"颜色很配。"张晶顿了顿，"下午几点上班？不着急吧？"

"两点半，有时间的。而且我现在负责外围，回不去打个电话就好。"

张晶点了点头，便在前面带起路来。他们现在所在的位置是北国商城的七层，而女装区在四层，和杰尼亚男装仅一层之隔。

"对了，你今天又休息吗?"

"不啊，只是换了个班而已，"张晶在衣架前一件件地掠过，"你今天邀请我出来吃饭，若是再上班的话，时间有些紧了，所以我和其他同事调了个班。你觉着蓝色怎么样?"

张晶将一件有些蓬松感的连衣裙在身上左右比着。

"嗯，蓝色确实不错。"炎宏歪着脑袋说道。但其实炎宏不太喜欢穿着蓬松衣着的女孩，毕竟贴身的衣物才最适合女生穿，可以将身体的曲线毫无保留地衬托出来。

"不过是不是有些太蓬松了?"张晶看了一眼炎宏，低着头打量着比在胸前的连衣裙，左右的衣摆竟然将自己穿着 T 恤的身体严丝合缝地包了起来。张晶本来满怀期待的脸瞬间有些失望，摇了摇头，将连衣裙递回到导购员手中。

"显得我好胖，若是买这件衣服，有些亏。"张晶双手叉在腰上轻轻捏了一捏，然后抬头对炎宏调皮地笑了一下。此时，炎宏几乎是本能地被某种东西吸引了，那种看起来天然纯粹的少女情怀。

"这种衣服就是蓬松的样式，您穿上就知道了，一点也不显胖。"导购员自然要为自家的商品辩解两句，但张晶摇了摇头，目光向其他柜台飘去。

"去那里看看吧。"张晶的手肘碰了碰炎宏，朝另一个柜台走去。

这一次张晶的选择刚好贴合了炎宏的审美，紧身黑色无袖连衣裙，白皙的双肩和柔美的锁骨若隐若现。从试衣间出来时，张晶在镜前转了一圈，目光凝视着镜中同样盯着自己的炎宏。

她谁的意见都没再询问，温柔地打断了喋喋不休直夸她配这身衣服的导购员，让她包了起来。

"一共八百六十五元，前方结账。"导购员伸出右手引导着张晶。少时，张晶拿着小票折回。

"你们女人的衣服就是贵，八百多够我买一身了，布料也比你这一件多出好多。"炎宏咂着嘴说道。

"你们男人身上的衣服就是一件衣服，女人身上的衣服可就不一样了。"张晶晃了晃手中装着衣服的纸袋。

"有什么不一样？"

"自己去想。"张晶嬉笑着转身，迈开步子。

随后在张晶的建议下，他们又去五楼看了看户外用品。地理系毕业的张晶对于旅游和野营有着独特的喜好，工作后虽然基本没有了出去玩的机会，但得空还是经常会去一些野外生存的店铺，随手买些自己看得上眼的东西。

在陪张晶看一顶野外的四人用帐篷时，炎宏的肩膀被谁拍了一下。炎宏扭过头去，却看到了罗雪。

"我应该换上那身新买的衣服的。"这是炎宏的第一反应。

"巧啊，在这里碰到你了。"罗雪笑眯眯地望了一眼炎宏，并且用极快的速度打量了一番张晶。

"朋友？"张晶向炎宏笑了一下，炎宏只是点了点头，接着张晶向罗雪伸出右手。

罗雪"哦"了一声，勉强握了一下。

"我是他朋友，他办案的时候认识的。"

"嗯，我也是。"罗雪看了一眼炎宏，细声说道。

炎宏的内心有些惶恐。原因很简单，他不想让罗雪误会。那些朋友以上、恋人未满的少男少女在还未捅破那层窗户纸时的纯真而美好的关系与憧憬是经不起如滚落巨石般的误会的。所以他想说些什么，一些能够抚平罗雪心态的暗示。

"小雪姐，怎么跑那么快啊？炎警官？"小跑过来的邓辉打断了炎宏的思考。

"哦，你也来了。"炎宏瞥了一眼邓辉。

救赎游戏

"嗯，这不蔷总的公司批下来了嘛，现在暂时租了易隆商业街的一套楼房做总部。那些办公室里的用品，蔷总联系了一个朋友，都批发完了，只是她的那个办公室想自己布置，所以叫我来陪着她转转。"

"蔷总。"炎宏不屑地想着。比起邓辉，他现在更讨厌蔷慧。

"没见蔷总啊？"炎宏将"蔷总"两个字说得很重。

"她去卫生间了，本来让我们在后面那里等着呢。我一个转脸小雪姐就不见了，原来是跑你这来了。"

"哦，是，"炎宏点了点头，接着问道，"听说家里有喜事了？"

"蔷总说的吧？"邓辉挠了挠头，不好意思地笑了笑，"弟弟不懂事，什么都要我操心。"

"总之还是要恭喜。"炎宏敷衍了一句。

"嗯，等我结婚的时候，炎警官一定要来捧场。"

"嗯，一定。"炎宏嘴上应着，心里想的却是能不能有这个时候还要另说。一旁的罗雪也撇了撇嘴，将目光移到邓辉身上，或者说邓辉周围。

"走吧，去看看刚才的衣服，我妈出来找不到我们该着急了。"罗雪径直折了回去，邓辉急匆匆地向炎宏招了下手，追了上去。

"这女孩不错。"张晶冷不丁地评价道。

"嗯，你也不错。"炎宏笑着回道，但是心里对罗雪那种爱慕的感觉因为张晶的这句评价又膨胀了几分。这个小插曲后，两个人又上楼转了起来。

"女朋友啊，警官？哈哈哈。"不经意间，炎宏听到一旁导购员的笑语，扭脸望去，正是杰尼亚专柜的那几个导购员笑着望向这边。炎宏本能地望了一眼张晶，而她似乎没太在意这些。在炎宏望向导购员时，余光中的张晶似乎还笑了笑。

"又来查案啊，警官？"那名年龄稍大的导购员打了声招呼。

"哪里，这地方归根到底是放松心情的。"

"破了吗，案子？"这个导购员对案子出乎意料地关心，不过炎宏只是笑着摇了摇头，他们也就没再多问。

"你看你们男人的衣服也不便宜，不也是大几百？"张晶在架子前看着一件件的服饰。

"其实在同样地位的品牌中，女装比男装是要贵一些的。"那个年长一些的导购员笑着朝张晶走了过来，"让他买一身吧，穿出去多有面子。这都是才到的新款，挺适合他的。"

"刚到的新款？"还未等张晶有所表示，炎宏便指了指其中一件衣服抢先问道，"那个不是罗伟穿的那一款吗？"

"对啊，他买的就是新款啊，这些都是六月下旬或者七月份刚到的货。"导购员用手托起一件罗伟死时穿的同款西装说道。

"怎么？和案情有关？"

"不，没多大关系，"炎宏摇了摇头，"我刚才不是说了吗，死者遇害时穿的衣服就是在这里买的。"

"哦，死者还挺有品位的。"张晶看了看西装的样式如是说道。

炎宏抬起手，瞄了一眼时间，对张晶说必须要回去了。张晶点了点头，两只眸子却依然望着炎宏，似乎在等着什么。炎宏知道她在等待什么——另一次邀约。老实说，炎宏心里非常抵触在感情上三心二意，他只喜欢罗雪，但是另一个他不得不顾及的问题，便是人的原始欲望——哪怕他现在和罗雪已经确立了关系，也无法否认对眼前这个曼妙女生的好感——姣好的面容，性感的身材，并且知书达理，最重要的是，和她相处炎宏觉着非常有趣，反而没有了和罗雪独处时的那种心理负担。

"等到破案了，出来好好放松一下。"炎宏模棱两可地说道。因为现在的他既不想迎合张晶，也不想拒绝她，这种态度让他感到非常懊恼却又无可奈何。

张晶点了点头，没再说什么。两人乘着扶梯一路下到一楼，出了商场大门后，两人互相打了声招呼，就此别过。

"时间总是不经意间从指间溜走啊，真是时光如水。"从大门慢慢挪进来的安起民脑袋微微垂着，挪到椅子上后将日历翻到八月二十八日，脸上漾着一层苦笑。其余的队员此时出人意料地安静，不乏一些欲言还休的家伙。

炎宏看着安起民微白的双鬓，有一种恍如隔世的感觉，几天前分明还是黑的。

针对罗伟的案件，市里再一次开会讨论，兼职常委的公安局长泉海清在这即将到时限的关口却还是无法说出个所以然。列席会议的市委常委除了正副二把手外，其余大多等级相近，泉海清难免被调侃一番，尤其是案件刚刚发生时他拍着胸脯保证一个月破案的举动更是遭到了一些不轻不重的玩笑。这让泉海清甚是恼火，却又无可奈何。他从来没见过这样的案件，除了一个模棱两可的嫌疑点，花费了大量人力的外围突破口竟然没有半点进展！这是之前类似案件中不可想象的。莫说这种疑似仇杀嫌疑人范围应该极小的凶杀案，哪怕是前两年市区里的人口拐卖案，也能通过动员大量警力施行最简单粗暴的排查法，前后共经过一万多个人的口供，推断出了凶手并将其一网打尽。

散会后，泉海清心中自然是不太痛快。案发后那天晚上市里召开的大会，市长和市委书记可是都在的，自己那一句保证相当于军令状。现在眼看到了时限，若是完不成，同事也好，上级也好，心里眼里都过不去，哪怕是手下，在得知这件事后，也肯定会在心里笑话他信口开河。

这份压力能和谁一起承担？自然只有安起民了。办公室正开会的时候，安起民就被局长的电话叫走了。虽然泉海清极力控制，负面情绪还是不由自主地溢出不少，上下级各自的难处也在一坐一站、一严肃一苦笑的场景中展现得淋漓尽致。

"反正也就剩三天了，我也不抱多大希望能按时结案了。说到底这也有我一部分责任，你们尽力就好，"泉海清叹了口气，右手摩挲着后脑勺说道，"但是我丑话说在前面，这个案子绝对不能成为悬案！舆论的压力我们担不起！"安起民点了点头，离开了。

"这两天大家也辛苦了。还剩三天时间，大家再坚持一下，下下功夫。按时破案的可能性不大了，但是不能松懈，也算是给领导、给死者家属一个交代。"安起民用低沉的嗓音说道，"行了，去列杰那里看看吧。今天该哪组了？"

"我和冯旭哥。"炎宏举手示意。其实他现在很怕和安起民的眼神接触，原因无非是他向安队长许下的那个承诺：两周时间内给一个满意的答复。虽说现在只有假设上的可能了，但是炎宏并未打算放弃，恰恰相反，他希望他笔记本里的那些线索可以在最后时刻凑成一幅完整的拼图，揭开最后的谜团。

"哦，开车去吧，路上慢点。"安起民招了招手。

炎宏迫不及待地用眼神示意了一下冯旭，接着两人便离开了办公室。

"唉，真没想到会是这样一个结果。"冯旭感叹道，发动了车子。

"估计安队长心里也不好受吧？"炎宏问道。

"最不好受的是泉局长，"隆隆的车声中，冯旭打了方向盘，车缓缓向大门驶去，"反正我觉着泉局长是特有涵养的一个人，对下属也好，但是吧，可能就是有点好面子。他去开会的时候绝对被挤兑了，想都不用想。都很难啊，咱们也确实尽力了，这一个月可都没歇过。"

"是啊，挺累的啊。"炎宏的身子往后仰了仰，伸了个懒腰，这一个月确实没有好好休息过。除了偶尔和罗雪聊聊天以及和斗魏的小聚外，这一个月似乎再没有其他的亮点了。但是反过来说，这两个人都让炎宏有些欣喜，也算是这个月最大的收获。

"昨天去邓辉的老家了解了点什么情况？"冯旭问道。

"他在家是个顶梁柱，除此之外的东西我也说不清，有些朦朦胧胧的。不过记得最清楚的就是他弟弟的新娘挺漂亮。"炎宏笑着回道。

"你这家伙，是干吗去了？"冯旭从后视镜上看了炎宏一眼。

二十多分钟后，车子行驶到北元路上。冯旭将车停到路边，和炎宏走进那个胡同。

炎宏攥着门上的铁片轻轻地敲着，当当的回音在胡同里格外响亮，接着便传来列杰的吃喝声和啪嗒的拖鞋声。

"今天换你们了，警官。"列杰开门时手上正端着半碗炒饼，往嘴里塞着。

"刚吃饭？"

"嗯，单位给我放了几天假，正好多休息几天，缓缓劲。"

"昨天下午到晚上这段时间去哪里了？"冯旭拿着笔记本低头问道。

"就出了胡同，买了点炒饼就回来了，别的哪里也没去。"

"嗯，"冯旭点了点头，对炎宏说道，"还进去看看吗？"

"随便。"炎宏看似没多大兴趣去完成这例行的公事。

"想进来就进来吧，就是乱点，也都不是外人。"列杰敞开右手，往里请着他们。

"算了，不打扰你吃饭了，"冯旭说道，"我们也还有事，就先走了。"

"那行，你们慢点啊。"列杰在身后踱步送着他们。

炎宏回过头看了看列杰和他手中的饭碗说道："早饭别吃太晚，对身体不好。"

两人上车后冯旭也嘀咕起来："现在看看，他确实不像凶手。"

"现在任谁看也不像了。"

"那你觉着会和你猜想的一样吗？蔷慧雇凶杀人，邓辉卸掉车门把手栽赃列杰？这样一来，他们两个都不需要不在场证明。"冯旭发动了车子。

"的确，而且如果真是这样，证据会非常难以搜集。蔷慧这样的人太善于隐藏了，若她是主谋，会非常困难。任谁第一眼看到她都不会相信她会偷情，对象还是自己老公的司机。"炎宏摇了摇头，"但是，这样一来，有三点值得商榷。第一，他们为什么那么肯定列杰在凶案发生时一定没有人证？第二，便是列杰的证词。这些证词似乎不足以支撑我的邓辉利用指纹栽赃列杰的设想，除非他有办法在不在场的情况下让列杰在车门把手上留下指纹。第三，我想雇凶的可能不大，对方很可能是一个和罗伟熟识并且有着很深矛盾的家伙。"

"为什么？"

"若是雇凶的话，凶手一般都是单独行动，而这一次罗伟是要邓辉直接送他到指定的地点。我想，凶手确实是罗伟约好的，但是在约之前，凶手应该和蔷慧、邓辉他们达成了什么协议，杀掉罗伟，各取所需。"

"但是你得到的罗伟当晚的行踪和说过的话都是从邓辉和蔷慧那里得来的，这样还可信吗？"

"起码外出时间和邓辉的归来时间是可信的，"炎宏点了点头，"我查看过酒店监控录像，当晚罗伟和邓辉确实是七点多出去的，而罗伟死亡时邓辉也确实已经出现在了酒店里。"

"若蔷慧是凶手的话，那些威胁信该怎么解释？"红灯前冯旭喃喃道。

"可能是想干扰我们办案吧。"

"这样一来，那个叫粟林的高中生就是恰好看到凶杀现场而被灭口了吧？"

"在这种假设下，粟林的死确实只有这一种可能了。"

"听起来似乎都说得通，你应该把这些想法汇报给安队长。"

"嗯，我会的。"炎宏按了按四白穴，闭着眼靠在了车座上。

回到局里，炎宏将自己的想法如实告诉安起民，而安起民也当场制定了新的工作方针，准备将重心移向蔷慧和邓辉。

下午，炎宏来到了蔷慧家中。之前打电话，蔷慧外面还有些应酬，而罗雪也恰巧不在。

两点半时，蔷慧打着计程车赶了回来，行色匆匆。炎宏则面无表情地站在小区门口望着她。

"等了很长时间吗？"蔷慧小跑过来。

"没有多长时间。"炎宏摊开笔记本，看着上面密密麻麻的字迹。

"那去家里说吧。"

炎宏点了点头，跟在蔷慧后面。

"炎警官，上一次你是不是误会什么了？我真的……"蔷慧试图解释什么，却不知该如何表达。

"回家说吧。"炎宏如此回道。

单元楼道口，蔷慧打开了报箱，取出订阅的报纸杂志。

"嗯？这是……"蔷慧发现报箱里除了订阅的报刊外，还有一个包装着塑料泡沫的信封，摸起来非常厚。

"怎么了？"炎宏看到蔷慧驻足不前，问了一句。

"没什么。"蔷慧抬起头回了一句，将那个信封收在手里，往楼里走去。

打开屋门后，蔷慧先去主卧换了身衣服，又端了一杯水给炎宏。

"这次来是……"蔷慧小声问道。

"这可能是我最后一次独自面对您了，蔷夫人。"炎宏摊开笔记本，静静地说道。

"是要结案了吗？"

炎宏几乎要笑出声来：是啊，你确实会盼着早些结案。

"不，只是我们的调查方向变了。过了今天，以后再来上门找您的，可能就不只我一个了。"

"我想您一定是误会什么了，我真的……"

炎宏挥了挥手，打断了蔷慧的辩解："其实这一次过来，我是下了很大决心的。老实说，我和您还挺处得来的，而且您的丈夫遭遇了这种事情，这个时候我来这里兴师问罪也很难为情。伹是正像我说的，公事公办，我没有办法。若您能配合的话，再好不过。"

"你的意思是？"蔷慧有些不能理解。

"我今天来是想再次向您证实一些事情。"炎宏将笔记本翻到某一页，把碳素笔夹在了里面，"您曾经和我说过您是在市里长大的，对吗？"

"嗯。"

"到现在您依然这么坚持吗？"

"请您有话直说。"蔷慧的眼神认真起来。

炎宏苦笑着摇了摇头说道："如果您自始至终都想撒这个谎的话，那您就应该把前后想得周全一些。例如，不要告诉我您的老家在 X 县。"

蔷慧的身体似乎颤抖了一下。炎宏摊开笔记本，推到蔷慧面前。

"我特地去 X 县拜访了一下。老实说，要打听一户二十多年前的人家可不是什么容易的事，但是好在市里领导非常重视这起案件，加上我们队长上下联系，那里的部门都非常配合。烦琐是肯定的，但我还是在你们县的档案中查到了线索，蔷这个姓毕竟挺稀少的。"炎宏将笔记本翻过一页，上面写着的名字蔷慧再熟悉不过：蔷顾才、刘娜。

蔷慧的呼吸急促起来，眼神也开始飘忽，似乎是想抹掉这些名字。

"您在八岁之前确实是在市里长大，这没错。但是在您八岁那年，您的父母因为在某次回老家看你奶奶的途中出了事故，双双离世。我在那里联系到了几个您父亲的故交，他们都可以作证，在您的父母离世后，您被舅舅带回了姥姥家里。"

蔷慧感觉胸口已经有些发闷了。

"而您姥姥的家，就是景家镇。"炎宏歪着脑袋，注视着蔷慧。

"这些信息和罗伟被杀没有……"

"还没有完。"炎宏再次打断了蔷慧。

"我在景家镇的钱镇长那里得到了一些挺有趣的信息。"炎宏向前翻了几页，说道，"罗总之前也经常去景家镇，您陪同的次数也不在少数。但是据钱镇长回忆，每当罗伟要去镇中走访的时候，您总是推脱不去。我很好奇，您在逃避什么？"

"没有，我没有逃避什么！你说的这些话是什么意思？"蔷慧有些激动，"哪怕我的姥姥家在景家镇，哪怕我确实没有跟着他往村里走，这又能说明什么？和案情有关吗？"

"我刚才已经说了，夫人，我来这里说这些也很为难。也许这些真的和案情没什么关系，但我也只是公事公办罢了。因为一些模棱两可的线索而怀疑一个熟识的人，这正是我为难的地方，但也是我的责任。"

"那我现在可以告诉你，这些都没有关系，如果没有其他的事，我就不奉陪了。"蔷慧站起身来，脸色有些阴沉。

炎宏定定地望了望蔷慧，脑海中思索着是不是要把那个录像拿出来，但最后觉着这样的举动，报复的心理要远远强过办案的心理，还是忍住了。

"还不到时候。"炎宏心里想着，微笑了一下，转身离开。而蔷慧自始至终站在沙发前。

"那我走了，阿姨，再见。"炎宏将大门从外面合上。

真是不好办啊，光靠猜测依然不行。她到底隐瞒了什么？

炎宏还未走出小区门口，手机响了起来，而号码显示居然是蔷慧。

"喂，还有什么……"

"炎警官你快回来！快回来！"那头的蔷慧语气十分急迫。

"怎么了？我马上到。"炎宏听着电话，小跑折返回去。

"总之你快点回来！"

门是开着的，没什么特别的动静。炎宏大踏步走进去后发现蔷慧并不在客厅，他便直接往主卧的方向走去。屋内，蔷慧正拿着一封信呆呆地坐在床上。

"怎么了？"炎宏走过去，蔷慧抬起头，将手中的信往前凑了凑，炎宏接到手中。

一封威胁信，方式和之前蔷慧给炎宏看的一样，是用裁下来的字粘到上面的。

"下一个就是你！"

这六个字被涂上鲜艳的红色。除此之外，还有一些复印的报纸以及网上的新闻之类的东西，都和二十年前景家镇的那场水灾有关。

炎宏叹了口气，神色有些黯淡。在蔷慧看来，这似乎是毫无头绪的表现。

"您估计是谁放在这里的？"

"我怎么会知道？"蔷慧有些惊慌失措。

"如果非要让您说一个人呢？一个和您与罗总都有过节的家伙。"

"没有，我真的不知道，真的。"蔷慧几乎要哭出来，"他在外面的关系我一概不知。"

"您的意思是，一个和您无冤无仇的家伙会寄这种信给您？"炎宏有些不耐烦起来，"蔷慧夫人，如果您一直是这种态度，我们也没办法帮您了。而且，刚才有件事情我没和您说，那就是现在局里已经将办案重心移到了您这里，至于原因，我不方便透露。如果您一直对我们隐瞒一些重要的情况，那只会让凶手逍遥法外。最重要的是，我们一旦开始调查，可能对您刚刚成立的公司会有很大的影响。"

"你在威胁我?"蔷慧立即反问道。

炎宏笑着摇了摇头:"我只是把即将发生的事情和诸多利弊摆在您的面前,至于您怎么选,就不关我的事了。"

蔷慧呆坐在那里,手中攥着那封信。一分钟、两分钟、三分钟……空气安静得几乎要凝固。

蔷慧的手又攥了攥,信纸发出沙沙的声音。炎宏摇了摇头,转身就要离去。

"等等,我说,我说!"蔷慧低下了头。炎宏转过身来,瞥了她一眼,摊开本子坐到了梳妆台前。

"其实我和罗伟不是正常途径认识的,这是我和他的一个秘密。二十年前的一个晚上,他强行占有了我,那时我才十五岁,是当地一个餐馆的服务员。"

炎宏拿着笔沙沙地记着,表情平静,似乎只是在听一篇朗读的课文。

"那个雨夜我记得很清楚,大部分领导都已经到村镇里面组织抗灾去了,而罗伟和几个朋友在我们餐馆吃饭,我在一旁服务,倒酒端菜,席间听他们讨论着如何应对这次矿上出的事故。当时罗伟已经不住地往我这里瞟了,散席后,他又指定让我帮他把剩下的酒搬到他的车上。他的车当时停在后院,因为还淅淅沥沥地下着雨,他将我揽到身边,披着一件雨衣。就在我把酒放进后备厢时,他把我摁在了车上,然后……"

蔷慧的眼眶此时已经通红,哽咽着说道:"那时我也小,完全不知道该如何应对,只是不住地哭喊。他当时对我说,我长得太像他刚刚去世的夫人了,他承诺会对我负责,并且会按月寄钱给我,将来会娶我。现在想想,和包养差不多吧。但我当时没有选择,我知道以他在当地的地位,我根本告不赢他,而且我的舅舅也绝对不会帮我。他们以为我的父母置办后事为名侵吞了所有遗产,然后把我扔给了姥姥,我一个本该在学校读书的十五岁女孩不得不去做服务员糊口。

当时我略微考虑了一下便答应了。后来他帮助我上了中学,上了大学，直到有一天，他真的向我求婚。老实说我当时真的很惊讶，我一直以为他只是拿我当消遣。

我答应了，因为我已经习惯了。弱肉强食就是这个世界的法则，强大的人再怎么不讲理也不会受到制裁，就好像大学里那些嘲笑我没爹没妈的同学，侵吞我父母遗产的亲戚，还有……那一晚强行霸占我的罗伟。我虽然对他没多少感情，但起码他确实是真心对我。能好好地过日子不被欺负，我已经知足了。"

"原来根本就没有什么感情，也难怪会做出那样的事了。"炎宏想道。

"在那之后他便收养了罗雪？"

"嗯，不只收养了罗雪，也捐了一大笔钱。毕竟矿上出了那么大的事情，不树立一个正面形象，你以为他还能在镇上把矿开下去吗？"

炎宏思索了一下说道："但是这件事情听起来不至于得罪了某个家伙，以至于要杀掉你们。"

"这我就不得而知了。"蔷慧摇了摇头，"我有两个请求。第一，你们不要把这件事情宣扬出去，不然对我们家庭来讲是极大的伤害，也会影响到我们公司的业务。要知道，我将来的客源有一大半是和罗伟有关系的。第二，我想请求保护，现在的我太不安全了。"

"我回去之后会向上级反映的，"炎宏走至衣架前，拿起几本《中年世界》，一边快速地翻看，一边说道，"但我建议今晚您和罗雪一定要转移到别的地方。"

"好的。"蔷慧愁眉不展地点了点头。

"一定要当回事，尤其是罗雪。若她不愿意，也要把她带走。"炎宏又换了几本，快速地翻阅着。

蔷慧依然只是点了点头。

炎宏将杂志放下，看着床上的这个女人，突然生出一股怜悯之情。

"等一下，我想问一下，您是从什么时候开始怀疑我不是在本市长大的？为什么会兴师动众地去查我的底细？"

"很简单，乡音难改啊，阿姨。"炎宏的脑袋垂着，直视地面，静静地说道，"难道您不觉着您的普通话并不标准吗？"

下午三点半，炎宏骑着车子往金龙大酒店赶去。由于是下午，顾客寥寥，只有一个没见过的前台小姑娘站在那里。

"请问徐丽在吗？"炎宏问道。

"你是？"

"我是她朋友，找她有点事情。"

"等一下。"小姑娘用座机按下一串数字，几声响后却是一个男人接的电话。

"喂，小李哥，丽姐在吗？"

"犯什么晕呢，她前几天请假的时候不是你接的电话？"电话那头，男人调笑着。

"啊，对对对，这里有人找她，我忘了她已经……"

"嘟嘟嘟嘟……"还未等姑娘把话说完，那头便将电话挂掉了。

"她请假了？"

"对。看我这记性，她请假的电话还是我接的呢。"

"什么时候请的假？"

"大概五六天前？唉，我真的记不清了，因为每天要接老多电话。虽然时间很近，但确实记不清楚了。"

"她有办公室吗？"

"有的，五楼503。"

道过谢后，炎宏乘坐电梯到了五楼，找到503。屋内一男一女玩着手机，南墙上挂着一块黑板，上面写满了扫把、纸杯以及其他琐碎物件，后面则标着数量。

"您找……"男人先抬头，并且机敏地将手机掩在了胳膊后面。

"徐丽姐请假了吗？我是她朋友。"

"对。"

"为什么请假？"

"只是说家里有点事情，看样子挺急的。"

"挺急的？"炎宏一边问，一边走到一张办公桌前，看起来这应该就是徐丽的办公桌了。

"对。她请假前一天看起来心神不宁的，下午临下班时交代我们这几天需要干什么工作，包括买什么东西、和谁联系，等等，第二天早上便打电话请了假。"

"没具体说什么事吗？"炎宏随手拿起桌子上的一张汽车宣传页，上面有一辆十六万元的速腾车图片被蓝色的圆珠笔圈了起来。

"没有，我们问过，她只是说有事。"

"她最近在计划买车吗？"炎宏挥了挥手中的海报。

"挺长时间了吧？"那女生向男人扭了下头，似乎是在询问。

"一个月了吧。"男人说着，点了点头。

炎宏看着那张宣传页，角上写着"蓝池集团小王"，后面是一串手机号。

"谢谢，麻烦你们了。"炎宏将那宣传页对折了一下，扇着风离开了。

炎宏本想直接往徐丽家去一趟，但是觉着时间有些晚了，决定推到明天。另外五点的时候接到了邓辉的电话，原来他依然记着炎宏对他说过的汽车把手的问题，炎宏推辞了一阵，闲聊几句便挂掉了。

八月二十九日，针对蔷慧和邓辉的第一轮外围调查开始了。但是炎宏向安队长委婉地表达了自己的看法：不要打草惊蛇，最好从周围的人群下手，了解他们和哪些人有来往等。安队长的初心也正是如此，毫不犹豫地答应了。

正当所有人都认为一切又将重新开始时，却出现了众人始料未及的情况。

"喂，队长！"电话那边，孟良的语气非常急促，而安起民此时正在联系几个邓辉的同事。

"怎么了？"安起民歪着脑袋，将手机夹在耳朵和肩膀之间，两只手翻查着一个电话号码簿。

"列杰死了。"

第十四章

密室凶杀

单位的烦心事也好，家里的烦心事也好，没有当上警察也好，人生就是这样，不知为何伤悲，又不知为何欢愉。唯一能做的，便是用积极的心态迎接每一天的到来。

卧室内，列杰穿着背心短裤仰面躺在床上，右手拿着一支仿五四手枪，右边的太阳穴被子弹打出一个血淋淋的洞口。

"早上叫门的时候发现大门是紧锁着的，怎么叫也不见有人。我和周政觉着不对劲，就翻墙爬进来了。客厅里没发现他，就来了卧室这个屋，没想到这个屋也是反锁着的，踹门进来后就发现列杰死在了里面。"孟良指了指眼前的场景。

"我们马上联系了局里，接着迅速侦查了每个房间，没发现什么特别，只是……"

"只是什么？"

"被砸了两下。"周政摸着脑袋说道，"他那个客厅的屋门上和客厅里面那个厨房门上扣着两个脸盆。"

"估计是防贼的吧，这小平房翻进来跟闹着玩似的。"孟良摸了摸脑袋说道。

"屋门和大门都是反锁的？"

"对。"周政肯定地点了点头。

"自杀？"安起民审视着现场，疑惑地说道。

"对了，我们还发现了其他一些东西。"孟良从兜里掏出几张老旧泛黄的照片递给安起民。一旁的炎宏也凑了过去，照片上的内容让他不由得睁大了眼睛：那是几张远景的老式照片，一个男人正俯身将一个女孩压在车上。

"这就和你昨天向我汇报的信息对上了，炎宏。而且看样子，这应该就是杀死罗伟的凶器了。"安起民戴着手套，捏起了那把手枪。

"凶手到底还是列杰吗？"炎宏望着眼前的场景想道。那鲜血已经顺着床单滴到了地上，汇聚成了鲜红而黏稠的一个点。

照相取证后，众人将列杰的尸体抬上了车。离开前炎宏最后看了一眼这个院落，朝气蓬勃的青藤似乎又长高了不少。

经过对比检验，那把手枪的子弹与杀死罗伟的子弹型号相符，而且枪上也只检查出列杰的指纹，指纹分布自然。经过解剖分析，死亡时间应该是当天凌晨一点左右。

"这也算是结案了吧，各位。"安起民的神情轻松起来。局里的领导结合炎宏反馈的蔷慧道出的秘密，经过研究，已经大致勾勒出了案件的情况：二十年前罗伟强暴了蔷慧，被列杰发现并拍照威胁。今年的七月二十九号，列杰约罗伟在车库见面并且威胁罗伟，提出了一些罗伟不能接受的要求。罗伟拒绝后，列杰恼羞成怒，杀掉了罗伟，却被路过的粟林撞见，继而杀人灭口。

至于案发时市里的某些录像里有类似列杰的身影，应该是列杰和同伙早就商议好的退路。若罗伟乖乖就范，则相安无事；若不得已要杀死罗伟，这些录像便是列杰的不在场证明。

案发后列杰赖过了审讯，却在今天凌晨因愧疚自杀。原因想必是罗伟生前对他给予了不少帮助，自己却恩将仇报。

"咱们去蔷慧家一趟吧，把情况说说，也算是给家属一个交代，正好也给你这一次负责的内围画一个句号。"安起民笑着对炎宏说道。

"嗯。"炎宏点了点头。

电话联系后，蔷慧约定在两点半见面。昨晚因为威胁信的缘故，蔷慧和罗雪是在市区一家旅馆过的夜。

见面后，蔷慧诉苦一般地将昨天下午的经历向安起民又道了一遍，安起民微笑着安慰了几句，并且将列杰自杀以及局里对案情的推断告诉了蔷慧。自然，那些照片也给了蔷慧，蔷慧看到后几乎惊讶得要蹦起来。

"这、这怎么可能?"蔷慧的双眸几乎要失去焦点。

"这里面的两个人应该就是您和……"安起民想要确认一下,蔷慧机械地点了点头。

"对于您的遭遇,我们挺同情的。现在真相大白,但是据我们推测,列杰应该还有帮凶,所以安全起见,希望这几天你们继续住在宾馆。确定了侦破方向,我们很快就会将另外的嫌疑人抓捕到案,您到时候也能安安稳稳地待在家里了。"

安起民说完准备起身告辞,蔷慧也起身准备相送。

"我去趟卫生间。"炎宏对安起民说道,匆匆地去了。出来后,炎宏习惯性地看了一眼旁边罗雪的房间。

"她还在宾馆呢?"炎宏问道。

"嗯,小雪还睡着呢。估计是吓到了,精神不怎么样。"蔷慧回道。

"哦。"炎宏又随意地瞟了一眼蔷慧的卧室。炎宏的眼睛突然睁大了一些,有什么东西吸引了他的注意。

炎宏走到床前俯身看了看,接着打开身后的衣柜。门外队长和蔷慧的聊天声传来,但炎宏就像是进入了真空一般,耳边尽是蜂鸣声,后脑勺也沉重起来。

"昨晚是邓辉来接你们去宾馆的,是吗?"

"对啊。你走了之后,我马上就联系邓辉找了家宾馆,然后让他把我和小雪接过去了,怎么了?"

"不,没什么。"炎宏的表情一瞬间黯淡了下去,转身打开门趔趄着走了出去。安起民寒暄了几句便追了出来,两人一同打道回府。

"结案了,好好放松放松啊。我跟你说,这次局长再上会腰杆可就挺直了,真是不容易。"安起民一边系安全带,一边说道,"接下来就是寻找另一个嫌疑人了。可能和咱们一开始怀疑的一样,就是两个人作案,另一个人伪装掩护,列杰则实施犯罪。只要明确了侦破方向,破案就很快了。"

"队长,可不可以把我送到报社家属院那里?"炎宏默默地说道。

"报社家属院?"安起民扭过头来,"怎么? 有事?"

"嗯，列杰的前妻徐丽就住在那里，我去问问，说不定有些线索。"

"好吧。"安起民犹豫了一阵，"这几天你也很上心，我知道你觉着这样结案有点说不过去，心里不舒服，但是别放在心上。有时候就是这样，无心插柳柳成荫，有心栽花花不开，只要能还死者清白就好。"

"我知道的，队长，其实您不用劝我。经过这个案子，我真的懂了挺多东西，以后我会变得更成熟可靠的。"炎宏的语气依然像是一股平行于地面的不轻不重的烟雾，虽然感觉不到任何实体，却有一股无法形容的东西扑面而来，安起民从未见过这样的炎宏。

"那就好。"安起民点了点头，发动了车子。

报社家属院位于市报社北面四五百米的地方，是一个具有三十年以上历史的老旧小区。说是小区，其实就是一条几十米长的巷子，里面有六栋单元楼。其中前三栋是老式的筒子楼结构，屋顶矮得不像话，而且每栋楼都散发出一股隐隐的霉味；后三栋则是后来翻盖的，刷上了黄色的漆，屋顶和架构也调整了一下，和前三栋筒子楼放在一起，扎眼不少。巷子口外面是一个值班室，里面有一对小年轻把这里当成了家，连值班带生活都在这小小的二三十平方米里。

炎宏径直走向新楼中单，来到了三楼的西门门前。

"咚咚咚。"炎宏轻轻敲了敲门，没人应答。炎宏又敲了几下，还是不见有什么动静。

"果然没在家。"炎宏心里想道，然后拿出手机拨打了徐丽的电话，但那头传来已关机的提示音。

炎宏走出巷子口，来到值班室前，敲了敲窗户，里面男主人的脸从电视上转了过来。

"怎么？"男主人推开玻璃窗，懒洋洋地问道。

"警察。"炎宏出示了警察证，接着男主人为他打开了一旁的屋门，顶着笑脸将他迎了进去。

"你认不认识这里面一个叫徐丽的住户？"

"认识认识，丽姐嘛！"那男青年似乎一下来了兴趣，身子向前探了探，"长得漂亮，性格爽快，怎么能不认识呢？经常聊天呢。"

"我想找她了解点情况，但是没找着。你知道她去哪里了吗？"

"我想想啊，好像确实有几天没见着了。"男青年思忖着，"最后一次见她好像是五六天前了吧？应该是中午十一点左右，领着孩子开车出去了。"

"车牌号能记住吗？"

"就记着后两位是 79。"

"你知道她租的那间房房东的电话吗？"

"我知道房东是谁，但是电话我还真没有。他是报社以前的一个老员工，你要找他电话的话，往前走几步到报社里打听下应该就知道了。那房东叫王栋，已经退休了。儿女孝顺，几年前接到新房里住去了，这才把老房子租出去。"

"谢谢。"炎宏起身告辞，接着打了个的，直接奔向交通局。

在电话和安队长沟通后，炎宏的申请得到许可，还是小亮与他对接。

"目标地点是报社家属院，时间是八月二十四日中午十一点左右。"

"报社家属院出发的话，有两种可能，一种是向东经过新华路与党民街的交叉口，另一种是向西，经过新华路与幸源街的交叉口。"

"都要看，一定要查到这辆车最后的落脚点！"右手扶在椅子上的炎宏目光坚定。

等待的时间比预期的要长得多，其间炎宏也耐不住性子快进了几次，最终在十二点十分的时候，在幸福街的交叉路口发现了目标车辆。

"这是十一点左右？"炎宏盯着屏幕上的时间，几乎要爆粗口。

接下来的流程要轻松许多，最后确定目标车辆拐上了银桥路。

"只能到这种程度了。"小亮摊了摊手。

"足够了，兄弟，"炎宏低沉地说道，拍了拍小亮的肩膀，"得空请你吃饭，光麻烦你了。"

"小弟应该做的，老哥。"小亮笑着回道。

辗转一圈后，炎宏来到了车辆消失的路段，也就是银桥路。四周望了望，居民区、酒店、超市、邮局一应俱全。

"真是个不错的地段。"炎宏迎着午后略微暗淡的阳光感慨道。

从监控录像上可以看出车是向右拐的，而且由马路行驶到路边，证明目的地一定在拐弯点附近。

炎宏的目光落在不远处的紫荆小区。这座只有四年建成时间的小区，配套设施和管理制度相当完善。

"师傅，请问是不是外来的车辆进入都会登记？"

"对，小区业主都配发了感应式的门禁卡，外来的进不去，我起杆的时候就要登记一下。"

"我可以看看这两天的记录吗？"炎宏的手已经伸进兜里，准备掏出警察证了。门岗却出乎炎宏的意料，并没有多说什么，直接将一本登记册递给了炎宏。

炎宏将日期翻到前天，几乎是一眼发现了那条车牌登记信息：冀E26479，黑。

"谢谢。"炎宏微笑着将登记册递还回去。

小区的风景属于中上，面积虽大，但是结构并不复杂。一共二十四栋楼，平均分布在东西南北四边，中间是一个大的健身广场，上面摆满了大众化的健身娱乐设施。

寻找目标车辆时，炎宏也没闲着。他给正在上班的记者打了个电话，让他查了查那个房东王栋的电话并且记了下来，紧接着便给王栋打了过去。

"喂，哪位？"那头的声音听起来响亮精神。

"您好，王老先生。我叫炎宏，和您的租客徐丽姐是朋友。这不今天到她家发现她没在，就想问问您，她是不租了吗？"

"哦，徐丽的朋友啊。这个，没听说她要搬走啊，估计出去了吧？"

"哦，这样。还有我再问一下，老先生您这里月租多少钱啊？"

"一千二。"

"徐姐交钱还算准时吧？"

"还行吧！有时候困难她给我打电话，我也给她缓缓。毕竟孤儿寡母的不容易，我也不是太需要钱。"

"哦，那真是谢谢老先生了。"炎宏在五号楼的中单前停了下来，寒暄了一阵便挂掉了电话，目光转到了一辆黑色的速腾车头前。

炎宏看了一眼车牌，便往车头正对着的楼道口走了过去。

四楼的东门，炎宏总算看到了徐丽，徐丽对于炎宏的来访似乎倍感惊讶。

"新家地段不错，徐姐。"炎宏站在门外打了个招呼。

"这是我朋友家，我暂时过来……"

话音未落，徐丽身后传来列小朵的欢笑声，接着便向徐丽拥了过来。

"别摔倒了，小心点。"徐丽轻声呵斥道。

"看起来不像是有病的样子。"炎宏板着脸冷漠地说道。

"你、你怎么知道？"

"我怎么知道你给她请了病假？怎么知道她在哪里上学？我是警察，只要我想知道，我有很多方法可以得知，而且我知道的不只这些，"炎宏拿出那张汽车宣传页晃了晃，"新车开得顺手吗，徐姐？"

"我开车也犯法了吗？"徐丽镇静地回答道。

"开车自然不犯法了，徐姐，"炎宏踱步从徐丽身边走过，"我只是好奇，你哪里来的钱买车？"

"你难道觉着我买不起一辆十几万的车？"

"别再说谎了。"炎宏的语气决绝得犹如一只紧握的拳头，将徐丽语气中的自信与不屑击得粉碎，"我已经查过了，你一个月的工资只有五千多元，抛去每月给父母寄去的两千、房租一千二以及每个月的伙食费，你还能剩下多少？居然足够你全款买下这辆十五万的车？你甚至有时候连房租都交不起。另外，我向蓝池集团的工作人员求证过了，他说你在一个月前就去那里看过车了。但有意思的是，你当时交代他们要把这辆车给你留下来，一个月后会付全款买下。徐丽姐，你能不能解释一下这两个问题？"

"这就和你无关了。"徐丽抱起列小朵往卧室走去，而炎宏跟了过去。

"你烦不烦？我和孩子要休息了！"徐丽猛地回过头，双目怒气冲冲地直视着炎宏。怀中的列小朵似乎受到了惊吓，轻声抽泣起来。

"列杰死了。"炎宏静静地说道。

徐丽驻足在原地，良久回过头问道："他……死了？"

"死了，今天凌晨的事。"炎宏点了点头。

"哦。"徐丽莫名其妙地如此应了一声，继续站在原地，不进不退。

"你似乎对此一点也不感到惊讶。"炎宏注视着徐丽。

"呵呵，他那种人死了有什么好惊讶的？"徐丽冷冷地哼笑几声后愤愤地说道，似乎在发泄什么。

炎宏笑着，微微垂头凑近徐丽耳边说了些什么，徐丽的表情变得恼怒起来。

"你、你居然这样……"

"怎么样，徐姐，果然还是被我猜中了吧？那就赶快把你知道的说出来吧。错过这次机会，等到我们定案再查到你这里，性质可就不一样了。而且，你也不想让你的朋友回来时看到一个警察赖在他家里不走吧？"

徐丽犹豫了一下，叹了口气："我把孩子抱进屋里，你等一下。"

少时，炎宏迎着午后的阳光直视着走出屋的徐丽，两人面对面地在客厅的沙发上坐了下来。

晚上十一点半，市局联合区局共计一百余名民警连夜对市里一家名为"周庄之梦"的茶社进行突击检查。经查证，此处白天利用茶社作掩护，在晚上十一点关门歇业后自地上一层至地下三层便变为赌博窝点，人员混杂。

八月三十日中午，记者早早地约好了炎宏，想去新开业的一家烧烤酒吧放松一下。

十二点二十分，炎宏到达那个新开的酒吧时，斗魏已经手执酒杯喝上了。

"周二不是最忙的时候吗？怎么有空出来？"炎宏笑着坐到了斗魏

身边。

"正因为忙，所以才要忙里偷闲啊。"斗魏招呼服务员，点了烧烤以及两杯酒精饮料。

"胃不好还喝？"

"总不能因为胃不好，一辈子都不尝试某些东西吧？"斗魏笑着又抿了一口饮料，"我们《美周报》那帮人刚刚吃过的地方，口碑还不错。新开业的头三天打八折，但老板承诺报社的员工来的话打七折，仅限三天。"

"所以这顿饭是你请咯？"

"这可就是你的不对了。"斗魏打了个哈欠，"你看起来脸色不太好。"

"你也是啊。"炎宏立即回道。

"我是认真的，你为什么总要打岔，"斗魏又抿了一口饮料，"肯定遇到什么烦心事了吧？"

"没什么。"炎宏摇了摇头。

"不想说算啦。来吧，喝一个。"两人端起酒杯碰了一下。

"案件怎么样了？一个月的时间可是到了啊。"斗魏捏着烤串问道。

"可以说更简单了，也可以说更复杂了。"

"那就说来听听吧。"

炎宏简单地将最近的案情进展描述了一下。

"原来是一个嗜赌成性靠勒索维持生活的家伙，那他是凶手就一点也不奇怪了。"斗魏摇了摇头，"顺便问一下，他是抓住了罗伟的什么把柄？"

"这个无可奉告。"炎宏干脆地说道。

"我发现你拒绝我的问题拒绝得越来越自然了，是怕我写到报纸上吗？"

"你有胆量写，你们主编也没胆量登。"

"看来是个劲爆的内容呢。"

炎宏瞪了斗魏一眼，没说什么。

"这次是要盖棺定论了吗？列杰这个家伙。"斗魏换了个话题。

"也许吧！毕竟释放的名义是疑罪从无，并不是完全没有嫌疑。"

“也许？你还有不同的意见吗？”

“嗯，”炎宏点了点头，“总觉着有些奇怪。虽然表面上说得过去，但是细细一想，还是有想不通的地方。”

“例如？”

“例如他自杀的原因。”炎宏右手撑着脑袋说道，“局里现在唯一能给出的自杀原因便是心怀愧疚。我们从头开始说，若列杰真的是凶手，那么根据我的猜想，要完成这一犯罪行为，起码需要两个人：列杰实施犯罪，另一个人则需要为列杰打掩护，成为他的第三只眼，让他有不在场证明。那么问题来了。我们单从心理上分析，能够如此用心地设计下这样的杀人计划的凶手，真的会在事后满怀愧疚吗？还有，我们经过解剖发现，他的胃里有安眠药的成分。根据列杰之前的交代，他是有偶尔服用安眠类药物习惯的。而且他家因为是平房，墙面较矮，所以客厅和厨房贮藏室门上都放了铁盆防盗，这应该是临睡前放的。一个打定主意自杀的人会在自杀前特意服用安眠药，还设置防盗陷阱吗？还是说设置好防盗机关后，本想服下安眠药快快睡下，但是突然想起自己杀死了罗伟，心中愧疚之情突然爆发，临时起意自杀？不管从哪方面来说，都太奇怪了。”

“奇怪归奇怪，但不管怎么说，人已经死了，凶器也在那里。”

“是啊，也许这样的人就不正常吧。”炎宏摇了摇头，“现在我们正在全力搜寻他的同伙，如果在赌馆没有收获，那就无异于大海捞针了。”

“你不是说过你们做的就是大海捞针的工作吗？”斗魏笑着说道，“确定了侦破方向，应该很好入手吧？”

“试试看吧，但是这个任务真的很难。”

“那就祝你成功咯。”斗魏端起酒杯，炎宏也豁然笑了一下，举起了杯子。

下午一点四十分，斗魏跑去前台结账，而炎宏也起身准备离开。

“价格很公道，肉也很正宗。”斗魏将零钱塞进兜里。

“的确，但我还是觉着有客来好。”

“你也开始喜欢那里了？对了，你记不记着上次说破案后我们要去他们厨房探个究竟?"

"等到结案报告出来吧,那才是真正的结案。现在收官阶段,事情反而更多。"

"好,一言为定。"斗魏点了点头,走在了前面。

门外的阳光一如既往地绚烂,斗魏仰着脸,伸着懒腰。单位的烦心事也好,家里的烦心事也好,没有当上警察也好,人生就是这样,不知为何伤悲,又不知为何欢愉。唯一能做的,便是用积极的心态迎接每一天的到来。

"走啊,发什么愣?"斗魏将酒吧大门推开时才发现炎宏依然在座位旁愣愣地盯着地板。

"怎么了?"

"没什么,在想一些事情。"炎宏摇了摇头,接着说道,"对了,晚上想去你家吃饭。"

"可以,正好他们都出去了。"

"出去了?"

"嗯,前天走的,"斗魏点了点头,"去别的大城市的医院看看病,顺便放松一下心情,我爸特地请了假带我妈去的。"斗魏说这句话时脸上开心地笑着。

"那正好,就我们两个,"炎宏低沉地说道,"我买原料。"

"你这家伙,看来果然是遇到什么不顺心的事情了吗?"

"对,很不顺心。"炎宏低沉地说道。

下午,炎宏非常想请一个假。他想回到家里,什么都不管,蒙头大睡,睡到什么也记不起,什么也想不出,但他知道,逃避无法解决问题。

他把所有的物证与照片都集合在了一起,同时翻看着那本记录着个人证词和各种线索的笔记本。与此同时,其他队员兵分几路正在对那个赌场里的人员进行排查,看看有没有人知道列杰与谁走得比较近。领导方面还是偏向于两个赌徒勾结,勒索不成后恼羞成怒杀害罗伟。

"怎么,炎宏?没和他们一起下去吗?"安起民从后面走过来,拍了拍炎宏的后背。

"难受。"

"嗯，脸色看起来是不太好。"安起民笑着坐到了炎宏一旁，"老实说，这一次能破案，你有不小的功劳。"

"应该的。"炎宏的目光直视向安起民，那是一种略微有些呆滞却满怀悲伤的眼神。

"你从蔷慧家出来后就有点不对劲，是有什么事吗？"

"没有，也许是身体不舒服。结案报告马上就出来了吧？"

"嗯，就这两天了。局长已经和市里沟通过了，既然案子的大致模样已经出来，就要尽快有个交代。"安起民点了点头。

话音刚落，安起民的手机响了起来。那边冯旭报告着排查的最新进展，其中有一条线索很重要：茶馆中的几个赌徒可以证明罗伟遇害当晚的七点半，列杰曾经在那里出现过，但是和一个神秘人会合后便离开了。

"嗯，很好，时间也对上了。现在要花大功夫在那个神秘人身上，一定要查出他的身份。"

"那里的赌徒说那个家伙脸比较生，只见过几次，但是他每次玩得都特别大。赌场里除了列杰外，他似乎没有和任何人接触过。"

"是这个人先接触的列杰，还是列杰先接触的这个人？"

"这个就不知道了。"

"那些赌徒最近见过这个人吗？"

"见过的，就在三天前。我们准备从路两边的监控入手，争取将这个人找出来。"

"那现在把各组排查人员都撤一半回来，重心转到这个上面。有监控有人证，两天时间足够了吧？"

"放心，队长，"冯旭在那头笑着说道，"这不是咱们最在行的活儿吗？"

挂掉电话，安起民长吁一口气。所有的谜题终于要被逐一揭开了，等找到那个和列杰有接触的神秘人，案件就真真正正地真相大白了。

"歇歇吧，炎宏，我看你也是有点累了。"

"嗯。"炎宏轻轻应道。不过他一会儿还有个地方要去——列杰的家里。

第十五章

龌龊的秘密

　　罗雪感觉到自己的心脏猛然加速跳动，加上炎宏手臂的力道，她甚至无法呼吸。恍惚间，罗雪看到了炎宏的那双眸子，那双崩裂出怒与恨的眸子，渐渐地向她袭来。

晚上七点，炎宏去超市买了养胃的羊排、新鲜的菜花和娃娃菜——这是炎宏最近才迷上的一种青菜，味道鲜嫩清凉。接着又给老妈打了个电话，便往记者家去了。

"又是提前回来的？"

"自然，我们那里只要把稿子交了就没什么事了。"斗魏打开屋门，将炎宏请了进来。

"喏，羊排，养胃的。还有这个菜花和娃娃菜，可别炒老了。"炎宏一字一句地交代着。

"一看就是娇生惯养的家伙。"斗魏接过菜袋子。

"哪个父母不惯着自己的孩子？"炎宏一边向客厅走去，一边说道，"行啦，你赶快做饭去吧，我可是帮不了什么忙。"

"唉，真是没办法。"

客厅里电视的喧嚣和厨房油锅中的火热像是针锋相对的两种力量，每当厨房里的嘈杂多一分，炎宏便将音量调大一分。

"这家伙，不干活还这么嚣张。"斗魏无奈地笑着想道。不过就在这时，客厅里的电视音量瞬间低了下来——斗魏可以肯定，已经到零了，接着便是炎宏打电话和啪嗒的脚步声。

"哦，行行行。真是，我刚到这里。我现在去，嗯。"炎宏挂掉了手机。

"怎么？"斗魏问道。

"我妈说家里有急事，我必须回去一下了。"

"那这菜……"

"这顿算我的，下一顿有客来算你的。"

"你这家伙，算盘打得不错啊。"斗魏叉着腰，上下打量着炎宏。

"我这案子刚结，你请客给我庆庆功，不过分吧？"

"好，快回去吧，别让阿姨等久了。"斗魏笑着说道，"要不下一次我也买菜去你家吧？"

炎宏看着斗魏那一脸期待的神采，不禁愣了愣。

"怎么？"

"不，没什么，可以。"炎宏说道。

斗魏倚在房门框上，拍了拍手掌，楼道内的声控灯一直亮到了一楼。

"路上慢点。"

"嗯，快回去看着点菜吧，别糊了。"炎宏回首笑了笑。

楼道里的灯光像是一层微薄的橘黄色纱巾缭绕在周围，背后的门吱吱呀呀地渐渐合上，随之消失的还有炎宏脸上的微笑。

在路边的拉面摊上吃了半碗拉面后，炎宏的胃开始疼痛起来，像是有一股气体在迅速膨胀一般。向老板要了半碗面汤后，炎宏走向了红枫叶宾馆——蔷慧找的临时住所。

107 号门前，炎宏调整了呼吸，轻轻地敲了下门。

"谁？"

这是罗雪的声音，炎宏毫无感情地应了一声。

"你怎么来了？"罗雪看起来很高兴，歪着脑袋笑着。

"我有事找阿姨。"炎宏平静地说道。罗雪敏锐地发现，此时的炎宏似乎有些不一样。

"怎么了，炎警官？是有消息了吗？"蔷慧疾步过来。

"对，有消息了。"炎宏点点头，"我们两个出去……不，罗雪，先请你在大门口待一会儿好吗？我想和阿姨说几句话。"

罗雪和蔷慧对视了一眼后便出去了。在经过炎宏时，罗雪的目光笔直地投在炎宏脸上，但炎宏丝毫不为所动，似乎只是将那眼神视为一股无谓飘过的清风。

"坐吧。"蔷慧整了整衣服，指了指对面的床榻。

"不了，外套太脏，就站着说吧。"炎宏说道，"首先一点，你们可以回家了。"

"怎么？危险排除了吗？"

"嗯，我可以向您保证，没有危险。"炎宏点了点头，"再者，我想给您看张照片。"

那依然是记录着蔷慧那不堪回首的记忆的老旧照片，不过这一次似乎有些不同。

"你又拿这张照片来是什么意思？"

"我已经基本了解了案情的原貌，而来这里无非是想还死者一个公道罢了。"炎宏说道，"我想您还没忘记您对我说的那个过去的秘密吧？"

"怎么了？"蔷慧有些紧张起来。

"不怎么，我只是很替罗总感到不值。"炎宏叹了口气，"你那天给我的那番说辞根本就是现编出来的吧？目的不过是为了自己的利益而去陷害已经去世的丈夫！"

"您怎么能这么说！"

"因为你的那个故事无法解释你后来为什么不敢进村，这也是我当时觉着奇怪的地方，直到我独自在列杰家无意中找到了另外几张照片才明白。"炎宏将那张照片摆在蔷慧眼前。

"好好看看，蔷夫人，您所谓的被罗伟非礼的说法在这两张照片前是多么无力！"

蔷慧慌乱地低下了头，审视着那两张照片，脸色有些苍白。

"安队长给你看的那张照片只显示出罗伟将你压在身下，而我随后在列杰家中找到的这两张照片中，罗伟虽然还在你的身上，但是他拖在地上的膝盖显示出他当时已经酩酊大醉，根本是在想下意识地开车而已！而且最明显的破绽是，这张照片里的车钥匙竟然是在你的手边！你万万没想到吧？因为罗伟的身躯遮住了你的视线，你没有察觉到不远处有人偷拍你们。"炎宏指着第三张照片中隐约可见的车钥匙。

"现在你告诉我，一个醉成这样的人怎么可能明确地说出让你帮他把酒搬到车里，又怎么可能对你许下承诺！"炎宏铿锵有力地说道。蔷慧则呆在那里，一言不发，嘴唇微微张开，不知所措。

"更不可能的是，饭店里的其他食客任由他这样独自离去。那么可能性只有一个：你在饭后主动提出搀扶罗伟，而且罗伟去的地方应该是客房，而不是去开车！但是你出于私心，自导自演了这一幕非礼的戏码，趁着罗伟矿上刚刚出事、心中恐慌之际，好好地敲罗伟一笔竹杠！随后罗伟心中对你有愧，加上你的伪装，供你上学，娶你为妻，这也解释了你为什么不敢进村——你对自己的姥姥有愧，因为你为了自己，不辞而别，扔下姥姥，怕被村里熟识的人认出来，问起这件事情而勾起这份不安。"

"不对，不对！"蔷慧吼道，"怎么可能？要敲竹杠我没有把柄，他事后要是翻脸不承认，我又能怎么样？所以我怎么可能……"

"把柄你应该是有的，甚至可以说是一把悬在罗伟头上的利剑。"炎宏打断了蔷慧的话，"接下来虽然都只是我的猜测，但是我清楚这是唯一的事实。"

炎宏拿出那只老式的手机，调出了那个蔷慧和邓辉在红绿灯下接吻的视频："这就是您的把柄吧，蔷慧夫人？您和罗伟的儿子，邓辉！"

蔷慧本想反驳什么，上半身自然而然地直起，却马上被炎宏打断："我已经去过黄海底村了。虽然那个农妇极力否认，但是我从他二儿子口中得知了一些东西。在邓辉童年的时候，那对农村夫妻经常打骂邓辉，并且对邓辉明显不公，甚至还有几次被盛怒的母亲脱口而出骂作野种。而且当初邓辉能进罗伟的公司，听他讲似乎是有人亲自到他家招聘，不知道那个人是不是和您有关系呢？"

"你、你胡说，我和邓辉只是、只是……"蔷慧口不择言，却又挤不出半个字。

"只是情人？若是放之前，您可能连你们只是情人这个说法都不会承认吧？而现在您却巴不得让我们以为你们仅仅是情人！当年你应该是隐瞒了怀孕的事情，将自己的孩子送给了他人，并且用罗伟给你的钱当作每个月的赡养费寄给那户人家。我想你心里早已做好了打算，若将来罗伟功成名就，不娶你为妻，你就把孩子搬出来让他身败名裂吧？而能做出这种有悖人伦的事情的原因，也不过是您畸形人生中的一个悲剧罢了，为了利益出卖自己的爱情与亲情。而在碰到成年的儿子后，心中对他的愧疚让您本该是母亲对儿子的爱扭曲，再加上从未如意的感情生活，使得这份扭曲更甚！"

"你、你胡说！我要告你诽谤！"蔷慧如此吼着，浑身颤抖着，像是在寒风中被人剥光了衣服一般。

"那很容易，但是在那之前，我们可以去做亲子鉴定，到时候我们会让所有媒体报道结果，您看如何？"炎宏冷冷地说道。

蔷慧的眸子失去了光彩，她弓着背坐在床上，脑袋深深地垂着又猛然抬起，凑到炎宏面前，用一种沙哑却急迫的声音说道："求求你不要说出去，求求你！我知道我错了，但是这真的不怪我。我那年才十五岁啊，我想上学，想走出山村，想有自己的事业和家庭，我不想在那种地方耗费我所有的青春！"

"这不是你犯下如此罪行的借口，蔷慧夫人。"炎宏将照片收回口袋，转身向门口走去。

"搬回去吧，快要结束了，好好用您丈夫积累下的财富做您的老板吧。"炎宏将门关上，任由背后的抽泣声越来越大。

罗雪的身影伫立在大门前，头高高地扬着，似乎是在观察夜空。

"在想什么呢，罗雪同学？"炎宏笑着走了过去。

"嗯？没什么，只是觉着好久都没看到过星星了。"罗雪依旧仰望着夜空，那平静的思绪丝毫没有因为炎宏的突然到来而起伏。

"是啊，污染很严重呢。"炎宏的目光和罗雪保持着平衡。

"你们在里面说了什么？"

"没什么，安慰了你母亲几句，另外告诉她，你们可以回家住了。"

"哦，这倒不错，在这里睡总有些不舒服。"罗雪将头转向炎宏，"案子结了以后，你还会来吗？"

"你希望我来，还是不希望我来？"

罗雪一时语塞，只是笑着。

"其实谈不上希望不希望，根本就是无所谓了吧？"炎宏将头垂下，"你很喜欢他吧？从我这里汲取的自信足够你去面对那个男人了吗？"

"什么？"罗雪小声问道。

"你知道我说的什么，你也应该知道我对你是什么感觉，"炎宏的声音略微激动起来，"但现在想想，自己真是可悲，在一个比自己年龄小的弟弟眼里彻底沦为了笑料！"

"你……怎么了？"

"如果你有喜欢的人，为什么不光明正大地表现出来？为什么要给那些不可能的人模棱两可的希望，让他们傻傻地等待付出？你为什么要这样？"炎宏终于忍不住，他的脸颊与眼眶都有一种滚烫的感觉，"我送餐去你家那天，你说要打电话给蔷慧问她中午还回不回来，但是蔷慧回来的时候却说她临走前已经明确告诉你了，她中午不回来。当时我没有在意，但是现在想想，你应该是打电话给邓辉问他会不会来吧？你不想让他碰到我们两个独处对吗？他回了老家处理事情，所以我才有机会去陪你。"

罗雪沉默不语，只是不时地瞟一眼炎宏。

"你们来酒店的隔天下午，我和队长去了你们家。在我经过你母亲卧室的时候，我忽然发现你母亲床上的枕头被换过了。一直以来，你母亲床上的枕头是那个上面绣着凤的，而那天我发现枕头上绣的居然是一条龙。我当时好奇去看了一下，却发现枕头下面有一根很长的头发。从长度来看，并不是蔷慧的披肩发，而是你的齐腰长发。我又转身打开了衣柜，果然找到了那只绣着凤的枕头，但那上面……"

"别说了！"罗雪皱着眉头打断道，想要扭头逃走。

"你们亲热完后，随便留下了一只枕头，没注意到上面纹绣的不同吧？"炎宏的泪水终于流了出来，"我真以为你对邓辉不理不睬是打心底厌恶他。直到现在我才明白，在真正喜欢的人面前，每个人都是胆小鬼，心里都有一架天平去维持一份他们不敢捅破却又舍不得丢弃的暧昧。那天平上的砝码对喜欢你的我来讲，是警察身份下可以正大光明接触你时透露出的不安与紧张，而对于喜欢邓辉的你来说，就是伪装成厌恶的自卑与怯

救赎游戏

懦。相反，在自己不在意的人面前，每个人都很洒脱。"炎宏抬头说道，"我想，邓辉可能是在这一段时间的某一天主动朝你迈出了无比清晰而有力的一步，才彻底消除了你的戒心与怯懦吧？这可能是我不如他的地方。"炎宏直视着罗雪。

夜色中，路旁行驶的机动车灯影缭绕，罗雪就那样微微抬着头，眼睛却只是盯着地面，双手捏着自己的衣角。现在，眼前自己喜欢的女生终于褪去了所有的伪装，眼神中充满了紧张与不安。

炎宏在那一瞬间心动了，也心疼了，他知道罗雪本不想这样。她只是顺从自己的感觉，用可行的手段维持自己的幸福，只是她用的手段太伤人、太自私了。

"星星。"炎宏朝天上望了一眼说道。罗雪似乎是轻轻地"嗯"了一声，便下意识地抬头望去，而双手依然捏着衣角。

炎宏将罗雪紧紧拥入怀中，脸庞贴在一起，发丝透出的气味和那个绣着龙的枕头上的气味相同。

翻云覆雨，娇喘嘤咛，绵绵情话……炎宏止不住地想着。

"你还记着那天下午五点钟的那通电话吗？"炎宏贴着罗雪的耳垂轻描淡写地说道。

罗雪感觉到自己的心脏猛然加速跳动，加上炎宏手臂的力道，她甚至无法呼吸。恍惚间，罗雪看到了炎宏的那双眸子，那双崩裂出怒与恨的眸子，渐渐地向她袭来。

干裂的唇落在了罗雪的额头，炎宏的手轻抚着罗雪的齐腰长发，一丝一缕。

"刚才算是我对你们的反击，也算是我对自己的一个交代，从此我们互不相欠。"炎宏冰冷地说道，然后将怀中的罗雪轻轻推了出去。

"他很可怜，你也是。"炎宏本想如此说道，但终究还是忍住了。

"希望还能有一个像我们结识那天一样阳光灿烂的午后，让我再去认识一个能让我如此心动的女孩。"炎宏打开门口自行车上的锁，跨了上去。

离去的炎宏仰着头流泪，消失在了昏暗的远处，也消失在了罗雪的视线中。

282

九月一日，开学的日子。忙碌的高三学子迎来了人生中最重要的一年，景家镇上的一中教学楼内嘈杂的朗读声源源不绝。

"夏老师，外面有人找您。"高三2班门外，教导主任对讲台上的女老师说道。

"好的。"夏老师点了点头，示意同学们先自己阅读，离开了教室。

主楼的办公室内，炎宏正认真地观摩着墙上的一幅字画。

"您是……"进来的夏老师打量着炎宏。

"我叫炎宏，是一名警察。"炎宏亮出了警官证。

"哦，警察，"夏青点了点头，波浪长发也随着抖动了几下，"有什么事吗？"

"粟林是您这里的学生吧？"

"啊，关于他啊。"夏老师露出一副悲伤的表情，"是我们学校的，但不是我们班的。"

"我来这里是想问一下，您还记着今年五月份的时候，您劝阻了一起学生打架斗殴的事件吗？其中一个人就是粟林。"

"记着的，"夏老师毫不犹豫地回答，"就在车棚附近。"

"那您清楚他们当时为什么打架吗？"

"好像是说谁撞了谁一下，反正看他们都离开了，我也就走了。"

"您还能认出另一个打架的人吗？"

"我不能肯定，但如果多看两眼也没准。"夏老师笑着说道。

"那么，可以麻烦您陪我去每间教室走一趟吗？虽然有些麻烦，但这对我们破案非常关键。"炎宏恳求道。

"可以的，费不了多少时间，"夏老师干脆地答应道，"当时我顺口问过他们，他们两个都是高三的。除开我带的两个班，只剩下六个班，我站在门口瞄几眼就行。"

"谢谢。"炎宏感谢道。

接下来在教学楼的一楼楼道上，炎宏和夏青一个接一个地敲开了正在上课的教室，每一次炎宏都要双手合十向正在上课的老师说一声对不起。

"好像……好像是那个。"高三7班的教室门口，夏青不确定地指着教

龌龊的秘密

室后两排一个略微肥胖的身影。

"吕方？是他吗？"正在高三7班上课的老师问了一句。

"是是是，应该是的，体形挺特殊。"夏老师肯定道。

接着吕方被叫了出来，一个看起来很本分的胖男生，眯着一双小眼，婴儿肥的脸红扑扑的，留着一个寸头。

"对，就是他。"夏老师再次肯定道。

"你五月份的时候是不是和粟林打过架，在车棚附近？"炎宏问道。

"那、那不是打架，不怪我。"吕方小声嘟囔道，把头低了下去。

"你有话就好好说，垂什么头啊！"吕方的老师似乎很见不得自己班的男生这么没气概，用食指关节顶了顶吕方的脑门。

"没事了，两位老师，谢谢你们，回去上课吧，我想和他单独聊一下。"炎宏瞄了一眼吕方说道，两位老师便各自回了教室。

"我们就在学校里转一圈，聊一聊，好不好？"

吕方点头，擤了擤鼻子。炎宏笑着拿出笔记本，两人迎着阳光走向安静又祥和的校园操场。

中午，炎宏接到了安起民的电话，那边的语气又焦灼起来。

"别在外面瞎转了，炎宏，快回来，又有活儿了！这一天天的！"

"我在一建家属院呢，队长。"炎宏的语气很平淡，"是不是那个神秘人抓到了？"

"嗯，而且……"

"而且他可以作证在案发时列杰和他一起，对吗？"

"你怎么知道？"安起民有些惊讶。

"那他有没有交代他们两个在干什么？"

"一口咬定就是在列杰家里聊天，一直到九点。现在列杰死了，死无对证。而且我们也无法查看当天晚上的监控了，所以根本没办法确定。"

"我现在就回去，队长。"炎宏说道。

截至目前，炎宏心中那个假设上可能的推论愈发清晰起来，当所有琐碎的线索几乎要拼凑成完整的真相时，炎宏的内心止不住地发凉。现在还缺最后一块，而补上这一块，炎宏需要他的帮助。

第十六章

最后的对决

当一个被逼上绝路的男人下定决心要完成某一件事的时候，其执行能力真是让人不寒而栗。为达目的不择手段，甚至把警察和家人都拿来当工具使用。

　　九月三日的傍晚七点，炎宏约上记者又一次走进了"有客来"。和以往不同，炎宏提前订好了位置，而且是在一个靠近前台的最角落的地方，与其他就餐的位置相隔甚远。

　　"这个角落以前有位置吗？"餐桌前，斗魏疑惑地问道。

　　"是这样的，"身后一名女服务员微笑着走了过来，"这位先生订位置的时候特地交代想聊一些私人的话题，不想被其他人听到。但是很遗憾，我们这里没有这样的包厢。我们向老板反映后，老板示意我们这是顾客的正常要求，要我们一定满足，所以我们在距离就餐区较远的前台这里给你们安排了一个位置，只要你们声音小些，是完全可以的。"

　　"那你们还怎么工作？"

　　"这是我们在设计餐厅时考虑不周，自然由我们承担这份责任。在你们用餐完毕前，我们所有服务员都会远离前台区域，保证你们空间的私密性。为了感谢你们指出我们餐厅的不足，我们会为你们打八折以示感谢。"服务员说完这番话，微微笑着。

　　"这家餐厅还真是有意思。"斗魏心里如此想着，转身面向炎宏。

　　"怎么？还怕我欠你一顿饭吗？"斗魏笑着将外套脱下，挂在椅子上。

　　"这顿我请。"炎宏乐呵呵地笑着，推给对面的斗魏一套餐具。

　　"怎么又是你请？"斗魏有些好奇。

　　"有事相求，只能再请你吃一顿咯。"炎宏低头抿着嘴笑，招呼了一声服务员，"再上一壶冰水，谢谢。"

"这不是有一壶热水吗？还上什么冰水？"

"掺着喝啊，不然等热水凉下来要好半天。"炎宏伸了个懒腰，眯着眼睛瞄着斗魏。

"现在点菜吗？"服务员和以前一样俯身轻声问道。

"好的。"炎宏接过菜单，翻看了几页，点了一道"江边明月"和"登高望远"，"该你了。"

炎宏将菜单递给斗魏。斗魏仔细地看了一遍，点了一道"金鸡独立"，一道"九牛一毛"。

"你点的这两道可是送分题啊。"炎宏静静地说道。

"反正都是你请，无所谓了。况且你一定能赢我吗？"斗魏将菜单递还给女服务员。

"主食还是馒头和米饭吗？"女服务员轻声问道。

"对。"炎宏点了点头。

"好的，马上就齐。"女服务员转身离去。斗魏望了望周围，背后一桌食客距离他们七八米远，左手边是餐厅的前台——一张近一米高的弓形高台桌，对面和右手边则是贴着壁纸的墙壁。

"真怪。"斗魏不自觉地笑着说道。

"不过服务确实很贴心，对吗？"炎宏说道，"好了，进入正题吧。我猜你选的那道'金鸡独立'有鸡肉，而'九牛一毛'嘛，应该有牛肉吧。"

"你今天晚上好像没什么兴致？"斗魏右手支着脸颊问道。

"该你了。"炎宏只是轻声说道。

"好吧。你点的那道'江边明月'应该有粉丝、青菜和鸡蛋，而'登高望远'嘛，就猜豆腐和面粉吧，可能是某种糕点类的东西。"

"嗯，有道理。"炎宏附和道，右手轻轻握着那半杯热水。

"你是有什么心事吧？刚来的时候看着挺高兴的啊。"斗魏有些不甘心地又问了一遍。

"一会儿边吃边聊吧。"炎宏模棱两可地说了一句。

周围觥筹交错的声音似乎形成了一道划分界限的帷幕，一边是喧嚣，

287

救赎游戏

一边是静谧，斗魏眼中有些诡异的沉寂。

"菜上齐了，额外送给两位的精品凉菜，雪山牛肉粒。"服务员将餐盘上的菜肴依次摆上桌。斗魏瞄了一眼那道赠送的菜品，是一盘冰激凌上浇着一层细碎的牛肉粒。

"慢用。"女服务员微微俯身，然后离去。

"现在可以说了吧？"斗魏抄起筷子准备夹菜。

"你今天也有些不对劲啊，忘了还没有看结果吗，就开始吃？"炎宏说道。

"哦。"斗魏竟觉着炎宏的语气中透着一丝严厉，一时愣在那里，而炎宏低头看了一眼桌上的饭菜。

"我猜的都对了，但你还是赢了。"

斗魏停下筷子，直视着炎宏："早知道你今天是这个状态，我就不来了。"

"其实是案子的问题，我现在差一个死角就可以将案件的谜底全部揭开，而要揭开这个谜底，非要有你的帮助不可。"炎宏握着那半杯热水的手又紧了紧。

"全部揭开？"斗魏好奇地问道，"凶手难道不是列杰吗？"

炎宏的目光在听到这句话后猛然笔直地投向斗魏，眼神凌厉，但紧接着便如同逐渐熄灭的火苗般黯淡下去。

"我先给你讲一个从网上看的新闻吧。"炎宏喝了一口水杯中的水，接着又添了一些热水，但没有添满。

斗魏没有应声，只是点了点头。

"一家超市里，老板和员工抓到了两名行窃的女贼。因为有监控，女贼无法抵赖。被抓到后女贼哭喊着求饶，并且一再保证不会有下一次。最后，老板答应放走她们，但是有一个条件。"

说到这里，炎宏的目光望向斗魏。

"用身体来换取自由对吗？"

"对。"炎宏一边朝杯口吹气，小口酌着，一边说道，"最后，这两个女贼在又一次行窃时失手被抓，供出了超市的老板和员工。其实这个故事到这里就完了，但是在看完这个新闻后，我想了很多，最重要的就是，为什么那个老板和员工会做出这样下流的事情？"

"因为他手上有那两个女孩的把柄。"

"不，不对，"炎宏摇了摇头，"有把柄并不是直接原因。我相信如果换成是我们两个，我们一定不会这样。"

"那是为什么？"

炎宏摆了摆手，望了一眼周围的食客，接着说道："其实这个答案就在我们心里，为了更好地把它诱导出来，我们再回到这个案件上吧。"

炎宏将那半杯热水放在自己胸前，用手感受了一下那滚烫的蒸汽，接着又加了点凉水喝了一口，然后又加了点热水，如此反复，直到水温正常。

"你今天是……"

"刚才我演示的，就是罗伟案件中凶手行凶时的心理活动以及手法。"炎宏静静地说道。

"是谁？"

"就是罗伟自己。"炎宏苦笑着说出了答案，望向斗魏的眼神中满是落寞。

"罗伟自己？"斗魏好奇地问道，"怎么可能？"

"当然可能。当一个被逼上绝路的男人下定决心要完成某一件事的时候，其执行能力真是让人不寒而栗。为达目的不择手段，甚至把警察和家人都拿来当工具使用。"炎宏压着嗓音静静说道，"一般来讲，凶手在杀完人后目的便已达成，而罗伟的案件里，在他亲手终结掉包括自己在内的两条性命后，他的目的才刚刚开始。"

"什么目的？"

"一场救赎，一场邪恶、华丽又悲哀的救赎。"炎宏慢慢说道，"其实从调查案件开始，有许多零碎的线索甚至微不足道的细节我都有深入彻查，但是到最后都模棱两可。而在列杰归案后，这种疑惑就更深了一层。

因为安队长调查的外围除了列杰外，其他竟然毫无线索，这是非常奇怪的一点，之前从未碰到过如此情况。我惊讶地发现，这种疑惑像是一个旋涡，之后案件不管再有什么线索或者信息，都无法将我从这个旋涡中拽出来。自始至终，列杰的不在场证明都不怎么清晰，但也无法认定他便是凶手。接着我开始走访列杰的生活圈，工友也好，以前的邻居也好。这样的走访进行到他的前妻徐丽那里时，我忽然发现工友和邻居眼里的列杰和她嘴里所描述的列杰有一些地方是不相符甚至完全矛盾的，这样的情况也出现在一名和列杰一同下班回家的工友身上。随着我更加深入地调查，我发现有很多巧合的地方，例如列杰的那个同事说列杰是在八月份左右开始和他同行回家让他看到自己乐于助人的一面，徐丽也是在八月份左右为孩子办理了转学，甚至徐丽用不明资金订购车也是在八月份左右。你不觉着巧合吗？一个嫌疑人周围的人同时出现这么反常的举动，而这个时间点竟然和命案发生的时间几乎一样。"

"所以呢？"斗魏的眼睛直视着炎宏。

炎宏笑着说道："所以我就想，为什么只有徐丽口中的列杰和我看到的列杰完全一样，是一个懦弱、善良而又毫无原则的家伙，却和其他人口中的列杰不相符？

"再者就是那三枚指纹。我当时一心觉着是有人陷害列杰，而且是邓辉的可能性极大。因为根据我们鉴定科的同事描述，利用载体是不可能将指纹如此细腻自然地复刻到车把手上的，但是还有一种可能，那就是整个车把手都是后换的，而邓辉是司机，又正好负责车辆的保养维修，再加上他与蔷慧的关系，所以嫌疑最大。但是在调查过程中，列杰说从来没有在邓辉在场时碰过那辆车，而邓辉也说过他几乎记不清与列杰相遇时的场景，因为那个家伙并没有给他留下什么深刻的印象。

"自然邓辉可能会撒谎，但是这要冒相当大的风险。因为列杰只要提出和他完全相反的事实，那他便会将自己置身于险境，所以我想他应该没有说谎，随后对列杰的审讯也证实了这一点。接着我又苦思冥想，邓辉有没有办法在不在场的情况下让列杰在车门把手上留下指纹，而且只能有他的指纹。但我想不出来，这几乎是不可能的事情。但是我又回想起列杰在第一次审讯时供述了他最后一次见到罗伟是在罗伟独自练车的时候，应该是在案发前的一到两个月。在那个时候，结合初期搜索到的一些不可忽视的线索，我的脑海中便产生了一个怪异的猜测。直到前几天徐丽终于开口，我们抓住在赌馆与列杰会合的神秘人后马上开始侦讯，并且调查其人际关系，终于破了另一个大案。"

"另一个大案？"

"制毒贩毒，列杰就是制毒环节上的一员。也许靠勒索，来钱的速度依然无法让他满足，他最终还是选择了铤而走险。至此，我终于验证了我的那个猜想：列杰确实是罪犯，但他不是杀害罗伟的凶手。他之所以无法给出不在场证明，是因为当时的他正伙同同伙在郊区一处人迹罕至的地方制造毒品，他不敢用那些人当不在场证人，因为根本经不起盘问。而徐丽口中的列杰不过是列杰拿列小朵和金钱威逼利诱的结果，因为一旦徐丽供出他赌博的内情，警方马上就会顺藤摸瓜，查出他长期勒索罗伟的事实，而根据这个事实，很有可能查出他制毒贩毒的罪行。"

"你的意思是，栽赃列杰的就是自杀的罗伟？"

"没错，包括那个印有列杰三枚指纹的车门把手，我想也是罗伟那天晚上看似巧合地碰到列杰的杰作。"炎宏点了点头，"二十年前，罗伟在喝醉后被蔷慧自导自演的一场强暴犯罪所胁迫，出于内疚，供养并迎娶了蔷慧。当时的一幕被列杰拍照取证，在那之后，罗伟长期被列杰勒索。我想蔷慧不认识列杰的真正原因，应该是罗伟在这二十年中极力保护着自己的家人，不让蔷慧和罗雪卷进去。可悲啊，他到死都不知道当年醉酒的他只不过是被利用了而已。长期被勒索的生活让他苦不堪言，最重要的是，他已经身患绝症。他为了家人的未来，用周边一切可以利用的东西上演了一场无比华丽的悲剧戏码。"

说到这里，炎宏望了一眼斗魏，后者只是静静地听着。

"你还记着那张烟头的照片吗？"

"自然。"

"其实那张照片里有一处很隐秘的矛盾，如果我们不认真思考，是绝对意识不到的。那张照片里，罗伟的脚下有一根卷曲的还未抽完的烟蒂，死时左手的食指和中指依然保持着夹烟的动作。我们当时推测这是罗伟在死前用烟头进行反击，但是这里有一个很大的矛盾：如果真的有一场搏斗而且罗伟试图用烟头进行反击，那他的左手在死时怎么可能还维持着夹烟的动作？换言之，现场进行过搏斗的那些痕迹和死时左手保持夹烟的动作根本就是矛盾的。也就是在那个时候，我又想起了那几封威胁信。"

"威胁信？"

"你还记着你那天问我蔷慧将我叫进卧室有什么事吗？"

"就是看那些威胁信？"

"对，"炎宏点了点头说道，"那几封威胁信上点名指出了罗雪，而且寄出的时间是在罗雪又一次旅行之前，但是我在询问后得知罗雪旅行前根本没有受到罗伟的劝阻，这不是很奇怪吗？"

"也许罗伟根本不关心罗雪也不一定。"斗魏耸了耸肩。

"确实有这个可能，"炎宏笑了笑说道，"但我当时抛开了这种可能，那么可能性就只剩下一个：罗伟知道根本没有人在威胁他们，包括现场在内的一切都是人为的，而嫌疑最大的自然就是罗伟。后来我调查了罗伟经常买杂志的那个书摊，据老板回忆，罗伟几乎只买那本叫作《中年世界》的刊物，也正是因为这样，在他买了另外两本叫作《意林》和《读者》的刊物时，老板才会记得非常清楚，但这两本杂志我很确定没有在罗伟的家里或者办公室见过。后来老板又找出另外两本罗伟买的那两期刊物，我在里面找到了所有威胁信上裁下来的字片。在我看来，这是罗伟在本案中唯一一处考虑不周的地方，也许他觉着警察不会查得这么细吧。"

"但他是如何自杀的呢？"斗魏好奇地问道。

炎宏抿了一口水接着说道："为什么罗伟的车技那么烂却依然要把车开到车库的最里面？为什么当时停车场根本没人使用，罗伟却依然要把车子的角度摆正，甚至还撞坏了车的尾灯？因为他自导自演的这幕悲剧里，最重要的道具便是那辆运送建材和垃圾的斗车，他要将车开到那辆车的尾部，而且驾驶座的门要正冲着斗车的车尾。接下来需要的就是最简单的工具了，一把手枪和一根橡皮筋。"

"手枪和橡皮筋？"

"没错，"炎宏微垂着眼睑说道，"那种大型挂斗车的车盘下有突出的铁片和螺丝钉，只要将橡皮筋从手枪的扳机处绕过，然后打一个死结，再套在车盘下的两个螺丝或者其他任何突出的地方，便可以固定。"

"然后趴在车座上大幅度地俯身，用空出的右手把住手枪的上方朝自己的心脏用力拉对吗？"

"对。"

"但是这里有很多问题。"斗魏抿了口水说道，"第一，橡皮筋的张力很大，而且没有任何硬度，不足以扣动扳机。而且他随身携带着橡皮筋，如果在案发后被警察从车底搜出，再被周围的人认出这是他携带的，那不就前功尽弃了吗？第二，同样的道理，虽然这个计划顺利完成的话，手枪可以暂时被弹回到车底，但是一旦被发现，那么手枪上的指纹会马上让罗伟变成一个笑话，这似乎有些太一厢情愿了。第三，也是最关键的一点，他怎么保证他在开枪自杀时列杰一定在和同伙制毒而拿不出人证？"

"第一个问题很简单，"炎宏笑着伸出了左手的食指和中指摇了摇，"只要用指甲尖顶住敷在扳机上的橡皮筋就可以了。但是我想罗伟计划的初衷不是这样。"

"那是什么？"

"是订书钉，"炎宏说道，"我想他买的那盒订书钉的作用就是这个。只需将订书钉卡在扳机和橡皮筋之间，再将橡皮筋调整到合适的长度，那样的张力和硬度足够扣动扳机。但是这样一来，会出现另一个问题，那就是订书钉有很大可能会掉落在现场。那样干净的地面上，一颗订书钉还是很显眼的，警察没有发现橡皮筋还好，如果发现了，再加上这颗订书钉，可能会产生不好的联想，所以罗伟才放弃了这个想法。至于橡皮筋的来源，确实很重要，从罗伟的角度出发，橡皮筋如果被人一眼认出，哪怕是家人认出是他自身携带的，那也会极为不利。就算是自己偷偷出去买也不

救赎游戏

会放心，因为罗伟知道他死后警察一定会调查他死前的行踪。所以从这角度讲，罗伟不会随便拿一根橡皮筋作案，哪怕是一根看起来已经被遗忘了的橡皮筋，因为他输不起，所以他换了一种思路。"

"什么思路？"

"用橡皮筋但不一定要买橡皮筋啊。"炎宏叹了口气，"据罗伟周边的人交代，他来的时候拿了两个箱子，在当晚去地下车库时急匆匆地顺手拿了一个箱子便走了。经过查证，那个箱子中放的是衣物，但是有一点很让人捉摸不透。"

"哪一点？"

"据蔷慧回忆，那个箱子中放的确实是衣服，但不是正装，而是几件宽松的运动装。"

"你的意思是，他用的是运动衣上的橡皮筋？"

炎宏点了点头："这样做不但隐匿了橡皮筋的本来模样，而且会误导所有人箱子是在罗伟被杀害后被凶手拿走了，而箱子里也许有什么重要的东西，其实那个箱子里最重要的就是那几条有着松紧带的运动裤。"

"但是如果当场发现了橡皮筋和上面的手枪，我想也一样会对罗伟不利吧？"

"没有那么严重，"炎宏说道，"因为手枪上没有指纹，所以换一种角度讲，我们没办法排除这是凶手故意将手枪拴在上面，也就是说，我们还会继续勘查现场，而那三枚列杰的指纹也肯定会被我们发现。在我们发现列杰的指纹时，我们就已经输了，而罗伟的目的也达到了。仅此而已。"

"枪上怎么可能没有指纹？"

"这第二个问题更简单了。还记得罗伟身上那身衣服吗？"

"就是袖口被……"说到这里，斗魏停顿了一下，接着哧哧笑了起来，"原来是这样，真是高明。将过长的袖口拉下来便可以当作手套使用了。而在警察勘查现场时，结合其他假象，只会下意识地认为是搏斗过程中造成的。"

"没错，那件衣服并不像导购员说的那样只是匆匆地随意挑选了一件。

294

在出事前一段时间，蔷慧说过罗伟经常在吃完晚饭后出去散步，我想他就是去各个商场里寻找合适的衣服吧，而且最好是一个监控摄像头比较少的商场。接着选一件既要看上去合身，而且袖口刚好能盖住半个手掌的衣服。如此，他在出演自己的悲剧之前便可以直接前往选定的柜台装作有急事的样子，将那件衣服直接拿走，这样做是为了防止有人对那件已经隐匿得很好的衣服再起疑心。同时商场里没有摄像头，我们也无从得知他是不是真的有什么急事要处理。"

"那么第三个问题呢？"

"第三个问题需要从列杰他们这个团伙的作案地点说起了。那是在郊区一个近乎废弃的仓库里，他们以堆放农药为掩护，在里面制造毒品，白天将相关工具清理，然后离开。但是在这个仓库的不远处有一座养老院，你应该有印象吧？"

"桃园养老？"

"对。还记着罗伟曾经向这个养老院捐赠了一尊会报时的石英钟塔吗？每个整点都会传出响亮的《东方红》旋律。"

"在电话里用歌声来确定？但是真的有可能……"

"非常清晰，我们已经试过了。"炎宏淡淡地说道，"据那个叫易阑的毒贩交代，他和列杰就是在赌场结识的，列杰曾经吹嘘自己随时都能搞到钱来赌博，易阑便和他搭上了话，并且声称只要列杰给他们投资三万元，他们在两天后可以双倍奉还。就这样，列杰在不知情的情况下一步步资助着那一帮毒贩购买制毒材料并且享受着极高的收益，直到完全陷入毒窝。因为这样来钱太快了，这正是他希望的。保险起见，易阑和列杰不是通过电话联系，而是每周固定的时间在赌馆会合，然后前往那个仓库和其他人碰面。我想罗伟应该是暗中跟踪过列杰，所以才掌握了他的行踪，继而开展这个计划吧！不过有一点列杰很聪明，他没有吸食毒品，但是为了证明自己合作的诚心，他向那帮毒贩资助了十万元。"

"罗伟为什么要这么做呢？"斗魏摇了摇头，"如此大费周章。"

"为什么不直接找人干掉列杰对吗？"炎宏笑着问道，"的确，以罗伟的能力，只要他想，就一定可以，而且事后可以推得一干二净。但是他要做的不是杀戮，而是救赎。"炎宏将那杯水往前推了一下说道，"就好像我兑的这杯水一样，热水加多了就要放凉水，凉水放多了就要加热水。罗伟想达到一种平衡：他想借那三枚指纹让警察查到列杰头上，又不能让列杰一眼看出这是他自杀来陷害列杰的诡计，所以编造出了威胁信，编造出了有人跟踪他，编造出了深夜在车库会见什么人被杀掉，以及旅行箱和手机被抢走的假象。另外，我想他得罪那三个老板也应该是有意为之。一切的一切都是为了让我们警察在查案时给列杰传递一个信息：罗伟确实是被人杀害的。这样一来，列杰自然不会甘心当替罪羊，承担这无妄之灾，也就不会撕破脸将那些罗伟的照片和二十年前的丑闻公布出来，保全了罗伟家人的名誉。而另一方面，罗伟这样做，我想他是想救赎自己曾经的救命恩人吧。"

"列杰真的是他的救命恩人？"

"嗯，这种事情只要找到当年的当事人问问就知道了。"炎宏说道，"人毕竟不是列杰杀的，那三枚指纹也不是决定性证据。如果列杰能够被释放，罗伟应该是希望他能知道怕，远离那些不法勾当，及时从毒窝里抽身。到时罗伟也不担心列杰会对自己的家人做什么，因为列杰再笨也能想到，此时如果对罗伟的家人不利，被抓到把柄，可就百口莫辩了。"

"真是完美，"斗魏直视着炎宏笑了笑，"不管是罪犯，还是侦探。"

"侦探并不完美，因为我在踏进凶案现场时便成了凶手的工具。凶手也不完美，你忘了那个死掉的高中生了吗？"

"对，我几乎都要忘了。"斗魏拍了拍脑门。

"他是一个惯偷。"

"什么？"斗魏的语气里透着震惊。

"家庭教育的悲剧吧。我想他并不是为了利益而偷东西，只是想有一个发泄的点。"炎宏说道，"一开始我以为是某个人给他买了一部手机方便联系，但如果是这样，那数据线和耳机应该成套才对。但我去手机店询问了一下，那里的人说这不是品牌套件，而是散货。前两天，我又找到了

粟林同桌口中那个和粟林打过架的叫吕方的男生，一问才知道吕方已经不止一次看到粟林在小卖部里行窃，从小玩意儿到别人口袋中的钱，他都偷过。五月份那一次打架是因为粟林在行窃时被吕方装作熟人胡闹把他拖了出来，因为当时老板已经注意到粟林了。出来后粟林恼羞成怒，和吕方打了起来。但那一次打架不只是粟林的同桌和一个老师看到了，还有吕方班上的几个混混，也就是那栋楼的保洁队的成员。吕方在班里老是受欺负，那几个混混自然好奇他为什么打架。吕方本想保守这个秘密，无奈实在胆小，说了出来。就这样，那几个混混看上了粟林的偷盗本领，再加上自己也马上要辍学，所以便威逼利诱，让粟林加入他们。可悲啊！粟林加入这帮混混后的第一个要求竟然就是要教训把自己从悬崖边上拽回来的吕方，就在那天晚上！只不过吕方的运气比较好，在被粟林打了一顿后，他是从商场大门走的，没有碰到罗伟。而想从地下车库的南门走的粟林运气就没那么好了，他身上的手机也正是被那几个混混从案发现场拿走的。我想罗伟应该是正准备自杀时被粟林撞到，此时的他已经没有任何退路了，如果放走粟林，那么他从此以后就再也没有施展该项计划的机会，因为他的手法已经被人看到了，这也意味着他只能忍受救命恩人的无限勒索，眼睁睁地看着他沉沦下去，在自己身患绝症去世后，自己的家人又会重蹈自己的覆辙，这是他不能忍受的。所以他没有选择，只能开枪射杀粟林。"

"但是这样匆忙间的变故会让罗伟在手枪扳机上留下指纹吧？"

炎宏没有回应。沉默了几秒后，斗魏又将一块牛肉夹入口中。"吃菜吧，别光顾着说了，都快凉了。"

"你忘了我刚才说的话吗？我要请你帮忙的，帮我凑上这幅拼图的最后一块。"炎宏静静说道，"刚才我说的这些不只是推论，而是事实。罗伟这个手法，包括拆卸车门把手、剪破运动装取出橡皮筋等，在完毕之后都要销毁证物。我们已经以那栋大楼为中心，在方圆车程一小时的距离内进行了地毯式搜查，结果果然不出我所料。衣服箱子等扔得比较远，而拆卸车门把手只能在有屋檐遮挡的车库内进行，但是这样一来，他就无法驾车去远处销毁工具，因为那样会将车门把手上的指纹冲掉。所以只有一种可能：他在车库门口较松软的土地上挖了一个坑，埋了。不过还是要佩服他的细节——依然没有检测出指纹，应该是垫着衣服进行拆卸的吧。另外，我们在另一个坑内找到了一块棉布，上面有酒精的成分，这就是为了应对突发情况而擦拭掉自己指纹的工具。"

"那还能帮你什么？"斗魏微微垂着头。

"你不好奇吗？为什么那把自杀用的手枪会出现在列杰的床上？那个在监控中替列杰打掩护的人又是谁？"

斗魏迎上炎宏那灼热的目光，故作轻松地说道："也许只是刚好型号相同，而那个替列杰打掩护的人……"

"七月二十九日晚上十点到十一点，以及八月二十九日凌晨你在什么地方？"

炎宏几乎是嘶吼着喊出了这句话。这句话没有一丝疑问，也没有一丝平复之情，像排山倒海的波浪瞬间将对面的斗魏卷在了里面。这之前所有的以轻声细语压抑的嗓音，也都被炎宏贴补在了这句话里。

周围的喧嚣依然自顾自地喧嚣，欢笑也是自顾自地欢笑。这一句怒吼好像根本没有传到其他食客耳朵里一样，被那自始至终的杂音一层又一层地掩盖在了刚刚那一刻。

斗魏夹了一口菜，在半空中停滞了几秒，却没有放进嘴里，而是放在了餐盘上。

"你对任何一个嫌疑人都这么咄咄逼人吗？哪怕这个人和你做过一个月的朋友？"斗魏垂着眼睑，他感到自己颈部的部分肌肉正在不自觉地收缩——那是紧张的表现，"既然都已经知道了，为什么不一开始就说出来，还要让我装得像无知可悲的小丑一样和你谈论案情？"斗魏仰靠在椅子上，右手背盖住了双眸。

这一刻非常安静，安静得炎宏能够听到手腕上那只手表秒针行走的声音。他突然不知道谈话该怎样往下进行了，只是和对面那个身影僵持着。

"以你的性格，"斗魏又开腔说道，"这样直白地怀疑一个朋友，想必是有什么决定性的证据了吧？"

"确实是有的。"炎宏终于可以将对话进行下去，"你还记得那天请我吃烤肉时你穿的裤子和鞋子吗？"

"怎么？衣服的问题吗？"斗魏稍稍支起了身子。

"你看看这个。"炎宏从兜里掏出一个小型密封袋，里面有一些棕色粉末。

"这是什么？"

"糖浆，干涸后的糖浆。"炎宏说道，"从你的鞋底和鞋帮处刮下来的。"

"就在去我家的那天？"

"在之前一次对列杰的家的搜查中，我的一个同事不小心将糖浆倒在了列杰的床下。虽然有些时日，但是因为潮湿阴凉的环境，让糖浆在床下继续以半液体的形态存在。在列杰死时的案发现场我勘查了一下，床底的糖浆有明显的被擦碰过的痕迹，但是我在列杰的衣物和鞋子上并没有发现。那时我想可能是早就不经意踩到然后洗掉了吧，所以并没有太在意，直到我看到了你鞋子和裤子上的糖浆痕迹。"

"所以那天晚上你只是去取证？"斗魏低沉地说道。

"抱歉，我是个警察，公事公办。"

"那么那个电话……"

"我在去你家之前给我妈打了电话，让她在一个小时后给我来个电话，"炎宏说道，"因为那天晚上我实在吃不下饭，我怕我会忍不住质问你，因为当时我还没有准备好面对最糟糕的情况，所以只好逃避。"

"真是让人伤心，唉。"斗魏叹了口气。

"我想列杰背后那个给他出谋划策的人就是你吧，包括在摄像头下给他打掩护。为什么要这么做？"

"列杰已经死了，告诉你也没关系了，"斗魏仰着头慢慢说道，"其实二十年前偷拍到那一幕的并不是列杰，而是我的母亲。"

"阿姨？"炎宏有些惊诧。

"现在惊讶太早了，警官，还有更让你惊讶的。罗雪，她是我表妹。"

炎宏此时却没有作声，只是静静地看着斗魏。

"我和我表妹都是单亲家庭，但她还有先天性心脏病。二十年前，为了给表妹做心脏手术，我的舅舅和母亲东拼西凑了一部分钱，要回姥姥家接表妹。但是到达的第二天晚上，舅舅在山上遭遇不测，被大水冲得连尸首都找不到，唯一留给我们的就只是家里一台新买的相机。听我妈说，那台相机是舅舅在市里买的，为的是在表妹做手术时给她照两张相，让她放松心情，不要那么害怕，但没想到，那台相机他到底没有用上。

"得知舅舅遇难后，我妈觉得天都要塌了，因为她一个人无法负担我和表妹以及两个老人的生活。不过没办法，生活还是要继续。就在我妈准备接我和表妹回市里的前一天傍晚，那个村里极为混乱、家家户户大门敞开都忙着救灾的傍晚，我妈先后目睹了两个场景：一个就是罗伟和蔷慧的那一幕；而另一个，则是列杰趁乱偷村民家里的东西，甚至还在别人家门口猥亵了一名幼女。"

"事后你母亲将照片洗了出来，然后要挟列杰将照片送给罗伟，再让列杰要挟罗伟把罗雪收为养女，好减轻你母亲的生活压力，对吗？"

"她没有选择！"斗魏的语气有些激动，"你永远无法体会那是一种怎样的绝望，家里所有的顶梁柱都倒下了，仅靠一个女人。"

"但是时过境迁，列杰仗着把柄慢慢地向罗伟索取更多，而你的母亲当年虽然成功地控制了列杰，但是反过来，列杰也掌握了你母亲勒索的罪行。所以他肆无忌惮起来，这就是你必须要除掉他的原因，对吗？"

"对，就是这个原因，"斗魏冷冷地说道，"我的母亲并不是有意作恶，她没有选择。当一切风平浪静，我们不会威胁到任何人。但列杰不一样，他如果不死，我们都要跟着遭殃。他曾经找过我们，挂着那副无耻的嘴脸说要谢谢我妈当时的举动，让他下半辈子吃喝不愁。我妈也悔恨当时为什么要那么做，但已经来不及了。我妈想过自首，但是列杰知道我妈一旦将所有事情说出来，那他不但会失去罗伟这棵摇钱树，还会再次入狱。所以他要挟我妈，如果我妈敢这样做，那他在再次被抓进监狱前一定会报复我和表妹。这是我妈的软肋，她最终还是妥协了，并且一再嘱咐我不要招惹列杰，和他划清界限。

"罗伟自杀那天我确实回了市里，主任也确实给我打了电话让我继续跟进这次活动。我当天晚上特地稍晚了一点给宾馆打了电话，为的就是问清楚第二天到底还有什么行程，因为晚一点打电话得到的信息应该就是确定的了。但是意外的，招待生告诉我说罗伟似乎出事了，他说得很模糊，只是说'刚才有几个人急匆匆地跑出门去，嘴里喊着罗总遇害了之类的话，所以行程还不能确定'。放下电话我立刻对我妈说了这件事，而我妈几乎急哭了，她觉着一定是列杰杀害了罗伟，更觉得这是自己犯下的错。她当时就要给列杰打电话质问，但被我拦了下来。因为我知道不管是不是列杰做的，都难免会查到他的身上，我不想让我妈卷进去。

"然后我出门拦了辆车去东华路上用公用电话打给了列杰，将事情说了一遍，并且质问他是不是他做的。他当时的语气很轻松，矢口否认。但当我询问他此时在哪里时，他突然傻掉了，似乎有些吃惊地重复了几句'怎么办'，而且我也隐隐听到另外一个男人的声音。接着他便急促地说道：'我现在在市里，没在景家镇，等警察找上我，你要给我做人证！'我只是回道：'我能听到你的声音，但我不能确定你的人就在市里，所以我没办法作证。'但是他恶狠狠地说如果他出了什么事情，就别怪他做出什么对我家人不利的举动，哪怕死，也要拉我们垫背。"

"他应该是想到了罗伟死前最后一个给他打的电话，所以他是绝对要被调查的。"

"没错，但当时我想不通他为什么要我做人证，那边明明还有一个人在。但我实在没时间想这么多，因为我真的怕，我没有选择。我只能在案件结束前保住他。"

"然后在结束后杀掉他，对吧？"炎宏补了一句。

斗魏没有搭腔，只是接着说道："我当即向他再次确认，他只是很不耐烦地说人不是他杀的，但他现在就一个人，没有人证，我要么帮他做伪证，要么一起玩完。我沉思了几秒后便答应了他，并且对他说我在几秒钟后会挂掉电话再次打过去。挂掉后又过了十几秒，我再次打了过去，并且将我的整个计划告诉了他。而他告诉我他住的那个弄巷里只有他一户，让我放心地按照他说的进到屋里准备我需要的东西。面向大门时右手边的墙面第三排第五块砖和第五排第二块砖都是可以取出来的，而我可以从那里爬上去。这之后我让他记住三件事情，第一件便是关于这两通电话。因为你们八成会查他的通话记录，但是我知道你们无法查到内容，所以我交代他，若你们问起这两通电话，只要说有人打过来并且声音不太清晰，所以连着挂断两次就好。这样是最保险的，任你们谁也无法完全肯定他在撒谎，而且还可以误导你们的办案方向，说不定你们会认为这是他的某个熟人朋友打来的或者凶手的什么诡计。"

"那为什么中间要挂断一次？"

"因为说的东西有些多，所以时间也长，如果只是一通电话，解释为声音不清晰而挂断就说不通了。因为我们平时接打电话声音一旦不清晰都是马上挂掉再回拨，所以我中间挂了一次。第二件便是让他找到他的前妻徐丽想办法，让徐丽不要透露他赌博的事情，这是很重要的一环。因为如果调查出他赌博，肯定会查他的资金来源，这样你们顺藤摸瓜，也许会查到我母亲这里。为了达到这个目的，光是威逼还不怎么保险，所以我劝说列杰给徐丽一笔钱，一定要让她配合。第三件事情，便是让他一定要在第二天下午抽空去报社那条路上 37 路公交站牌后的绿化带里拿一样东西。"

"是字典吧？"炎宏笑了笑。

"果然还是没能考住你，你看穿的东西比我预想的还要多。"

"其实再简单不过。你们需要频繁联系沟通意见，但是我想你绝对不想在列杰身上留下半点和自己有关系的信息，所以手机是无法使用了；公共电话也不能经常使用，否则在我们查看通话记录时会引起怀疑。而去列杰家里，即使伪装得再好，也难免会有差池，况且你应该也不会有时间经常这样做。那么就只剩下一种可能了：在纸上留下信息，放在指定的地方。不过你留下的应该不是简单的文字信息，而是密码文。我查看过列杰那本字典，上面有的页面是蓝色的星星点点，那应该是列杰拿圆珠笔对照你们设定好的密码寻找相应文字的痕迹。这样一来，即使警察找到了字条，没有字典，一样无法知道上面说了什么。所以你的家里或者单位应该有一本和列杰那本一模一样的字典，对吧？"

"谢谢你没有去搜查。"斗魏被自己这句玩笑逗乐了，然后接着说道，"挂掉电话后我便开始了计划，打了辆车，马不停蹄地到了列杰家中，按照他说的方法翻进了他家里，找到了一个塑料袋和他的衣服、帽子、口罩。我先将塑料袋裹在头上，又穿上他的衣服，在北元路上小心翼翼地走了一遭，然后回到他家，将所有东西放了回去。"

"镜头里你那些用手按摩脖子以及在路沿踢易拉罐的动作都是故意做出来的吧？"

"没错，"斗魏说道，"我想你们应该会假设有人冒充列杰伪造他还在市区的证据。如果我是警察，我也会看看视频中的那个身影到底做过哪些显眼的动作，然后去询问列杰，看看他当时在路上到底有没有做过。所以我刻意做了一些动作，并在第二天下午的字条上告诉了他。"

"当时我确实想到了，但他将那些动作对答如流。也正是因为这样，我才更加坚信他不是凶手。"炎宏说道，"看来列杰在入狱时呈现出的状态、语言语气以及那场鬼哭狼嚎也都是你设计好的咯？"

"公事公办。"

"让列杰威逼利诱徐丽也果然是你出的主意。那笔钱不让徐丽即刻花掉也是怕露出破绽吧？"

"自然。作为列杰身边曾经关系最紧密的人，你们是一定会调查她的。但如果她恰好在这个时候因为消费了什么东西而露富，可能也会引起你们的怀疑吧。"

"那个工友呢？"

"也是我交代的。我嘱咐列杰在一片比较陌生但是经常有人的区域树立一个老好人的形象，而且必须至少让一个工友看到，这样在你们调查他的单位时，可以获得一个和你们眼中的列杰相符的形象。而且那个工友回去后也许会将这一现象说给其他人听，这样其余的人在接受你们的调查时，也许证词会对列杰有利。不过，我有一点还是很好奇，你能具体说说你是如何怀疑并证实徐丽是受到了要挟吗？不可能仅仅凭着她的口供与其他人的不相符吧？难道这过程中我有什么疏漏？"

"你最大的疏漏就是忽视了母亲的天性，"炎宏说道，"在第一次和徐丽的聊天中，她回答了我很多问题，但是很奇怪地回避了一个问题：她的孩子在哪里上学。我当时想了又想，始终想不出她为什么回避这个问题。自然，我随后轻而易举地得到了答案，并且得知列小朵刚刚转学。那个时候我便有了一个大胆的猜测：徐丽不告诉我也许并不是不能让我知道，而是怕我不经意间泄露给列杰，包括给孩子转学会不会都是在躲列杰？自然这只是我的猜测，还需要下一步的验证。然后在临走前，我约那名女幼教在她接下来的第一个休息日吃饭。

"当天我换了一身和以往差距较大的衣服，戴上了口罩和眼镜，提前给那名幼教打了个电话，确定她不在园中，然后在课间隔着栏杆大声喊了一句'列小朵'，确保当值的老师看到了我的身影。在他们跑过来询问时，我没有答话，模仿列杰的走路姿势，一瘸一拐地疾步走了。当天徐丽便来了电话，询问我列杰是否已经出狱，当时我便隐隐觉着自己的猜测是正确的。那次约会后，我又和那名幼教约了一次，得知列小朵没去上学，而且酒店里的同事也反映徐丽请了假，甚至搬出了原来的住所，这让我更加确信自己的推论。"

"这种手段是合法的吗？"

"我好像并没有犯什么法，"炎宏耸了耸肩膀，随即笑着说道，"但是那封我写给蔷慧的威胁信确实有些不妥。"

"你还做过这种事？"斗魏也不禁笑了起来。

"特殊情况特殊手段，在那种明知蔷慧有所隐瞒，却没有任何直接证据让她开口的情况下，用些特殊手段也是迫不得已。"

"用邪恶的手段达到正义的目的，对吗？"斗魏静静地说道。

炎宏的表情稍微变了一下，没有回应这个问题。"你是怎么知道罗伟是自杀，而且那把枪就在那辆挂斗车下面的？我能猜出来是因为有其他诸多线索的辅助，而你……"

"照片结合列杰那通奇怪的电话。当时我第一眼就看出了你刚才说的那处手指摆出夹烟姿势的矛盾。"斗魏笑着说道，"而且他今年去过很多次景家镇，都是我做随访记者，那个商场车库他也去过几次。也许是他早有计划吧，不止一次地歪着脑袋想要观察那辆车的底盘，我当时只是对这个动作很好奇而已。但是出事之后，我联想着照片上的那处矛盾和出事当晚列杰的言行便推测出了大概，便在一个晚上往景家镇打听到了车的下落，在底盘取出了那把枪。其实我当时已经做好了两手准备，若是在车下没有收获，我便会请假往其他大城市买一把仿五四式手枪。总之，列杰是死定了的。"

"买一把枪？这么容易吗？"炎宏笑着问道。

"我可以向你保证，比你想象的要容易得多。"

"也是晚上潜入的吗？"

"不用潜入，我是大大方方地走进去的。"斗魏的声音小了很多，脑袋也垂了下去，似乎逃避着什么。

"不堪回首的记忆吗？"

斗魏摇了摇头，两眼直直地盯着桌面："你来说吧，小说里侦探的职责不就是这样吗？推导出案情，然后在罪犯面前说出来，让他心服口服。"

"其实我又抽空单独去了列杰家里，并且查看了他的床底。列杰的床是一张双人床，铺着一条床单，而那条床单的宽度足够将床的两个侧面全部盖住。如果当时的门确实是内外反锁形成密室的话，那么只有一种可能：你当时就在那个屋子里。接着我爬到床底掀开了贴着墙面的那半边床单，发现墙壁被凿了一个不大不小的洞，里面还有一个盒子。盒子里放的是列杰的银行卡、身份证以及另外几张罗伟和蔷慧在那个夜晚的照片。其实也多亏了那几张照片，我才揭穿了蔷慧的谎言。也是在那个时候，我揭开了真相：你应该是趁列杰被拘捕的那些日子潜入他家，利用平房的构造在墙面凿了一个刚好能蜷身躲藏的洞，并且用一个反面还粘着把手的硬纸板贴住了那个洞口。在杀掉列杰后你便躲在了洞里，在里面拉着纸板后的把手掩住了洞口，所有人都会下意识地认为内侧床单的后面是墙壁。因为你要在我们大部队进入现场仔细勘查前逃出去，所以又设置了那两个盆子的机关。"炎宏说到这里，喝了口水，但目光始终不曾从斗魏身上离开。

"因为我想从职业素养来讲，你的同事一定会去列杰家中的其他房间查看，所以设置了这个机关。第一个盆子摔在地上证明他们已经进了客厅，我便从洞里钻了出来，又胡乱地将纸板粘在了墙上，但是没有跑出来，因为我要防备他们又突然折回屋里。但当第二个盆子响的时候，我便可以放心地弯腰跑出去了，因为在客厅的那个厨房套间里看不到院子里的场景。"

"那个装着列杰身份证、银行卡以及那些照片的盒子也是你故意放在里面的吧？你的目的应该是以防警察找到这个洞后联想到不好的事情，而让我们误以为这个洞就是列杰为了放置这个装着重要东西的盒子而特意挖的，对吧？"

"对。"

"想法滴水不漏，但是在这起案件中，最让我惊叹的手法不是刚才我们讲到的那些。"炎宏静静地说道。

"还有什么我不知道的精彩节目吗？"

"自然，而且那个精彩节目就出自你的手啊。"炎宏说道，"我去了省一建家属院，你以前的家。"

"然后呢？"

"当时我还不知道你们究竟和列杰有什么关系，但如果真的有什么隐秘的关系，我想列杰应该来找过你们才对。省一建家属院是典型的筒子楼，每家每户之间没什么阻隔，哪家哪户有客人，街坊邻居很容易看到。于是我向你以前的邻居打听，问他们有没有见过一个腿脚不好的男人偶尔来找你们。他们的回答出乎我的意料，他们说确实有这么一个男人不时过来一趟，但是他们说那个男人的名字叫褚力盟。

"我想那个时候褚叔叔就已经在追你妈妈了吧？但是经常去你家的是列杰。你是想着如果将来真有一天你可以杀掉列杰，在警察去你们旧房子调查时，周围的邻居可以为你们作证，之前来找你们的那个男人其实是阿姨现在的丈夫褚力盟，列杰和你们一点关系也没有，对吗？"炎宏抻了抻桌布的一角，淡淡地问道。

"对，但到底还是太幼稚了。因为只要警察让街坊四邻过来辨认，立马就会露馅。如果褚叔叔追不上我妈也会露馅，这是个破绽百出的谎言。"

"一点也不幼稚，"炎宏摇了摇头，"恰恰相反，一个中学生竟然能有这样的远见谋略，让当时的我不寒而栗。"

"也许吧，有些人的人生注定就是悲剧，任凭如何努力，也逃脱不了这个设定。"

"如果在古代，你一定是一个为君王殚精竭虑的忠臣。"炎宏苦笑着说道，"但是列杰的工友还是让你失望了，因为列杰以往的习性太深入他们的心，所以除了那个和他同行过的工友有少许的正面评价外，其他人口中的列杰都是一个类似小混混的形象，这和徐丽口中的老好人还是有差距的。另外，你就不怕在床底下藏身时被人发现吗？你的自信到底从何而来？"

"这和自信没有关系，而是我只有那一条路可走，只不过恰好成功罢了。"斗魏终于又动了下筷子夹了口菜，"我身后是我的家庭，我的亲人，我没有退路，只能将所有的顾虑抛到脑后。哪怕我当场被你的同事发现，也会欣然接受这个结果，因为我的目的已经达到了。列杰死了，就没有再能威胁到我家庭的因素了，只不过我付出了一点代价。老实说，在成功之前，我没想到自己竟然这么厉害，而在成功之后……"斗魏顿了顿笑着说道，"也许这样说有些变态，我感觉很有成就感。但是我声明一下，我的成就感不是来源于犯罪的计划，而是保全了自己的亲人和家庭。"

"一点代价？一个优秀青年的大半辈子外加让一个母亲痛失一个儿子，你管这叫一点代价？"

"我不想让我的亲人在别人的要挟下活一辈子！"斗魏的语气有了些许起伏，"我知道我这样做也许给别人带来了麻烦和痛苦，但我没办法。我不是圣人，在绝境下我只能选择自己的亲人。我更不是十恶不赦的恶徒，我只不过是个运气不好，恰恰遭遇了这种窘境的普通人罢了。"

"现在我们再回到那个故事吧，"炎宏往水杯里添了些热水，"那个超市老板胁迫女贼用肉体换取自由的故事。现在你知道为什么老板会做出如此下流的事情了吗？"炎宏端起那杯水，透过粼粼的波光，斗魏的身形在炎宏的瞳孔中变形扭曲，"不管你面对的是怎样的一个世界和环境，人性是没有比较级的。当你自觉身处泥沼便有了沉沦的理由时，你身为人的某一部分良知与理智便会灰飞烟灭，这就是人性的泯灭。"

"周围的人行为下作、毫无原则，便以随波逐流的想法与理由沉沦，抑或是以生存之名去侵害别人的利益。老实说，这两种情况我都体会过，那一瞬间真的觉着身体内的什么东西唰地一下消失了，取而代之的是毫无负担与罪恶感的快感，就好像从一座很高很高的楼上往下掉，一直掉，但是怎么也没有尽头，你只会感觉到刺激，没有任何恐惧与痛苦。不过很遗憾，因为糖浆那样的小小细节，你让我摔得粉身碎骨。"

"也许你自觉这是一种遗憾，但是我可以向你保证，即使不在这个上面露出马脚，你也一定会在别的地方露出马脚。天网恢恢，疏而不漏，你和罗伟的办案手法确实高明，但是，"炎宏的眼神又锐利坚毅了几分，"真相永远凌驾于天才之上！"

斗魏定定地望了望炎宏，轻轻地笑了："好啦，我不会让你为难的。"他夹起一口菜，犹豫了一下送进口中，说，"明天是周日。我跟你说过，报社提前半天放假，也提前半天工作。明天上午我想陪我妈我爸半天，明天下午我再陪同事半天。如果你不嫌弃，晚上我最后回请你一顿。后天一早我们就在公安局碰面好不好？如果你担心我会逃跑，那你可以……"

"吃饭吧，菜要凉了。"炎宏的语气冰冷，但脸颊上终于滚落的泪珠是滚烫的……

"这个不错，确实很好吃呢。""有客来"里，张晶评价着这里的菜肴。

"不错吧？我说过了，很有特色的。"

"嗯，点菜的方式也很有趣，就是……"张晶环顾了一下周围的服务员，脸色有些疑惑。

"怎么了？"

"可能是我神经敏感吧，老觉着服务员有些不对劲。"张晶摇了摇头，"你是怎么发现这里的？"

"哦，这个，就是在街上逛看到的呗。"炎宏拽了拽桌布的一角应道。

"不错，这个教师节的礼物我还挺满意的。"张晶喜笑颜开地说道，接着拿出手机看着什么。

"终于破案了啊。"

"嗯，破了。"

"居然是自杀，真是大千世界，无奇不有。"张晶摇了摇头，"不过下面市民的评论似乎都很不屑呢，啧。"张晶将屏幕转向炎宏。炎宏看了看，上面绝大部分网民都在抨击这一结论，基本上都是骂街说有黑幕，定位自杀谁都安稳，等等。头三页的评论只有一个叫作介下樱花的ID呼吁网友理智一些，并且指出一些案子确实是出人意料的。

炎宏本能地觉着这个ID的主人也是个警察。

"他们什么都不懂，不然也不会只是在这里胡诌乱骂了。"炎宏轻蔑地笑了笑。

"不过这起案子，你可是最大的功臣啊，局里没给你什么奖励吗，炎警官？"

"奖励啊？就是认识了你这样一个大美女啊！这还不够吗？"炎宏右手指着下巴，将脑袋微微向张晶逼近了一些。

"油嘴滑舌，那你怎么不在微博里把这个写进去！"张晶娇嗔道。

"因为我们两个的事是私事，那个是公事。公事公办。"

张晶抿着嘴笑着，一记粉拳打在炎宏肩膀上，却被炎宏顺势攥住。张晶放下右手的手机，又是一拳袭向炎宏。

"发生在我市景家镇的7·29杀人案日前已彻底告破。据我局详细走访调查，已彻底排除他杀可能。死者罗某系将手枪绑在皮筋上，固定在车盘底端，向自己心脏开枪自杀身亡。动机系不堪毒贩列某长期勒索欲伪造现场栽赃列某。现一系列包括工具物证均已起获，但悬挂于车底的自杀凶器疑似丢失，我局干警正积极搜寻中。而毒贩列某也因心怀愧疚于八月二十九日凌晨饮弹自杀于自家卧室，贩毒勒索证据确凿。"

图书在版编目(CIP)数据

救赎游戏/张弛著. —上海:上海社会科学院出版
社,2018
ISBN 978 - 7 - 5520 - 2510 - 1

Ⅰ.①救… Ⅱ.①张… Ⅲ.①长篇小说-中国-当代
Ⅳ.①I247.5

中国版本图书馆 CIP 数据核字(2018)第 254867 号

救赎游戏

著　　者：　张　弛
责任编辑：　王　勤
封面设计：人马设计
出版发行：上海社会科学院出版社
　　　　　上海顺昌路 622 号　邮编 200025
　　　　　电话总机 021 - 63315900　销售热线 021 - 53063735
　　　　　http://www.sassp.org.cn　E-mail:sassp@sass.org.cn
照　　排：南京理工出版信息技术有限公司
印　　刷：上海市崇明堡港印刷厂
开　　本：890×1240 毫米　1/32 开
印　　张：10
字　　数：283 千字
版　　次：2019年4月第一版　2019年4月第一次印刷

ISBN 978 - 7 - 5520 - 2510 - 1/I·301　　　　定价：45.00 元

版权所有　翻印必究